汴京春深

卷・柒

翻天計

小麥 著

好評推薦

《汴京春深》是極少見的寫實又引人入勝的史話感世情小說，在這個繁雜時代難得能讓人沉下心去讀的作品，小麥以細膩真實筆觸描寫大宋汴京千年畫卷，讀來猶如生活其間，跟著書中人物經歷他們人生的喜怒哀樂，隨著他們的情緒而共鳴，起承轉合無不有著雋永氣息，令人感受大宋文化千年來經久不衰的魅力，手不釋卷，脈脈留香。

——晉江 S 級作者 聞檀

著有《良陳美錦》、《首輔養成手冊》、《嫡長孫》等多部古代言情小說現象級作品

這是我看小麥的第一本小說。我還記得當時欲罷不能，不眠不休看這本小說的感覺。小麥以老辣細緻的文筆娓娓道來，營造出一種濃厚的真實感，大到時代背景、文化民俗，小到普通百姓的生活百態，一群熱血少年的故事彷彿真的讓你置身在歷史洪流之中，隨著小九娘他們一起成長，一起進入小麥打造的那個波瀾壯闊的時代……。

——網路讀者 五月

《汴京春深》讀了三次，第一次讀言情，喜歡小兒女的萌動與成長，義氣與愛情。第二次讀歷史，重新理解北宋的文官體制與庶民社會的文明高度，忍不住拿出《蘇東坡新傳》與之對照，小說出入歷史虛實之間，十分巧妙。第三次讀人性與政治，如何在汙濁的朝堂爭鬥廝殺間，不忘利民報國初心？作者從小庶女的視角出發，編織出集合情愛、陰謀、黨爭、家國情懷的精彩小說。

——網路讀者 春始

《汴京春深》像一幅優美的畫卷，借作者如椽巨筆展現宋朝的生活、社會和文明，一讀再讀之下不由佩服小麥做功課之深，每個細節都經得起推敲。小說又像一首動聽的樂曲，九娘、六郎、太初等一眾出色的孩子，哪怕賣餛飩的凌娘子甚或只出場幾次的小丫頭，都各有各的精彩，最終編織成這恢宏篇章。最讓我感慨的是小說雖以古代為背景，表達的核心卻有難能可貴的現代性，九娘對自己的接納和她在城破時保護一方百姓的擔當，這二者所呈現的智慧不相上下，同樣令人欽佩。

——網路讀者 辛夷

《汴京春深》讓我喜歡的，不僅僅是裡面描寫的主角們跌宕起伏的愛情和親情，還有更多的友情。在小麥妙筆下，徐徐展開的汴京畫卷中，九娘和身邊少年少女們的共同成長，種瓜得瓜，更讓我掩卷長歎。

如果人類確實需要某種情感關係作為安全港，在我看來，友情是不可缺少的一種，有時甚至超過愛情和親情。愛情裡面有排他，有動物性，有本能，而友情它完全取決於一個人的自由意志和本質。沒錯，我說的是太初。

生命中能存在至少一個無條件希望你好、你也無條件希望對方好的朋友，你的自我肯定與自我價值感都會爆棚吧！說實話，我的第一反應是立刻把這本書推薦給正在青春期情緒激盪中的女兒。

——網路讀者 WendyLee

這是看小麥的第一本書，就是從這本書開始成為作者的粉絲！《汴京春深》不但文字優美，情節清新，更是妙句橫生，讓人忍俊不禁。裡面的每一個角色都塑造得栩栩如生，有血有肉：重新面對自己的王玞，堅韌的六哥，清風明月一樣的太初……一一如同親見。

在歷史脈絡上的改編，巧妙避開了正史的局限，帶給讀者爽快的故事，讓我們輕鬆地在作者開展的闊美北宋歷史背景裡，偷窺那些或許存在過的人、事、物、情！推薦大家一定要看。

——網路讀者 下午茶

已經想不起是怎麼入了麥大的坑，從《汴京春深》追到《大城小春》再到如今的《萬春街》。猶記得久不追書的我那會兒經常半夜餵奶拍嗝時看更新了沒有，彼時初為人母，讀到九娘對蘇昉的舐犢之情感同身受，常忍不住濕了眼眶……。而後隨著九娘和六郎一對小兒女的成長，隨之展開的一整幅大宋江山圖，汴京兒女英雄夢，真的把大家帶入了那個波瀾壯闊的歷史畫卷與之同呼吸共命運。

《汴京春深》是我唯一一本一刷再刷的古言重生文，每重刷一次都有新的感悟，文中每個人物都栩栩如生，常常讓我覺得自己就站在他們身邊，有時一臉姨母笑地看著他們成長，有時又為他們的遭遇熱淚盈眶，酸楚不已。

——網路讀者 黎一凡

——網路讀者 清景無限

這麼多年看過不少歷史古言。私以為一個小說作者，發表多少作品和發表形式其實不是關鍵，最重要的是當梳理宋朝背景作品的時候，這位原作者的作品是不是必須被提及，無法被繞過或者被一筆帶過。自看過《汴京春深》以來，我越來越認同這個觀點。

——網路讀者 凱羅

自序

七年前，作為一個賦閒在家的家庭主婦，我終於決定實現學童時期閃閃發亮的夢想：寫一本小說。

之所以選擇以北宋為小說背景時代，是希望吸引更多大陸的年輕人去瞭解那個時代。曾經受歷史課影響，我也認為宋朝乃積弱之朝。所謂的大宋與西夏、遼、金等諸強並存，完全不大也不強，不復大唐萬國來朝的磅礴氣象，更有歲貢之辱靖康之恥，莫須有罪名殺岳飛，奸臣一籮筐昏君無數，想想就來氣。隨著年歲漸長，我卻越來越喜歡宋朝。

起因十分好笑，論壇上有一個穿越帖，詢問大家如果穿越你選擇穿越去哪個朝代？我想來想去選擇了宋仁宗時期。為何？毫無疑問，那是歷史長河裡中國最接近民主憲政和工業革命的時代。戶籍遷移自由、女性財產繼承權、取消宵禁、商業和個體經營的極度發達、銀行業的雛形、科舉考試資格取消出身限制、出版與新聞自由、國民私有財產受到保護、老幼福利慈善制度、王在法下……以上種種都讓我心生感歎：原來中國人類文明曾經抵達過那樣的高點。

這個高點，並不是指國家或軍事力量強大，而是一種自視與包容。宋朝清醒地認識到自己這個帝國不是世界的中心，只是世界的一員，於周邊諸國的外交政策無法高高在上頤指氣使，於國內的治理上倚重士大夫集團，向三權分立靠攏，限制皇權。例如北宋的皇宮是歷朝歷代裡占地面積最小建築成本最低的，屢次擴張計畫都因為拆遷會擾民而擱置。

文明的構建基礎離不開文化，毫無疑問，宋朝的高度文明也催生出了無數自由的靈魂，在詩詞文學、書法繪畫、瓷器刺繡、飲食建築、科技醫療等全方位抵達了中國歷史的巔峰。

文化沒有高下之分，只有差異之別，但文明卻有落後與先進的鴻溝。宋朝滅亡於鐵騎之下，不只是農耕文明敗與遊牧文明，也是文明被野蠻摧毀的過程。在此之後，元、明、清，都是極為鮮明的中央集權時代。元、清是殖民時代，無論從國民的個人權益還是女性的權益來看，無論從法制還是風俗的角度去考量，都在全方位地退步。這是人類文明的落後。

這就是《汴京春深》誕生的重要緣由之一，希望讀者能喜歡我展現的北宋生活畫卷，從而對宋朝產生興趣。

其次我很想呈現一群少年的成長歷程，以及重生的女主角如何重新認知自我，如何敢於接受一段實力相當彼此滋養的愛情。出於已婚已育婦女的小心眼，我從蘇軾髮妻王弗和元祐太后孟氏身上得到了塑造女主角的靈感，但當故事開始後，角色獲得了獨立的生命，開啟了他們自己的故事，我不再是創造者而是敘述者。簡中連載兩年，經歷了國際搬家，不免有創作上的小遺憾，好在最後順利完結，也獲得了許多讀者的認可和喜歡，更多人因此購買了《東京夢華錄》等我推薦的書籍，可謂意外之喜。

寫作《汴京春深》的過程對我而言也是一場難得的學習體驗，因為追求背景的立體和真實，經常需要參考各種參考書籍，有時糾結於某個細節六七個小時，終於釋疑，在文中卻只不過用了短短十幾個字甚至一個字也沒用上，而整個探索的過程如同蜘蛛結網，從點到線到面，不得不閱讀更多的書籍，最後自己也沉迷其中，獲得了書寫以外更大的快樂和滿足。

《汴京春深》連載到第四個月時，突然登上了晉江金榜第一，二〇二一年底交由上海讀客文化在各大電子閱讀平臺上出版，二〇二二年在沒有人宣傳推廣的情況下，陸續登上了各大榜單，在番茄小說的總榜、古言榜、出版榜蟬聯冠軍超過半年之久，在微信讀書、掌閱、咪咕、七貓等平臺上均取得了不俗的成績，並於年底授權了影視版權。二〇二三年喜馬拉雅上架了《汴京春深》的有聲小說，上架兩週，前五十集便登上了小說榜第十一名。

非常高興能與時報出版合作，希望臺灣的讀者能喜歡《汴京春深》。

小麥

二〇二三年一月三十日

● 服飾參考書籍：《中國古代服飾史》周錫保 著。

● 地理參考書籍：《中國歷史地圖集》譚其驤 主編；《汴京遺蹟志》等等。

● 文民俗禮儀生活參考書籍：《東京夢華錄》、《夢粱錄》、《武林舊事》、《江南野史：南唐書》、《老學庵筆記》、《蘇東坡集》、《東坡志林》、《蘇東坡傳》（林語堂 著）、《蘇東坡新傳》（李一冰 著）、《宋遼西夏金社會生活史》、《宋朝人的吃喝》（汪曾祺 著）、《唐宋茶業經濟》（孫洪升 著）等等。

● 官職參考書籍：《宋代科舉與文學》（祝尚書 著）、《資治通鑑》、《宋史》、《宋會要》、《宋會要輯稿》、《宋代蔭補制度研究》（游彪 著）、《宋樞密院制度》（梁天錫 著）等等。

● 戰爭參考書籍：《武經總要》（曾公亮、丁度 等撰）、《中國城池史》（張馭寰 著）、《中國兵器史》（周緯 著）、《北宋武將群體與相關問題研究》（陳峰 著）等等。

● 朝政參考書籍：《北宋中央日常政務運行研究》（周佳 著）、《宋代女性法律地位研究》（王揚 著）、《宋代的政治空間：皇帝與臣僚交流方式的變化》（日本平田茂樹 著）、《祖宗之法——北宋前期政治述略》（鄧小南 著）、《宋代司法制度》（王雲海 主編）。

第二百七十章

元和殿的偏殿內早已備好了宴客茶酒，耶律延熹和耶律奧野當先引領眾人依次入座。待趙栩等人坐定後，司贊高唱，耶律延熹舉杯作賀，眾人喝了三巡，說了些場面話，氛圍寬鬆下來。

滿殿的目光都在趙栩和陳太初等人的身上不斷來回巡弋。

耶律延熹又敬了趙栩一杯，感歎道：「大趙貴公子，氣蓋蒼梧雲。殿下身邊也盡非塵土間人。難不成竟然是名聞天下的汴京四美齊聚南京？」他視線掃過垂首立在趙栩身後的女官身上，略作停留，又看向趙栩。

趙延壽等人又大大吃了一驚。傳聞中的汴京四美，可謂大趙朝廷新一代最拔尖的公子，怎會全來了此地？

趙栩笑道：「殿下謬讚了。這三位都是本王的表哥，因吾不良於行，一路陪伴前來，故未曾細細介紹。」

蘇昉和陳太初、陳元初三人坦然上前，給耶律延熹和耶律奧野重新行禮，自報家門。

「吾聽說蘇東閣在洛陽和應天府的國子監裡推廣張學，甚得士子愛戴，還望小蘇郎對我契丹學子不吝指點。」耶律延熹起身，回了蘇昉半禮，更舉杯相敬。

「寬之豈敢。殿下對李青蓮的詩句信手拈來，可見對中原文化熟稔在心。還請殿下指教。」蘇昉唇角含笑，回得不卑不亢，雙手平舉齊眉，飲畢杯中酒，心裡卻多了一分警惕。他在西京洛陽和南京應天府所作所為，乃先帝密詔禮部在國子監和太學進行的試行推廣，並未對外公開。遠在千里之外的耶律延熹卻瞭若指掌，可見契丹對大趙朝野也從未掉以輕心。

耶律延熹又說了兩句仰慕蘇瞻才學書法的話，轉向陳元初、陳太初問起趙夏之戰的近況，歎道：「前幾日吾從中京出發時，和興平長公主見了一面。若陳大公子願意，吾願從中調和。若能化敵為友，也是一段佳話。」

陳元初桃花眼冷凝，面無表情，抱拳拱手道：「多謝太孫殿下。陳某如今已是一介廢人。國仇一事當聽從燕王殿下的，陳某不敢置喙。但這私怨陳某一日不敢忘懷，只能辜負殿下好意了。」

耶律延熹也不生氣，見趙延壽下首的群臣露出不忿之意，他擺了擺手：「既是私怨，吾也就不說了。」

見蘇昉三人回了座，耶律延熹舉杯對趙栩說：「興平長公主聽說她的妹妹辛公主在秦州被趙軍俘虜，特請吾向殿下討個人情，可否還辛公主自由，若能交給吾妹照顧，西夏願歸還熙州城。」

此言一出，滿座皆驚。燕王趙栩前來調和契丹和女真之戰，大趙又在趙夏之戰中扳回局面，逼得梁太后狼狽不堪，自然是四國之間最強勢的一方。耶律延熹這兩句話，不僅顯示出契丹在丟失上京的情況下還有資格斡旋趙夏關係，更擺明了契丹和西夏作為聯姻之國如今依然很是親近。

趙栩朗聲笑道：「興平長公主有如此誠意，為何不隨太孫殿下一同前來南京？只可惜辛公主並非她親生妹妹，實乃陳家昔日秦州世交之女，她被梁太后軟禁在興慶府。陳太初單槍匹馬救出她來，她親自前往秦州依靠陳家，何來俘虜一說？」他掃了一眼滿座譁然的析津府官員，傲然道：「長公主欲以熙州換人，只怕她還不知道前夜熙州城已被我大趙西軍收復，回歸了我秦鳳路。梁氏敗退一百二十里，逃向蘭州。」

大殿內死寂了一息，躁動起來。耶律延熹和耶律奧野相視一眼，異口同聲向趙栩祝賀。耶律奧野雖然每日收到趙栩的信，卻始終摸不准他用何種方式傳遞資訊才能如此飛快，對趙栩的忌憚又深了幾分。

耶律延熹不再談論國事，朝身邊內侍輕輕頷首。不多時，舞姬樂伎們相繼入殿內獻藝。隨後侍耶律延熹再舉了三次杯，司贊高唱禮畢。迎時便服破例，別時卻照禮儀做足了規矩。鞭響三聲後，耶律延熹退入偏殿後閣。

趙栩等人隨耶律奧野出來，再往城外永平館下榻。隨行的五百將士在皇城外的烈日下已列隊站了一個時辰，人人汗濕透背，面孔赤紅，卻無一人移動半分。

「殿下御軍神乎其技，奧野拜服。」耶律奧野歎道：「皇兄和興平長公主的商議，奧野實在不知，還請殿下莫怪。」

趙栩淡然道：「公主何出此言？還請轉告太孫，六郎此番前來，為的是契丹、大趙兩國間的兄弟之盟，唇亡齒寒，不願女真遠交近攻之策得逞，更不願與虎狼為謀，若有謀算燕雲之心，只需應了女真的國書，腹背受敵之下，請問公主貴國能支撐多久？公主眼前所見的大趙將士，可遜色於女真？太孫何須借西夏之力來掣肘於我？」

耶律奧野拱手改了稱呼：「六郎請放心，我皇兄並無此意，他受人所託不得已而為之。你的話我定然如實轉告，請讓奧野送殿下出城。」

一旁趙延壽等群臣上前拜別趙栩，看著他車駕和隨行將士緩緩往城南而去，都吁出了一口氣。

永平館內，因駐守南京的趙使隨軍去了延芳淀還未歸來，幾個小吏誠惶誠恐，院子早已準備妥當，附近的十多戶民居和客棧也早已租賃了下來，才把五百將士安置妥當。驛館裡的幾十個僕從隨侍也只被章叔夜安排做些粗活。

眾人略加梳洗便聚到了趙栩院子的偏廳裡。趙栩特地讓人去請了穆辛夷過來，將耶律延熹所言說了，似笑非笑地道：「你若要去越國公主身邊，只管開口。我趙栩不屑於用一個女子去換回丟失的國土。我國故土，自有我大趙熱血男兒去收復。」

九娘看向穆辛夷，心中惻然，穆辛夷待太初的心，她看得清清楚楚，至誠至真，太初和她之間也甚是默契，無需言語心意相通。奈何兩國即便和談，也遠隔山海，再有元初之恨，絕無任何在一起的可能，只是以穆辛夷的性子，她應當不會捨得離開太初。

陳元初冷哼了一聲：「只怕請神容易送神難，何況還是自己找上門來的神仙。」

蘇昉倒和九娘所想差不多，看了一眼陳太初，笑著對穆辛夷說：「有你在很熱鬧，阿妧也有人陪著說話，挺好。」這已經是最熱忱的挽留。

穆辛夷笑著站起身，抱拳團團一圈，聲音爽脆毫不猶豫地道：「多謝你們一路照顧我，我這就要走了。」

見眾人都怔在當場，穆辛夷看看他們：「我可以走嗎？」

眾人下意識地看看穆辛夷又看向陳太初。

陳太初凝視著穆辛夷，見她雙目晶亮，面帶笑意，並沒有一絲為難的樣子，便走到她身邊，笑著攜了她的手：「小魚，我們出去說話。」

他轉頭對趙栩道：「你們先行商議正事。」

她的太初牽著她的手，他的手溫暖又乾燥。穆辛夷笑得眼睛彎了起來。出了偏廳，夕陽在廊下灑了一片金光。

陳太初攜著穆辛夷，走到院子中嶄新的一條長石凳上並肩朝西坐了。盛夏的日頭即便已是黃昏，依然照得他們倆臉上燙燙的。

陳太初依然沒有放開她的手，她的手心滿是薄繭，手指纖細。不知為何他突然想起在興慶府救她的那一夜，她說的每一句話。小魚，原本也是他的小魚。

「這個時辰，秦州的天還亮得很呢。」穆辛夷腳尖踢了踢地上一塊極小的碎石，轉過頭來笑眯眯看著陳太初：「你說秦州城的馬肉都吃完了嗎？吃不完的話，你婆婆會不會醃起來？」

陳太初轉頭垂眸看著她，也笑了起來：「吃不完當然會醃起來。我們出征打仗，死了的軍馬也會這麼處置。我爹爹說他當年在洮州和大軍失散後，在山裡走了許多日，多虧了懷裡的幾塊馬肉乾才沒餓死。」

穆辛夷睜大眼：「馬肉乾？陳伯伯偷來的嗎？」

陳太初笑意更濃：「的確是偷的，大趙軍中米糧向來偷工減料，軍士們一日只有兩餐，吃到嘴的都是稀薄菜粥，若有胡餅和炊餅，必然是遇到什麼節日或有上頭下來檢閱。何況是肉？這些馬肉醃好了，也都是供給將領們和監軍等人食用的。」

穆辛夷扁了扁嘴：「我們西夏也好不到哪裡去，你們好歹還有菜呢，我阿姊說她這次出征若有一天沒能搶到足夠的米糧，一天只能喝一頓稀粥，全是水，簡直就是米湯。」

「你是為了我要去耶律奧野身邊嗎？」陳太初凝視著她。

穆辛夷搖搖頭：「是為了我阿姊。沒有阿姊暗中安排，陳伯伯再厲害也不能這麼輕易收復熙州。阿姊已經用熙州在換回我了，梁太后很快會疑心上她，我要陪在她身邊。」

陳太初默然了片刻，心知她所言非虛。熙州北面就是蘭州，歷來多兵爭，城牆高且厚，壕溝深且廣，四面均有甕城，若無內應，極難攻下。何況梁氏有二十多萬大軍守城，若無五十萬大軍日以繼夜攻城，絕不可能這麼輕易收復。

這不僅僅是李穆桃在換回小魚，更是在兌現當初對他對陳家的承諾。李穆桃竟是一個守諾之人……

穆辛夷的手指輕輕劃了劃陳太初的掌心，「咦」了一聲：「太初你不怕癢了？」

陳太初微微點了點頭。

穆辛夷歪了頭問：「太初還有什麼地方變了是我不知道的？快告訴我。」

陳太初想了想，柔聲道：「我如今能吃辣，頗愛吃魚，不愛吃糖沒變，但不愛吃胡餅了。若不在軍營裡，入睡前會看半個時辰的書，有時是兵書，有時是經書。除了每日練武，還會練字——其實我的每一日都極其規律，乏善足陳。」

「為何是乏善足陳？就算是我傻了的每一天，現在想起來也覺得很有意思。可是太初，我知道有一個事情你一直沒變。」

「你說。」

「我的太初有一顆溫柔心，不喜歡殺人，不願意打仗。」穆辛夷的聲音輕柔，語氣卻堅定：「他只是沒辦法，可是太初，你不能連難受都沒有地方放。」

陳太初靜靜看著她，她眼中的夕陽似兩團火一樣，火裡是他自己的面容。

許久，陳太初才微微點了點頭。誰會天生喜歡殺人，誰會天生願意打仗？他姓陳，他必須去必須殺必須贏，這是他自出生就註定的路，無人可改。

穆辛夷雙手包住陳太初的手，笑道：「你不要像你哥哥那樣，你心裡想什麼，就說出來，和六郎說，和寬之說，和阿妧說，和你大哥說。無論你說什麼，你還是他們的太初。六郎和你大哥就算一時生氣，慢慢也會懂的。」

陳太初微笑起來：「我無事，你放心。」

「先安置再捨棄總比視若無睹好。至人無己，神人無功，聖人無名。」穆辛夷笑著握了握陳太初的手，站了起來：「我這就要回去了，太初你要好好的。」

陳太初站起身，伸出手臂將她輕輕擁入懷中，拍了拍她的背：「好，小魚你也要好好的。」

穆辛夷一愣，緊緊抱住了陳太初，大笑起來：「太初你今日牽了我的手，還抱了我，我好得不能再好了。若能每日都和你這麼道個別，神仙我也不願意去做。」

陳太初聽著她開懷大笑，不知為何，方才那一絲不祥之兆更濃了。

在窗口看著他們二人的九娘，心頭說不出的悵然。明明在南京未必就見不到穆辛夷，到中京後也應該會見到她，此時此刻，卻有一種此生不復相見的離愁，籠罩著院子裡的他們，也籠罩著屋子裡的他們。

第二百七十一章

陳太初回到偏廳時，夜幕已低垂，趙栩他們仍在商談。驛館的使者從延芳淀也回到了永平館，正在拜見趙栩，回稟一切順當。跟著又有僕從送進來消夏的各色果子和冰飲。

等使者退了出去，陳元初大口喝著冰飲：「你可不要被她賴上。六郎說得對，她不但不傻，還有心得很。」

陳太初朝兄長點點頭笑了笑，將穆辛夷所言熙州的收復有李穆桃暗中出力的事說了。

趙栩抬手將案上的一張紙丟入一旁的冰盆裡，看著墨跡化開，冰水漸漸沁出黑色絲線，又稀釋成灰黑淡霧散開來。陳太初不經意看了一眼，正是熙州收復的飛奴傳信。

「你是說李穆桃有踐行諾言的意思？」趙栩皺了皺眉。

「若能利用她和梁氏的內鬥，倒可少了借兵西征一事。」陳太初想了想：「我們七月初抵達中京，若按你原先的計畫，助契丹收回上京，自黑龍江起，以納水、遼河為界，東歸金國，西歸契丹。若能立約，也是八月裡的事。再說服契丹借兵借道借糧，只怕能出征夏州時已經要十月。十月開始北方已進入嚴冬，不利於戰事。」

趙栩揚起眉：「這是你的意思，還是穆辛夷的意思？」九娘和蘇昉都一怔，齊齊看向趙栩。九娘第一次聽到他對太初語氣這麼不善，不由得擔心起來。

「是我的意思。」陳太初目光清澈見底，和趙栩坦蕩對視：「你腿傷未癒，京中定王殿下一事，可見阮玉郎還會有異動。太皇太后又召了孟家的錢供奉入宮，前朝雖初穩，後廷卻仍有諸多不定之可能。若能攔住女真南下之野心，拿下梁氏，和為上策。你該早日回京定乾坤，來日方長，待勵精圖治後再作西征和北伐也不晚。」

蘇昉點頭道：「太初此言不錯，契丹皇室動盪了幾十年，耶律氏一族恐怕對蕭氏支持他們兄妹二人甚是不滿。如今耶律延熹兄妹依然無法決策朝政之事，只怕六郎所謀借兵一事不易。」

陳元初擱下空碗：「我認為六郎之謀甚妥。我大趙借兵僅僅借契丹大同府、雲內州的重騎一兩萬押陣而已，為的是斷了西夏再次聯盟契丹的念頭。我們只需從真定府、太原府集合河北西路、河東路大軍越過黃河，會合永興軍路延安府青澗城的種家軍重騎，即可從夏州直下興慶府。」

趙栩點頭道：「太初，寬之，你們所言有理。然西夏百年來都是我大趙心腹大患，至今三次大戰，耗損軍餉無數，死傷軍士近十萬。每每戰局不利，李氏就低聲下氣求和稱臣，一旦休養生息了，又捲土重來。西夏服軟要請我朝賜銀撫民，強硬時便索取歲貢和茶葉，左右都是伸手。若無李氏這隻餓狼，我大趙百萬禁軍何須蓄兵三分之一於西北？我大趙西北三十萬大軍，可有一日安心過？李穆桃想要借契丹和大趙之力拿下梁氏，但憑她一己之力，就能一改西夏百年來的國策？就可左右黨項和西夏十二軍司一貫的想法？」

陳太初默然了片刻，垂眸道：「六郎你說得也對。」

九娘將一碗冰飲遞給陳太初，笑道：「六哥和元初大哥主戰，阿昉和太初兩位表哥主和，倒似朝中的兩派呢。我沒有機會上金殿聽朝臣們唇槍舌戰的壯觀景象，眼下倒是體會到了。我猜朝中恐怕表舅會主和，張理少會主戰？」入了契丹境後，飛奴傳書只能到河間府，再靠人力送達，比往日要慢了一天。但這幾日蘇瞻和張子厚依然天天各自有信來，孟在的信也是每日不斷。

趙栩四人被九娘一打岔，不禁都笑了起來，各自吃起手邊的冰飲或果子水。

九娘柔聲道：「其實四國局勢，瞬息萬變，不可以一計定論。我們到河間府的時候，也料不到能這麼快收復熙州。下個月又會發生什麼，誰能知道？若能先利用李穆桃掀起西夏內鬥，自然是好事。畢竟契丹能否應承借兵，耶律延熹能否掌權，也非我們能全盤掌控的。更何況李穆桃有心投靠，若能聯合三方，制約金國，豈非大善？待和談結束後，局勢自然明朗，屆時你們再定是先攘外再安內，還是先安內再攘外，也不算遲。」

趙栩靜靜注視著九娘，點了點頭，推動輪椅到了陳太初面前：「太初，我確實對李穆桃和穆辛夷有成見。我們先處置好女真再行商議，若我有好戰喜功之意，你直接說我就是。」

陳太初看看趙栩，又看了看九娘和陳元初，吸了一口氣道：「六郎，寬之是為國為民為天下人著想，不願生靈塗炭。可是很慚愧，一直以來我殺了許多人，也知道保家衛國是我陳太初的職責所在，但自己性子裡確實有懦弱之處，有畏戰之心，天人交戰時常有之，只是自己都不敢面對，也從來不敢承認。若有來世——」

他垂首輕聲道：「我只願為一棵樹，也不願再度為人。」

陳太初抬起眼，歉然道：「對不住。」

趙栩定定地看著陳太初，臉色陰沉，眼中燃起熊熊怒火。他能接受蘇昉主和，卻不能接受自己不知道陳太初有這樣的畏戰之心。他和太初一同長大，竟從未發覺他還有這樣的心思。趙栩生氣自己不夠細緻，更擔憂太初的狀態。陳太初如果真的有畏戰之心，上了沙場殺敵對陣時他定然極難受，一旦壓抑不住，極有可能陷自己於死地，陷大軍於絕境。

陳元初霍地站了起來，大步走到陳太初面前。

陳太初仰起臉：「對不住，大哥，我——」

話未說完，「啪」的一聲，陳元初抬手一記耳光，打得陳太初頭都偏了過去，半張臉上三根指印立刻紅腫凸浮了起來。屋內一片死寂，九娘竟一時反應不過來情勢為何會急轉直下到這個地步。

陳太初慢慢轉過頭來，雙掌平靜地擱在自己膝蓋上，輕聲道：「我對不起爹娘和陳——」

「啪」的又是一掌，依然打在陳太初左邊面孔上。陳太初這次沒有再轉回來，靜靜側著頭，一聲不吭。

「元初——」蘇昉和九娘齊聲驚叫起來，趕緊過來拉開陳元初。

陳元初被蘇昉和九娘拉住了手臂，開口怒喝道：「陳太初，你是被那妖女迷了心！說的什麼混帳話？你忘記你姓陳了？忘記爹爹在秦鳳路拚殺十多年了？忘記這天下百姓能男耕女織經商讀書是怎麼來的？你有什麼自己？你憑什麼有自己？西北那些埋屍黃土中的弟兄們，他們沒有自己嗎？他們都想死是不是？爹娘帶你回汴京嬌生慣養，竟養出了你這種德行，你也配做我陳家人——」

陳太初身子微微顫抖起來，極力壓抑著什麼，終究還是垂首低聲道：「我確實不配。」

大哥所說的這些道理，正因為他早就知道，才會全然忽視那個「自己」，更恐懼那個「自己」。如小魚所說，他從來不允許自己想，更不允許有任何空隙安放那一絲「難過」。

陳元初喘著粗氣，看著陳太初片刻，甩開九娘和蘇昉的手，衝到趙栩案邊，拔出劍：「自從穆辛夷到了你身邊，你就跟變了一個人中了邪似的，說些有的沒的，我這就去殺了她，一了百了！」

九娘驚叫道：「元初大哥！千萬別——」

陳元初身形微動，已到了門口。蘇昉一呆，這是陳元初傷後第一次顯露身手，原來他已經恢復如初了。

劍光閃動，掌風如刀。陳太初擋在了門口，空手對陳元初手中的寶劍。

「住手——」趙栩和九娘異口同聲喊道。

陳太初立刻收了手，卻依然擋住了門。

陳元初一劍橫在陳太初頸中，雙眼發紅，悲憤莫名地嘶聲道：「太初！李穆桃毀了你大哥還不夠嗎？你也要任由自己毀在穆辛夷手裡？」

「大哥——」

趙栩輪椅隔在兩人之間，抬手奪下陳元初手中的劍，寒聲道：「你們都是頂天立地的漢子，卻糾纏於兩個西夏女子身上，都不配姓陳！」

陳元初胸口劇烈起伏了幾下，和陳太初對視無語。

趙栩手中的劍背啪啪幾下，連續敲打在陳元初和陳太初的腿上：「誰能毀了誰？誰能毀了你們？只有你們自己能毀了你們──」

他怒視著陳元初：「你終於說出口了？你不就是教了李穆桃陳家槍和游龍箭嗎？卸了她右手即可取回來。你不就是輸給了高似？日夜苦練總有一天能贏他。你不就是丟了秦州？打到興慶府就能雪恨。可你為何要念著她從梁氏手裡救了你？為何要念著她盜解藥給你？你究竟是在恨李穆桃還是恨你自己？陳元初你身為陳家長子，卻一早就立誓不娶妻不生子，你就配做陳家人？你就對得起舅舅、舅母？」

「你罵他打他倒是理直氣壯。」趙栩冷冷地問：「你自己呢？你就沒有那個『自己』？那你怎麼就毀在李穆桃手裡了？」

陳元初咬牙不語，一頭的汗，死死盯著趙栩。

九娘將帕子在乾淨的冰盆裡投了投，絞乾後遞給陳太初，為他們兄弟兩個心疼不已，可她明白他們。太初所說的，就像另一個她，那個被死死壓著的「自己」是心魔，更是執念。許多人終其一生都看不到「自己」，未必不是一種幸運，但看清真正的「自己」後，哪怕再痛苦，也無法回到最初了。

陳太初接過帕子，壓在火辣辣的臉頰上，輕聲道了謝。他心裡舒服了許多。他終於說出了口，大哥也終於說出了口。

蘇昉將陳元初、陳太初拉回座位上，歎道：「天地與人，一源分對，道儒釋子，一理何疑。見性明心，窮微至命，為佛為仙只在伊。功成後，但殊途異派，到底同歸。今日元初和太初你們能抒發胸臆，也是明心見性，是好事，為何要這般動氣？」

九娘將趙栩的輪椅推了回來：「說得對，確實是好事。太初表哥見性，元初表哥明心。該喝上幾罈慶賀才對，芸芸眾生，有幾人能看清本心？這和李穆桃、穆辛夷並無關係。若能欣然送走穆辛夷，和李穆桃談笑風生，為大趙謀利，才是真正放下了往事，放過了自己。元初大哥你說是不是？」

陳元初默然了片刻，長身而起。蘇昉嚇了一跳，趕緊去拉他。

「放心，我去拿酒。」陳元初往門外走去：「太初，是哥哥不好，對不住了。」

「大哥——」陳太初起身追去：「我陪你多拿幾罈來。」

廊下的章叔夜鬆了一口氣，默默退回了院子中。

第二百七十二章

是夜，南京析津府城南外的永平館內，酒香四溢，蓋過了花香。

陳元初的眼睛越喝越亮，從椅子上喝到榻上，從坐著喝到躺著，話越說越多。太初兒時的種種，陳青帶著穆娘子歸來的事，他和李穆桃如何從死對頭變成師兄妹，從了軍後每次休沐都去穆家探望傻乎乎的穆辛夷……

「太初，還記得劉家的雞絲餛飩嗎？」陳元初伸手往羅漢榻邊比了比，笑道：「你們那時候都沒這麼高，穆辛夷只吃雞絲，你只吃餛飩。對了，穆辛夷從小眼睛賊大，臉埋在大碗裡，眨巴著眼睛看你，求你給她點雞絲，好像那碗長了雙嚇人的大眼睛。哈哈哈哈。」

陳太初聞言看了一眼雙頰赤紅，坐在地上背靠著趙栩輪椅的九娘，將手中酒罈口朝下倒了倒，滴下三四滴來。

當年他看到凌家餛飩攤上那埋在大碗裡的小臉，一雙大眼抬起，眨巴眨巴看著自己的時候，心裡就又軟又親切，似乎她一直在等他，要他幫她。

他就那樣撿到了幼時的阿妧。

情不知所起？世間原來並沒有無緣無故的喜愛……

陳元初又開始念叨穆辛夷傻乎乎吃糖時嘟囔囔的臉頰，還有喜歡赤腳踩水，好好的嫩白腳丫子弄得泥鬼一樣，最可氣的是還總帶著陳太初一起踩。

陳太初一手拍開酒罈泥封，也笑了起來：「這次回秦州，找不到外翁、外婆，在院子裡她也踩水了。我打了好幾十桶水，確實爽快。」

「寬之你說，我是不是對她凶了點？」陳元初伸腳捅了捅躺在自己對面的蘇昉。

蘇昉可以少喝，也已經半醉，抱著涼涼的酒罈嘀咕道：「不凶——」

「是很凶，太凶了。」蘇昉睜開眼，盡力看了看陳元初：「早看出來你放不下了，到底你還年輕，她阿妹又是你唯一的心愛之人。」

陳元初蹬了他一腳：「放屁，你可比我小，說得好似你過盡千帆一樣，呸。」

「你早就知道李穆桃保住了你的命吧，還保住了你一身功夫。身受生死仇敵的救命之恩，你太苦了。」蘇昉歎了口氣，陳元初那麼不羈的人，卻也有死穴命門脆弱之處，倒真是令人難以置信。

趙栩笑道：「什麼苦都是自找的，想那許多能不苦嗎？除了家人，有什麼人值得惦記一輩子的？」見陳元初、陳太初和蘇昉三人投向自己的目光中蘊含著的輕嘲和笑意，趙栩縮回手摸了摸自己的下巴：「當局者迷，旁觀者站著說話不腰疼。看，我坐輪椅，腰果然一點也不疼。還有，阿妧是我家的——人。」

換做是他自己，倘若九娘被阮玉郎擄走回不來，他會變成什麼樣？倘若九娘選了太初，他又會卑鄙無恥毀約到什麼程度？他只是運氣夠好而已，心底最深的惡不曾被引出來。

蘇昉斜眼去看趙栩和九娘：「不管你能不能惦記一輩子，六郎，我可是要看著你這輩子的，你要是敢再納別的女子，我定會將阿妧接回來。」

趙栩仰首喝了一口酒，眼角越發通紅，面色卻越發瓷白，整個人妖豔如一株曼陀羅，聽了蘇昉的話，垂眸看看身邊的九娘：「好，那你看仔細了。」他忽地笑起來：「就算阿妧和我置氣，也該是她弟弟十一郎或是孟彥弼來接她，哪裡輪得到你這個隔房表哥？」

蘇昉用力揮了揮手：「你懂什麼？阿妧和我娘這麼有緣，她就像我的親妹子——」

九娘微笑著，舉起懷裡的小酒罈，仰頭喝了一口：「本來就是親的——」一個「娘」字淹沒在酒中，甘甜得很，餘味無窮。

她放棄了前生今世既定的兩條路，走向第三條鋪滿荊棘的路。阿昉也終於真正放下了傷痛。現在元初也跨過恩怨情仇，他日再見李穆桃，才能如陳青所言，沙場見就拚個你死我活，無戰事亦江湖陌路。只有太初，她吃不准他會如何待小魚，他們在一起說的話別人也聽不太懂，總含有機鋒或其他深意，甚至有時她感覺到太初有心懷離塵之願。

但無論入世或出世，修道或悟禪，只要是太初的心意，她都能理解。再強大的人，看起來再厲害再完美的人，無論是她的前世，元初或太初，甚至陳青和趙栩，其實依然會犯錯會軟弱會懷疑會崩潰，掩蓋得越好，冰層越厚而已。經歷過生、病、死、愛別離、怨憎會、求不得的王玞，早就該懂：萬事，留一線慈悲心，尤其對自己。

因為無論如何，他們還是他們，永遠不會變成蘇瞻、阮玉郎、太皇太后那樣的人。

汴京城的月色也清潤，翰林巷孟府家廟院子裡，蒲團上的梁老夫人已經跪了兩刻鐘。六娘從宮中來信，言語極其小心。但自從錢婆婆奉召入宮，她心裡早有了準備。

「娘——」孟存匆匆大步進了家廟，伸手去攙扶梁老夫人：「母親這是為何？兒子要是做錯了什麼，只管責罰就是，若是跪壞了身子，讓兒子如何是好？」

梁老夫人並未糾正他對自己的稱呼，攙著他的手，慢慢踱到西廊下，看著廊下的燈籠，歎了口氣：「仲然，叔常的事，你可知道了？」

孟存一怔，拂了拂美人靠：「娘，快坐下歇歇。九娘極得殿下的喜愛，叔常能在殿下左右，自然是好事。他還破了黎陽倉大案，他日三叔一脈，得以靠他光耀門楣，是好事。」他笑道：「娘，你放心，我奉太皇太后的旨意擬旨，並無失職瀆職之過。二府也並未為難我。我在翰林學士院甚自在。還有阿嬋，雖是在太皇太后身邊伺候，可她和九娘最是要好，想來在宮裡以後也會順順當當的。說不定還能早日出宮嫁個好人家。娘是擔心什麼？我難道還會眼紅叔常不是？」

梁老夫人精神萎靡，聽了孟存的話，略振作了一些，點頭道：「你能這麼看就對了，上次罰你的用意你可明白？」

「兒子明白娘的苦心。」

梁老夫人靜靜坐了一會：「老大回宮裡當差了，你也常在宮中行走，我身邊貞娘也陪著阿嬋在宮裡。以後說不得阿妧也要入宮，慈姑肯定也是要跟去的。錢供奉也回宮了。去蘇州的事不能再拖，你跟阿呂說，儘早安排。」

孟存聽她語氣，趕緊低聲應了：「好，娘放心，她這幾日忙著滿月禮，我回房同阿呂說。」

梁老夫人凝視著孟存，片刻後點了點頭：「仲然，你不要和兆王親近，他管他的宗室子弟讀書，你做你的大學士。我雖不甚熟悉岐王，但他身為先帝胞弟，幾十年如一日不聲不響，從來不遞摺子請求入宮，這份忍耐功夫，宗室裡是頭一份。你和兆王來往，未免令他和太后娘娘不快——」

「娘——」孟存笑了起來：「兆王這兩日是來問張子的那些書籍可否推廣到宗室子弟之中。因這件事是蘇大郎和禮部奉先帝旨意辦的，蘇和重也都在場。學士院的好幾位學士也都在，今日還商議講讀官是否也要給官家講一講張子。」他見梁老夫人面色鬆動了一些，歎了口氣：「自從雪香閣那夜後，大哥和我生分了許多，他日忙夜忙，我也未曾能夠好好辯白一番——」

梁老夫人伸手拍了拍他的手掌：「伯易不是那麼小心眼的人，你自己明白就好，該避嫌的要避嫌。」她想了想，終究還是說道：「叔常說的嫡庶之事，你也勿放在心上，阮氏素愛亂家，臨死亦胡言亂語。你不理睬他就是，但也勿傷了兄弟和氣。」

孟存慢慢跪了下來，摟住了梁老夫人的膝蓋：「兒子心裡有數，並未和他計較。娘心裡明白，兒子才安心。」說著竟哽咽了起來。

梁老夫人輕輕拍著他的背，默然了片刻：「好了，起來吧。」

母子二人的身影在廊燈下斜斜落在地上，各向一邊。

七月初，趙栩等人終於在耶律延熹和耶律奧野的陪同下抵達契丹中京大定府。

中京位於遼河上游，七金山之側，仿照大趙都城汴梁而建，分為外城、內城、皇城。趙栩車駕進入中京城正南門朱夏門時，眾人都有似曾相識之感。中京外城大多居住的是漢人，市肆作坊寺院林立。

鼓樂不斷，馬車慢悠悠地前行。孟建透過車簾看到這通向內城之路極寬，足可供十六匹馬並轡而行，兩邊街坊整齊，路旁排著許多駱駝，卻無多少百姓。

他雖然掛心過兩天就要被送來和親的四娘，卻更關注對面也在觀察車外的九娘。

「阿妧，為何街上有這許多駱駝？是要賣給我們還是送給我們的？」

九娘搖頭：「我也不懂。」

因不便在完顏亮面前出現的高似也在這輛車上，聞言低聲道：「每逢趙使前來，契丹朝廷就會將百姓趕回家中，牽來許多駱駝炫耀富足。」

孟建吃了一驚，深覺荒謬可笑：「這契丹已丟了三分之一的國土，還有心思對我們炫耀駱駝，真是——」

九娘歎道：「越是如此，越是要炫耀，一來安定民心，二來顯示契丹還有和大趙並肩的能力，三來壓制住女真的威風。不只是我們，想來李穆桃和完顏亮也看到了這些駱駝。」

聽到完顏亮的名字，孟建眼皮猛然跳了好幾下，躊躇片刻小心翼翼地開口問道：「阿妧，我聽說那完顏亮的名聲不太好——」

九娘轉過頭來，一雙黑曜石般的眸子閃著精光，落在孟建臉上，似笑非笑道：「四姊的名聲很好嗎？」

孟建心虛地給咳了一聲：「聽說完顏亮殘暴無德——」

「倒和四姊甚是相配，天生一對。」九娘淡然道：「爹爹與其操心四姊，還不如操心娘和七姊她們都到了蘇州沒有。」

太陽明晃晃地在空中掛著，沿途皆是契丹軍士一路守衛，商鋪作坊全部關著門。耶律延熹的車駕在前，趙栩一行的車駕隨後，行至半途，內城南門陽德門遙遙可見，突然路兩側的駱駝群一陣騷動，有十幾匹駱駝一改溫順的性子，翻騰蹄子撞開兩邊的契丹軍士，直衝向車隊。

見駱駝瘋了一樣地直衝向頭兩輛馬車，管駱駝的赤身大漢在後頭邊追邊喊著契丹話，驚駭欲絕。這可是中京城，那可是皇太孫的旌旗所在車駕——

高似見駱駝異動，一把就將九娘壓在地毯上，順手扯過案几平擋在九娘身上，顧不得案几上的茶盞全部摔在了車廂內壁上，低喝一聲：「勿動！」他扯起頸中紅巾遮住半邊臉，衝出車外。

孟建看著車簾猶自不斷擺動，才反應過來，急急蜷縮著爬入案几下頭，靠著九娘：「是刺客嗎？我們的腿還在外頭怎麼辦？」

九娘苦笑一聲，他們千算萬算，千防萬防，一路上警戒萬分，誰想到跟著耶律延熹進了城後，這短短的入宮之路，天子腳下，重軍把守，居然還會遇到暗算。只是趙栩和耶律延熹，究竟誰是池魚還不一定。

唯一可以肯定的是，有人不擇手段，有人想渾水摸魚。

第二百七十三章

兩側街道門窗緊閉的鋪子裡，倏地射出近百支弩箭，直奔車隊中間的幾輛馬車。

九娘渾身汗毛倒豎，她側身從靴子裡拔出從阮玉郎手裡奪回來的短劍，擔憂坐在輪椅上的趙栩會不會有事。

孟建嚇得來不及地縮回腿：「腿——！」

突突突密集的碰撞聲不斷，趙栩這次遠行所用的馬車，兩側和車後的輢、軨都是精鐵外包著木板，大多數弩箭都未能穿透馬車車壁，但有兩枝弩箭破窗而入，因力道太足，竟對穿而過。孟建才明白高似為何把九娘按倒在車廂地面。

父女倆聽到外面馬兒的慘嘶聲長鳴，驚馬了，馬車劇烈搖晃起來。孟建面無人色。

亂作一團的大道上，蜂擁而至的契丹軍士往兩邊屋內衝去，和一群黑衣人殺在一起，也有飛奔向皇太孫車駕護衛。

一聲長嘯忽地在第三輛馬車前平地雷聲般響起，餘音滾滾，震得人耳中劇疼無比。

一道暗黑色刀光如瓢潑大雨從空中傾覆下來，一片血光無一滴亂濺，被刀氣直直壓下，落入地上的黃土中。

驚了的兩匹馬，在一刀之下，車轅斷裂，馬頭墜地，馬蹄猶在發力前奔，撞上了趙栩的馬車，頹然靜止了一瞬，歪倒在地面上。後面的車軸猝然折斷，車廂右前角轟地落在了地上。

前兩部馬車是太孫和親王的座駕，諸侯駕五，車轅下皆有五匹馬，兩側的馬雖然中了弩箭吃痛要狂奔，轡繩卻被勒得極緊，只能一味痛嘶翻蹄不已。

駐契丹中京大定府的趙使白思退頭皮發麻，從地上爬了起來，顧不得灰頭土臉，奔向趙栩的車駕。

好在並無第二批弩箭射出，他爬上車顫聲問：「殿下？殿下——？」

車簾旋即被人掀開。

寬大的車廂內，趙栩坐在輪椅上，手中拈花一般拈著一支弩箭，面含薄怒，眼眸深邃。他左右各有一人，陳元初和陳太初單膝跪地，利劍在手，眼神淬冰，掃過白思退，白思退打了個寒顫：「兩位陳——陳將軍安好？」他視線下垂，見車內有幾枝被斬斷弩箭。

「吾無事。」趙栩沉聲安排：「太初，你去後面把阿妧接過來。叔夜處理馬匹，讓人去後頭找一下方紹樸。」

白思退不敢再言語，看向身邊一雙大手青筋盡顯正全力幫兩個御者勒住轡繩的魁梧青年。

「下官領命！」章叔夜朝車旁的親衛們喝道：「斬馬——！」

幾名親衛立刻掏出軍中專遮馬眼睛的黑色長布帶，將中間受了重傷狂躁無比的三匹馬眼睛蒙上，退後幾步，揮刀出鞘，大喝一聲，斬落兩側傷馬的馬頭。他們比起高似差了許多，馬頭落地，鮮血四濺。

白思退紫色公服上濺了好些血，雖看不出來，他依然嚇得一聲驚叫活活噎在嗓子眼裡，一顆心砰砰砰快跳了出來，差點從車上摔了下去。

章叔夜毫無表情地看了他一眼，縱身跳下車，吩咐了親衛幾句，親自重新調整車駕。

戰戰兢兢的孟建跟著九娘隨陳太初回到趙栩車上。趙栩立刻伸出手：「阿妧，到我這裡來。」

九娘依言跪坐到他身前，將手放入他掌心中：「我沒事，你可好？」

趙栩握緊她的手，心裡懊惱著應該將她安排在自己車上，嘴裡卻道：「我們都沒事。你就留在我身邊。」

九娘輕輕點了點頭。

陳太初看了一眼兩人緊緊握在一起的雙手，轉身彎腰邁出去兩步，一把掀開車簾，凝目注視著前面三十多步外耶律延熹的車駕。

方才弩箭聲響起時，他先想到的還是阿妧，明明放下了，還是會念及。不知怎麼，這一剎那，陳太初心裡更踏實了。他還是做到了當初在州西瓦子裡對爹爹說的話，他還是當初的那個陳太初。

孟建並不想打擾趙栩和女兒，無奈實在太緊張，忍不住脹紅了臉咳嗽了幾聲。趙栩和九娘看向窗外。

陳元初轉頭道：「已經控制住了，看不出是西夏的還是女真的。」

「也有可能就是契丹的。」趙栩淡然道：「射向耶律延熹車上的弩箭數量最多。」

陳元初皺了皺眉頭。

「強敵當前，契丹朝廷內還會有人下此毒手？」九娘納悶道。

陳太初聽到九娘的話，回頭歎道：「正因局勢大亂，才有人欲乘勢獲利，若是六郎出事，應該會算在女真頭上，逼得大趙不得不放棄四國和談，全力對抗女真。」

「但也有可能是阮玉郎和梁氏、完顏亮串通一氣所為，他們始終欲除六哥而後快——」九娘低聲道。

趙栩握了握她的手：「沒有契丹人的幫忙，誰能替代了平民百姓潛伏在這兩側而不為人知？」

九娘一怔，看來中京局勢比他們設想的更為複雜混亂。

蒙著半張臉的高似持刀警惕四周，守在車側。兩邊的打鬥已經結束，黑衣刺客大多已被格殺當場，有兩三個被擒的也立刻自盡身亡。

前面耶律延熹的車駕卻沒有趙栩的這般牢固，四十多枝弩箭幾乎對穿而過，幸虧車裡耶律奧野見機得快，護住了耶律延熹，自己手臂略有擦傷。兩人面色都難看到了極致。

兩撥人互相查看互相問安後，所幸傷亡並不慘重，弩箭全部朝向車駕，兩側站立的契丹軍士死傷十多人。趙國使團僅有七八人受傷。方紹樸從隊尾跑來，查看以後鬆了一口氣，見隨行軍醫已提著藥箱趕到，趕緊忙著拔箭止血。

遠方馬蹄聲急促靠近，從內城陽德門飛奔而來數百騎，捲起一陣黃土風塵，直至耶律延熹車前才勒韁停下。當先兩匹馬上卻跳下兩個女子，一個著紅，宛如一團火，一個著黑，宛如一塊冰。

「皇太孫殿下可安好？」李穆桃嘶啞的聲音鎮定如常。

耶律奧野跳下車來：「皇兄無事，有勞長公主親自前來。」

李穆桃抱拳道：「多謝公主送舍妹回我身邊。」她目光投向趙栩車上，和陳太初靜靜對視了一眼，拱了拱手。

車簾落下，晃了幾晃，歸於靜止。

「表哥——？表哥你還好嗎？」清脆的契丹語呱啦鬆脆，帶著盛夏的熱氣。

耶律奧野看著眼前的少女，無可奈何地道：「芳宸，我說過皇兄沒事了。」

蕭芳宸身為蕭氏一族的天之驕女，卻不買耶律奧野的帳，手上皮鞭一揮，身後一個奴僕立刻跪倒在車前，雙手撐地。

蕭芳宸一腳踩上了他的背，就要登車探視耶律延熹。

耶律奧野卻一把拽住了她，輕聲喝道：「芳宸——未得傳召，不可擅登皇兄之輿。」

「芳宸，吾甚好，多謝關心。」柔和悅耳的聲音從車內傳出來：「輿中多弩箭，你可要上來看看？」

蕭芳宸甩開耶律奧野的手，得意地睥睨了她一眼：「哼，聽到沒有？」

耶律奧野微笑著目送她鑽入車內，看向李穆桃：「我陪長公主去和燕王殿下見一見？」

李穆桃收回視線，凝視著耶律奧野：「還請公主相信興平，此番行刺和我夏國絕無關係。」

「我和皇兄倒是願意相信，只怕燕王殿下不會這麼認為。」

李穆桃點了點頭，轉身朝側邊死傷一堆的路旁走去。身後十多個親衛隨即跟上，不住地四處張望著。

耶律奧野略一遲疑，靠近了車廂，只聽到蕭芳宸撒嬌賣癡的聲音，索性跟著李穆桃去了道旁。

李穆桃彎腰拉開兩三具屍體的蒙面汗巾，抽出身邊親衛的長刀，挑開屍體包裹得嚴實的黑色頭巾。

「都是短髮——」耶律奧野歎了口氣。契丹、西夏和女真都有剃髮習慣，契丹人剃去頂髮，留四周短髮；西夏人卻是全剃了，最多留額上一小撮；女真人類似契丹人，但顱後髮留至垂肩。眼前的屍體卻都是一頭短髮，顯然不想被人發現真正的來歷。

李穆桃冷聲道：「扶起來。」

她長刀如風，瞬間將三具屍體的短髮剃了個精光。

陳太初和章叔夜在她身後幾步遠處雙臂抱胸，靜靜看著，見到三具屍體的頭皮，不由得相互對視了一眼。

李穆桃轉頭看了陳太初一眼：「太初來得正好，請你做個見證。我夏國一心求和，絕無異心。」

她轉向自己的一個親衛：「給公主和陳將軍看看你的頭皮。」

那人毫不猶豫，單膝跪地，紅通通有些蛻皮的頭朝向耶律奧野。

「我國男子，按律禿髮。」李穆桃長刀在他頭上轉了一圈，那人紋絲不動。

「西域日曬，故而頭皮經年通紅，多斑。」李穆桃指向那三個光頭：「此三人雖刻意蓄髮，但仍然可見外圈頭皮白色，唯有頭頂內圈暗紅。公主和太初可看清楚了？因此可以斷定，這些人不是女真人就是契丹人。」

圍著他們的一眾契丹將士大多聽得懂漢話，聞言立刻騷動起來，有兩位副將不待耶律奧野下令，已喝令手下將剩餘屍體的頭髮剃光了查看。

耶律奧野厲聲用契丹語喝止：「住手，帶回去交給蕭大王處置——」

陳太初和李穆桃對視著，一語不發，忽地微微笑了起來：「多謝長公主，如此一來，大名府擒拿擊殺的刺客，倒輕易可區分出哪些是梁太后的人，哪些是阮玉郎的人，又有哪些是女真人了。」

李穆桃一僵，上前兩步低聲道：「太后糊塗，已棄熙州城，還請燕王——」

陳太初打斷了她：「她糊塗你可不糊塗，燕王也不糊塗。若是獻出蘭州城，永世稱臣，方可考慮和談一事。」

李穆桃琥珀色的眸子一暗，又上前了一步，聲音更低：「一言為定。」不等陳太初開口，已大步走到耶律奧野跟前：「公主，既然太孫殿下和燕王殿下都無恙，不如早些進皇城。陛下已等了許久。」

耶律奧野點頭，又吩咐了那些副將幾句話，帶著李穆桃回到耶律延熹車前，卻還未見到蕭芳宸下車。

金鞭揮地，旌旗移動，鼓樂再起，數千人緩緩往陽德門而去。

路邊堆積的馬屍和人屍迅速被蓋上了麻布，鐵鍬翻飛，黃土掩蓋住了血跡，善後的軍士們等車輛前來運載，受傷的人躺在路邊大石砌成的下水道旁，期盼得到陰涼，呻吟聲在車駕遠去後終於響了起來。

第二百七十四章

中京皇城的大殿，比起汴京皇宮的外六殿窄小了許多，擠滿了文武重臣和三國使者後，更顯得逼仄，宮女和內侍不得不背挨著牆邊靜立著，他們前面是腹心部的軍士們，身材魁梧，個個手按刀柄，肅立兩班之後。

壽昌帝陰沉著臉聽耶律延熹的稟報，偶爾抬眼掃過階下眾臣。耶律延熹將李穆桃所言如實稟報後，殿上一片死寂。

趙栩位於左上首，注視著對面的李穆桃。李穆桃神色沉靜，微微側身對壽昌帝行了一禮：「還請陛下恕罪。因恐引起燕王殿下誤會，導致趙夏和談徒生波折，興平越俎代庖實屬無奈。」

「有勞公主。」壽昌帝和李穆桃一樣，說一口流利大趙官話，聲音蒼老卻不乏力道，他轉向趙栩道：「燕王受驚了。」

趙栩略欠了欠身子，笑而不語。不出他所料，壽昌帝淡淡地專用契丹語道：「此事便由孝忠去辦。」

契丹北院大王蕭孝忠是蕭芳宸的祖父，乃后族蕭氏的當家人，聞言出列躬身領命。

中京留守韓紹芳大步出列：「陛下，臣轄下不嚴，有失職之罪，懇請陛下允許夷離畢院❶為北院大王出力。」

中京宰相府的左右宰相和左右平章政事皆出列附和。

趙栩和李穆桃對視一眼，都看出對方心中已有了大概。中京大定府原是陪都，自成體系，如今朝廷從上京前來，整個南院、北院數千官員湧入中京，不免各自爭權奪利。耶律延熹雖然貴為皇太孫，三十多歲仍居住在深宮，並未掌管歷來皇太子應掌的天下兵馬大元帥府，僅僅領了都元帥府的副元帥虛職。壽昌帝在位近七十年，皇太子和皇太子妃遭冤殺，耶律氏和蕭氏爭鬥不已，二十部落之間勢力不均，內耗不止，外敵不滅，契丹早不如以往那般強大。

壽昌帝猶豫了片刻，點頭稱是，和蕭孝忠商議了幾句，轉向耶律延熹：「延熹沒事，乃不幸中的大幸。此事定要查個水落石出。」

「多謝陛下。」耶律延熹語氣恭謹，也無在殿上糾纏此事的意思。

大趙國書和禮單呈上後，壽昌帝舉杯三巡，殿上恢復了正常。宮女往來穿梭，玻璃盞裡是契丹皇宮中特有的麵麴酒，金黃酒液傾入趙栩面前的玉盞之中。

「陛下，六郎腿傷未癒，不能飲酒，還請陛下恕罪。」趙栩躬身笑道。

壽昌帝關心了幾句他的腿傷，見趙栩這般的風姿，不禁緬懷起趙璟來，便轉頭吩咐了身邊人幾句。不多時，一隻細長汝窯茶瓶獻了上來，配套的茶盞也是配套的瑪瑙入釉天青色汝窯茶盞。

「這是三年前吳王來上京時，你爹爹送給我的禮物。」壽昌帝歎道：「我和你爹爹素未謀面，也甚感念他的仁心。大趙和我契丹這許多年未有兵禍，乃你爹爹的功德。」言辭中卻未提及崇王趙瑜。

趙栩端起茶盞：「浮雲遊子意，落日故人情。陛下盛情，六郎感恩。陛下一心向佛，慈悲為懷。大趙和契丹定能再結盟約，和平共處，功德萬世。」他手指在茶盞底輕輕摩挲了一下。當年原以為他會出使契丹，這套茶具還是他親自挑選的，茶盞底的支釘痕應該是六個而不是常見的五個，正合了他的排行。

壽昌帝的臉色稍霽，又舉了幾次杯，和李穆桃也說了幾句。

殿外有人通報：「金國四太子完顏亮駕到——」

殿內驟然寂靜下來，又有了些緊張的氛圍。

「未能在上京見到陛下，可惜啊可惜。陛下安好。」一個年輕壯漢大步踏入殿中，朝壽昌帝拱手行禮，狀甚倨傲，語甚輕蔑。

趙栩抬起眼，看向這素有暴虐狂徒之名的金國四太子完顏亮。他個子不高、厚背寬胸，看起來很壯實，身穿白衣左衽苧絲長衫，辮髮垂肩，只留了顱後髮，繫了七色絲，垂有七顆金珠。滿腮的鬍子極捲，濃眉下一雙眼，精光閃閃，如虎似狼。

上過戰場的人，如趙栩和陳元初、陳太初，自然看得出他眼中的嗜殺和殘暴。

---

❶ 夷離畢院：遼朝官名。遼朝建立後，管制分南北兩制，設立北面夷離畢院掌刑獄，有左、右夷離畢，知左、知右夷離畢事等官。

壽昌帝將將稍霽的面色又陰沉下來，冷哼了一聲：「多謝四太子掛念。朕好得很。」

完顏亮卻已經側目看向趙栩，仰頭大笑起來：「燕王？」

趙栩唇角微勾：「完顏亮？」

你有禮，我以禮待之。你無禮，我自然也無需客氣。

完顏亮一愣，朝他大步走去。滿殿的契丹文武重臣皆無動靜，無人出聲也無人出面阻攔。

「聽說我那雜種二表哥做了你的家奴？」完顏亮抬起一條腿，踩在了趙栩面前的矮几上，彎下腰挑眉問道。

殿上頓時一片譁然。高似的身份由大趙公布於天下，既是耶律氏的後人，也是完顏氏所出，竟然被完顏亮在中京皇城內稱為雜種，他全然無視契丹的貴族血統，簡直罪無可赦。有兩個北面樞密院的耶律氏子弟就要上前辱罵，卻被蕭孝忠一個眼神給硬生生攔了下來。

完顏亮如此悍然發難，無禮之極，宛如草原上的無賴，自然是要試一試趙栩這位大趙監國親王的分量。

趙栩一雙桃花眼眯了起來，唇角卻微微勾了起來：「耶律一姓乃契丹國姓，為保血統高貴，只和蕭姓通婚，可惜卻能納妾蓄奴。女真族人昔日雖然是契丹家奴，四太子為何如此自輕自賤？」

那幾個血氣方剛卻不能出列的耶律氏子弟哈哈大笑起來：「燕王殿下說得好！」

完顏亮對漢話並不熟稔，想了一想才琢磨過來，勃然大怒伸手就要拔刀，一摸腰間，金刀卻被留在了殿外。

趙栩忽地展臂前探。完顏亮心知他雖然腿傷未癒，一身驚世駭俗的功夫卻還在，趕緊退後了三步，肌肉緇緊了，擺了個應戰的動作。

眾人只見趙栩的寬袖如青雲出岫，拂過身前案几上。

那案几被完顏亮踩過的一角，無聲無息落在地面。案几上茶盞裡的茶，無一絲波痕。

「既然髒了，還是去了的好。」趙栩唇角弧度更甚，柔聲道，帶著一絲絲可惜：「還請陛下恕罪六郎這愛潔的癖好。」

「好！——」殿上的契丹人發出雷鳴般的喝彩聲。

完顏亮深深吸了口氣，慢慢站直了身子。眼前那案几的斷裂處，光滑如一塊豆腐被切。阮玉郎所說的功夫高，高到什麼地步了？

待殿上平息下來，壽昌帝抬起手看了完顏亮一眼：「燕王這手功夫，海內絕無僅有。」

完顏亮一噎，有心要再挑釁幾句，終究還是沒開口。

趙栩收起袖中寶劍，伸出左手。

完顏亮警惕地又退後了一步。

趙栩卻只笑著伸手刺啦撕下被劍氣破開的半幅寬袖：「這個碰到了，也髒了，要不得。」

完顏亮這次立刻明白了過來，氣了個倒仰，喘著粗氣，奈何他能說的漢話實在不多，萬句罵人的厲害話語，都是女真話，那白臉的趙栩聽不懂也是白搭。這麼來回一想，他臉都脹紅了。

耶律延熹快步走下臺階，走到趙栩和完顏亮之間，團團作揖：「四太子還請入座，燕王也請息怒。今日四國齊聚，乃為和談而來，若有私怨不妨另行計較。」

完顏亮冷哼了一聲，看了看四周，大步走到李穆桃身邊坐下。

趙栩卻笑得顛倒眾生：「和畜生有什麼可計較的。」

完顏亮再忍，就將自己金國的臉放在趙栩靴底下踩了。他立刻又站了起來：「趙栩——來！咱們打一場。本太子不欺負你的腿，你隨便派人來。」

趙栩眉頭一挑，笑意更濃，歎道：「你這是知道打不過我，想找幾個軟柿子捏？自己給自己貼金，你倒也會？」

殿上又爆出陣陣哄堂大笑。

完顏亮身子一矮，就要往前衝去。李穆桃手中的玉箸卻戳在了他腰間。

「四太子稍安勿躁，遠道而來，還請先喝一杯消消暑氣。」李穆桃嘶啞的聲音壓住了滿殿的大笑。

完顏亮腰間一麻，頓時停了下來。他自成年以來，天生神力，可撕虎豹，領軍打仗更是戰無不勝，一直是女真部第一勇士，卻沒法在完顏似手下走過三個回合。攻下上京後更被父親說是完顏似那批手下的功勞，小小奸細開個城門而已，有什麼功勞能蓋過他。好不容易知道完顏似在趙國出了事，他趾高氣昂地前來，要給趙栩個好看，卻被趙栩的下馬威給殺得難看至極，如今竟被這西夏公主一雙玉箸給攔了……

殺氣從完顏亮身上彌漫開來。

趙栩面上的笑容越來越淡，看著對面的完顏似微微弓起了身子，他缺了半幅寬袖的手掌，忽地疾如閃電地抬起又落下。

兩道暗影倏地飛出，有弓箭破空之聲。

完顏亮離地躍起，大喝一聲，一掌劈下，卻劈了個空。

趙栩案上那副宮女用來添果子用的銀筷，插在了完顏亮身前案几上金盤裡的西瓜上。

「四太子果然暑氣大，不如坐下吃吃瓜？」趙栩的語氣柔和，聲音卻透著寒意。

對付野獸，自然以力服之。

「四哥一直是率性而為的性子，不慎得罪了燕王殿下，還請陛下恕罪——」殿外響起一把陰柔的聲音。

「金國六太子完顏望駕到——」內侍的聲音唱了出來。

「望失禮了。方才在外偶遇越國公主，因此晚了片刻，還請諸位見諒。」完顏望匆匆進來，先對著壽昌帝行了大禮，又向趙栩請了罪，朝李穆桃笑著點了點頭，硬壓著完顏亮的肩頭，兩人並席而坐。

完顏望也和完顏亮一般裝束，髮繫五顆金珠，生得略清秀一些，唇上蓄鬚，說一口流利的大趙官話，入殿以後左右逢源，倒把完顏亮丟的臉撿回來了一些。

「不知趙國的郡主何時抵達中京，父皇極為高興。四哥他桀驁不馴，能有一位汴京貴女到他身邊。金趙結為秦晉之好，真是一段佳話。」完顏望笑著問趙栩。

趙栩面前的案几已換過，聞言便笑道：「三日後即抵達中京。四太子若能修身養性，我們這位德容俱佳的郡主才能下嫁。」他意味深長地道：「這位郡主性子矯揉，又甚是挑剔，汴京城中多少翩翩公子，都不在郡主的眼裡——」

完顏望將矯揉聽成了嬌柔，以為趙栩聽說了完顏亮的暴虐，趕緊笑道：「趙女嬌柔天下聞名，四哥定會待郡主如珠似寶，還請殿下放心。那趙金可是姻親之國了——」

趙栩卻不搭他的話，轉向上首的壽昌帝拱手道：「還請陛下允准，特辟偏殿，由六郎、興平長公主、四太子、六太子，此時即可開始四國和談。不知貴國是否由皇太孫殿下參加？」

殿上一片譁然，白思退上前拱手道：「懇請陛下允准，早一日簽訂和約，造福天下百姓，乃大德也。」

第二百七十五章

壽昌帝環顧四周，沉聲道：「既然是為了和談而來，此時不談，更待何日？」

完顏望看了一眼完顏亮，剛要開口。

「兩位太子遠道而來，興許比吾這等身殘之人更覺疲累。若要改日，也不是不可。」趙栩搖了搖手中的紈扇，笑吟吟地看向完顏亮。

完顏亮霍地站起來嗡聲道：「改什麼改？談就談，打就打，別浪費本太子的時間。」

完顏望叫苦不迭，此番一來就出師不利，氣勢上被趙栩壓得厲害。他們從上京先回了黃龍府，再和使團自東京取道而來，尚未和中京朝天館的高麗使商議大事，貿然答應今日立刻和談無疑十分不妥。

「燕王和四太子今日方到，就誠意相談，興平自當奉陪到底。」李穆桃嘶啞的聲音響起，她看向壽昌帝：「還請陛下安排。」

經壽昌帝允准，皇太孫耶律延熹在於越❶耶律保的陪同下，帶領趙國燕王趙栩、西夏興平長公

❶於越：契丹最高級別的臣子，是一人之下萬人之上，比北院、南院大王更高一級。

主李穆桃、金國四太子完顏亮、六太子完顏望，以及各國駐上京使者、駐中京使者、使團大使和副使，相關書吏以及史官浩浩蕩蕩一百多人抵達皇城北樞密院。

敵烈麻都司[2]的禮儀官和大林牙院[3]的承旨、左右林牙皆奉召至北樞密院，原定三天後的四國和談一應物事，通通從倉庫中調配出來，整個北樞密院一片忙亂。

殿外守候的耶律奧野獲悉後，將九娘等人帶至北樞密院的一處偏廳暫時安置下來，又派人去議事廳詢問。

「燕王殿下叮囑你們幾位先不要去大同驛，留在此地等他同進同出。」耶律奧野眉頭微蹙，此時離天黑不過一個時辰，難不成趙栩想要連夜商談？

「多謝公主。」九娘福了一福，微笑道：「恭喜皇太孫殿下因禍得福。」

耶律奧野也笑了起來，親手給九娘加了茶：「和你說話省事許多。原本這次和談是以於越為主的，皇兄不能決斷。這次刺殺，倒使皇耶耶下了決心，也多虧了燕王殿下發話。聽說方才殿下大殺四方，威震中京，完顏亮吃了一鼻子的灰。」

九娘聽耶律奧野說了殿內發生的大概後，雙眼發亮，只可惜未能當場看到趙栩力挫完顏亮的風采。

耶律奧野放下手中茶盞，看了看屏風外頭一眼，低聲道：「若燕王半途召你入內，請和殿下說一聲，耶律保意欲聯西夏抗女真和大趙，恐會從中作梗。」

她見九娘眼中露出詫異之色，聲音壓得更低：「耶律保乃是我朝於越，權勢地位僅次於陛下，實非我皇兄能抗衡。他一直意欲擁立我七叔耶律浚為皇太子，因此素來和我舅舅北院大王蕭孝忠不和。」

「那位蕭芳宸郡主難道是──？」九娘一怔。她和趙栩在車內也聽得出蕭芳宸對耶律延熹的特別之處。

耶律奧野淡然道：「她是我舅舅的孫女，稱皇兄為叔父。我朝帝后兩族歷代通婚，並不在意輩分。我皇嫂病逝後，蕭芳宸的確是皇太孫妃的最佳人選。我皇兄無法拒絕，但也令耶律保更加不滿。」

九娘默默端起茶盞，想起先帝和阮玉真等兩代人的糾葛，這種不在意輩分倫理的事，也不是契丹人才有的。

抱著自己的藥箱霸了羅漢榻的方紹樸，忽地隔著屏風嘟囔了一句：「近親通婚，易生癡呆兒。」明明聲音不大，卻傳入屏風內外每個人的耳裡。

耶律奧野喝了一口茶，也不生氣，淡然道：「耶律氏和蕭氏兩族每日都有嬰兒出生，確有癡呆的孩子，就算不癡呆，能活著長大也不容易。」

九娘心中喟歎，轉頭問起穆辛夷來：「辛公主呢？」自從那夜別後，一路都未聽到她的消息。

「應該在來賓館住著。」耶律奧野一直留意著李穆桃的動向，想到方才宮中女官的話，猶豫了一

❷ 敵烈麻都司：遼官署名，主要掌管禮儀，職權如同禮部。

❸ 大林牙院：遼官署名，類似宋朝翰林學士院。

下輕聲道：「宮中醫女去了來賓館兩次了，說辛公主頭疾復發，夜不能寐，痛得厲害。」

九娘和穆辛夷相識甚短，卻頗有好感，聞言一驚：「醫女怎麼說？可有請醫官看一看？」

耶律奧野搖了搖頭：「女官未來得及詳說，我看李穆桃的神色，不像有什麼大事的樣子，應該無礙。」

深夜，北樞密院燈火通明，議事大廳外，宿衛司和宿直司的將領率軍士們將議事廳圍得水洩不通。

議事大廳裡密密麻麻擠了近五十多人，最內四張案几坐著趙栩四人。耶律延熹身邊是神色晦暗不明的契丹於越耶律保。趙栩身邊卻坐著蘇昉。李穆桃身邊是西夏駐中京大使，完顏亮和完顏望坐在東首。他們周圍是各國書吏和翻譯、使團副使親衛等人。再外是契丹敵烈麻都司和大林牙院的當值人員。冰盆已經換了幾次，議事廳內依然熱得厲害，藥草香已隱隱壓不住汗酸味。

此時眾人已在此坐了四個時辰，書吏和翻譯已換了兩批人。趙栩卻依然坐得筆直，神清氣爽。他和蘇昉兩人丰神如玉，觀之忘俗。外圈的官員覺得累，多看他二人幾眼似乎能消除不少疲乏。

趙栩搖頭道：「四太子執意不肯歸還上京，便是談到明日也談不出結果來。六太子難道不清楚，貴國攻下上京，猶如西夏占我秦州，民心所向，翻雲覆雨不過一瞬間。」

完顏亮是馬背上長大的武將，坐得難受之極，言辭匱乏，聞言只搖頭道：「不行就是不行。」他指著輿圖道：「臨潢府和烏古部該歸屬我大金。額爾古納河以東，大金，以西，契丹。」

耶律延熹搖頭道：「四太子胃口真大。別忘了泰州、儀坤州、龍化州這一圈都還是我契丹之地。你女真部內應外合，突取上京，陛下仁厚，憂心上京民眾受苦、佛寺遭毀才退至中京。若是逐條巷子血戰的話，你女真未必能如此順利占我都城。如今單軍深入，上京的女真軍正似梁太后孤軍奮戰大趙京兆府，其結果可想而知。」

完顏望不滿地道：「燕王殿下，金趙即將聯姻，為何殿下如此偏幫契丹？我女真鐵騎自開戰以來，無往而不利。每個城池都是我們的勇士血戰奪下的，這草原、山脈、湖泊歷來都是強者才能占有。殿下不趁此機會為大趙謀劃燕雲十六州，卻不顧先祖之辱，寧願每年歲貢契丹，也要讓我們白白讓出嘴裡的肉？」

此言甚是無禮，議事廳裡一片肅靜。

趙栩卻笑了起來：「六太子可是想說動本王？最好是金趙聯手奪取契丹土地再行瓜分這塊肥肉？又或者六太子也想讓西夏來一起分杯羹？」

「絕無此意——」完顏望趕緊否認：「我大金初立國，皆因被契丹奴役太過，不得已而為之，卻也希望四鄰和睦，豈敢有此野心？若無誠意和談，我和四哥也不必前來中京。但請燕王和長公主不偏不倚，定下我國和契丹的疆域之分。投桃報李，我們自然也願意支持趙夏和談，不偏不倚。」

李穆桃嘶聲道：「興平昨日接梁太后手書，因遭佞臣蒙蔽，貿然撕毀趙夏和約，進犯秦鳳路，勞民傷財，有違天和。今我西夏願獻出蘭州給大趙賠罪，並願稱臣。」她抬手拿起一張禮單：「此乃太后娘娘親自所選的上貢清單，願兩國世代交好。」

過去四個時辰都在扯皮契丹和金國的國境，李穆桃突發此言，完顏望太陽穴突突跳了起來。梁氏竟然私自退縮？完顏望兩兄弟死死盯著李穆桃手上的禮單。

趙栩接過禮單，卻不看，只壓在案上，對完顏望道：「六太子，這才叫誠意。誰入侵，誰賠禮。若我大趙無西征之力，梁太后恐怕送來的是索取歲貢的單子。若契丹無對戰女真之力，本王何須費力奔波千里而來？若金國占了東京道和上京道的三分之一尚不滿足，我大趙和西夏恐怕也要擔心自己成為貴國口中的那塊肉了。」

卯時過了一刻，九娘聽到外頭終於有了動靜，趕緊放下手中的書卷，跑了出去。

陳太初推著趙栩的輪椅進了廳，看到他們幾個的神色，九娘高興地問：「如何？」

蘇昉看著羅漢榻上的方紹樸連滾帶爬地下了榻，笑得不行，坐了下來，給自己倒了一盞冷茶，一飲而盡：「比我們想得更順利。西夏出讓蘭州賠罪，稱臣上貢。契丹收回上京，割讓納水以東室韋部五州二十七縣給金國，締結盟約，各自休戰。」他搖頭道：「興安嶺和室韋部歸了金國，金國恐怕有的頭疼了。」

趙栩此時才露出疲憊之色，任由章叔夜將他背到羅漢榻上躺了下來。

陳太初見九娘面露不解之色，笑道：「金國想將室韋東面的烏古部一併納入版圖，未能得逞。室韋部落眾多，民風彪悍，尤其是蒙兀室韋，善於冶煉鐵騎，前兩年該部落的可汗俺巴孩❹一統室韋，不服契丹統管，上書了好幾次要求脫離契丹。契丹派軍三次均無功而返，本就要答應室韋了。」

「難道金國人不知道這室韋的事？」九娘訝然。

「狼群從來不畏懼狼群，女真和室韋一直有貿易往來，一心想將室韋收為己用，甚至納為奴隸。這和契丹對女真如出一轍。」趙栩耐心解釋道：「只是西夏此舉，究竟是梁氏所為，還是李穆桃自己所為，還看不出來。」

九娘將茶盞遞到趙栩手邊，輕聲道：「越國公主先前說穆辛夷到了中京後犯了頭疾，疼了好些天。我們要不要去探望她？會不會是李穆桃無心戀戰，想借此先斬後奏，得了六哥和契丹的助力，回頭逼宮梁太后？」

陳太初放下茶盞，關切地問道：「小魚病了？醫官怎麼說？」

陳元初卻道：「無論李穆桃怎麼打算，只要有利於大趙，六郎儘管和她合作，只是千萬要防著她一手。」

外頭成墨喊了一聲：「肩輿已備好，白大使來請殿下往大同驛去歇息。」

趙栩坐了起來：「回去再說。各國書吏正在梳理約定內容、輿圖，至少三天後才會正式簽訂和約，會出什麼變故也說不准。李穆桃種種言行，極為遷就我們，我們先拿到蘭州才知道她還有什麼打算。」

天已漸漸泛白，宮內燈火還未熄。宮門口三國人馬再行相遇。

---

❹ 俺巴孩：蒙古諸部落統一前的「可汗」之一，為成吉思汗曾祖父的堂兄弟和繼承者。

完顏亮看著趙栩的肩輿近了，恨不得眼中飛出刀去將他戳個透心涼，被完顏望拉了一拉，才轉開眼。看到趙栩肩輿一側的九娘，他才想到阮玉郎信中所言，甩開完顏望的手，大步走上前去。

第二百七十六章

趙栩手中紈扇在肩輿扶手上輕輕一敲。

章叔夜當頭迎上完顏亮，沉聲問：「敢問四太子有何貴幹？」

完顏亮見趙栩身邊猛將如雲，不敢造次，下巴頦朝九娘抬了抬：「聽說某家未過門的妻子武德郡主的胞妹在，某家來看一看。」

章叔夜濃眉擰起，正要開口。

「阮玉郎沒告訴你她是我趙栩未過門的燕王妃？」

趙栩的聲音透著森森殺意，九娘已退到肩輿另一側不被完顏亮視線所及。

完顏亮一愣，剛搖頭搖了一半，身後完顏望拉住他，大聲道：「阮玉郎乃大趙謀逆重犯，我四哥和他從不相識，只有完顏似昔日受他蒙蔽，與其私下相交而已。」

趙栩見他眼珠急轉，想必已有了推託之辭，便冷哼了一聲：「若四太子結交阮玉郎，和談就都成了白談。」他目光如電來回掃視著完顏亮和完顏望的臉：「大趙窮一國之力，必追究到底。」

看著趙栩等人揚長而去，完顏望沉下臉來：「四哥忒不小心了，趙栩那麼精明的人，一旦壞了大事，就前功盡棄、追悔莫及了。」

完顏亮冷哼了一聲，有恃無恐，並不理會他，直往宮門外去找自己的馬了。

中京外城，東西共八坊，設有四座高高的市樓，可居高臨下監視，因此先前車駕在中央大街遇刺，內城和皇城能即刻知曉。眾多寺院廟宇和衙署、商賈行市、手工作坊、磚土民房鱗次櫛比。靠著長興縣的大同驛，別有洞天，鬧中取靜，亭臺樓榭一應俱全，粉牆黛瓦，和中京其他房屋區別甚大。

眾人安置下來，顧不得一天一夜未合眼，略作梳洗，便到趙栩住處接著商議。

趙栩正在看蘇瞻和張子厚的來信，見陳太初等人來了，將信遞給他們：「我們一入契丹，京中就開始不太平。四國和談我們原定要至少困住他們三天三夜，如今實在太過順利，總覺得有所不妥。」

九娘正在將這兩日送到驛館的一應信件整理分類，聽了趙栩的話抬頭柔聲道：「那完顏亮能統領女真二十萬大軍，應非蠢魯之人。我雖未在場，只聽越國公主轉述的大概，總覺得他有故意觸怒六哥之嫌。」

蘇昉細細回味了一番：「他若真是魯莽粗漢，有好幾次該動手他都沒有動手。那完顏望故意晚了一刻鐘入殿，確實有刻意和完顏亮一唱一和之嫌疑。和談是亦然。那他二人因何要演這齣戲？為的又是什麼？」

陳太初將信遞給蘇昉：「你看看這個，或有所關聯。蛛絲馬跡，只要人為，總有端倪。」

蘇昉接過來一目十行，隨即眉頭緊鎖，又細細看了一遍。九娘趕緊走到他身邊，看向那信。信箋上的楷書是九娘再熟悉不過的，時隔多年重新見到，來不及感慨。一眼望去，蘇瞻字跡略有凝重，想必下筆斟酌再三，胸有猶疑。

信裡給趙栩問安，寥寥幾筆說了二府各部諸事安順，隨後告知趙栩，禮部已擬定詔山陵制度的日期。

先前六月二十先帝禫除，六月二十二從吉，降敕。這些是五月就擬定的日子，一路上趙栩也行禫除、從吉禮，並未耽誤，如今早除了孝服，換了素淨的常服。

蘇瞻所言的是八月二十請謚於南郊，十月二十三奏告及讀謚冊於福寧殿，十一月八日啟菆，十一月二十五日靈駕發引。十二月十三日葬永裕陵……這些洋洋灑灑倒寫了一整頁。末尾卻輕描淡寫提起，五皇子趙棣自去了鞏義後，每日跪陵請罪反省，前兩日中暑昏迷，水米不進，有病危之殆。太皇太后口不能言，終日垂淚。

九娘胸口頓時鬱塞難當，不說她和阿昉這麼深知蘇瞻性子的人，就是趙栩和陳太初也看得出他言下之意。蘇瞻是趙栩一力請回朝堂的，更將朝中政事相託，蘇昉如今也在趙栩身邊，可他竟只顧著親外甥女，越俎代庖以祖孫情、兄弟情來暗示趙栩應該允許趙棣回京療養。可有想過蘇昉情何以堪？

蘇昉又看了一遍信，轉頭見九娘氣得眼睛都紅了，笑著搖頭道：「阿妧癡兒，這有何可氣的？」他長身而立，對趙栩深深作揖道：「家父對先姑母追憶甚深，張蕊珠被家父接回家中後，侍奉祖母十分盡力，也令祖母失去阿昕的痛楚略得紓解。恐因她苦苦哀求，家父才略添了兩筆。寬之代父親向殿下請罪。」

趙栩擺了擺手：「你爹爹在阮玉郎、趙棣等人手下並無徹骨切膚之痛，對骨肉至親不願往壞處想，因此心軟不足為奇。這回信便由寬之你代筆吧。他寫那些日子，也是在勸諫我早日回京——」

趙栩垂眸看著膝上的紈扇，這是趙瑜生前所用的那柄紈扇，柔儀殿那夜趙瑜遞給了他。他忙於國事政事軍事哪怕是兒女情事，填得自己無一絲空閒時分，但時時刻刻這柄紈扇都在提醒他家仇未報、國恨未消。蘇瞻信中的日程，無非是他該回京參加奏告和讀諡冊之禮，更應該扶靈出殯宮。然眼前四國之間錯綜複雜，表面一派祥和，春水之下卻已經暗潮洶湧。四國各有內鬥，各有結盟，互為利用，互設陷阱，稍有不慎也是萬劫不復之地。他又怎能放棄西征，坐等西夏恢復元氣捲土重來，又怎能任由女真馳騁北疆。而完顏亮和梁氏的反常行為更令他有一個推測，不回京只怕京城有險。

蘇昉和陳太初默默對視了一眼，並未開口。

「六哥——」九娘將蘇瞻的信放回趙栩案上，下定了決心，抬頭微笑道：「我要請纓南歸，還望六哥允准。」

趙栩幾疑聽錯，怔怔地看向九娘。

九娘點點頭，深深福了一福：「請殿下允准會寧閣司寶女史孟妧即日返京，孟氏九娘願代殿下侍奉太后娘娘。」

趙栩轉瞬已明白了九娘的意思，心中激盪不已。

陳太初霍地站了起來：「阿妧——阮玉郎還在京中，你回不得。」

「太初表哥可懼阮玉郎？」九娘轉向陳太初問道。

「何懼之有？他短短數月，受過高似掌傷、你孟家老供奉的銅錢傷，還有六郎的劍傷，就是他未曾受傷我也不懼。」陳太初昂然不懼。

「那請太初表哥送我回京入宮可好？」九娘凝視著他，坦然道：「太初表哥，元初表哥，如今形勢險惡，不亞於你們在秦州、六哥在京中之時。那完顏亮應是故意觸怒六哥，和談時也是故意獅子大張口，為的是讓我們輕視他。六哥那一句話已經證實了阮玉郎和女真另有盟約，完顏兩兄弟此行是為了虛與委蛇拖延時間，好令我們掉以輕心。」

趙栩料不到九娘並未親身經歷也能和他想到一處，見她臉上鎮定如常，神色堅毅，宛如當年州西瓦子裡細數十方僧眾之力的那夜。

這是他心悅的阿妧，是全心全意為他想的人兒。

「若是李穆桃承諾暗取蘭州，事態倒還不會如此緊迫。」九娘在廳裡踱了幾步：「梁氏自請獻出蘭州，永世稱臣，反常即為妖，她定另有圖謀。契丹內鬥之劇也不可忽視，阮玉郎能保得崇王的性命，契丹必然也有傾向他的一股勢力。依我看，京兆府大捷、收復秦州、大趙朝政初穩，給了阮玉郎促成梁氏、取代了高似的完顏亮，以及契丹的反皇太孫一派聯合在一起的最佳理由——」

趙栩的紈扇輕輕扇了一扇，接著九娘的話說了下去：「若我是阮玉郎，京中內廷只有向太后和年幼的十五郎，雖有孟在鎮守，卻還有太皇太后掣肘。朝中有蘇瞻和張子厚，二府中也會有擔憂蘇瞻一人獨大之人。陳家軍、天波楊家將悉數遠赴西北，此時不取汴京，更待何時？」

蘇昉一驚：「可六郎你一路以來已經拔除了黎陽倉和大名府兩根毒刺——」

九娘歎道：「六哥以雷霆萬鈞之勢，掃平了黎陽倉和大名府，可像沈嵐那樣的人，在大名府多年，如何能輕易消除得乾淨？還有軍中入獄的最高不過是團練使，必然有人是出頭頂罪的。河北兩路歷來被蔡佑的人阮玉郎的人滲透得極深。」

陳元初搖頭道：「你一介女子，回去又能如何？何況汴京外城、內城、皇城，層層城牆，豈是這麼容易能被阮玉郎這等江湖人拿下的？京城十萬禁軍，雖然西援秦鳳路去了三萬，畢竟還有七萬精兵強將在——」他想起自己守秦州時的意外，頓時停了下來，皺眉不語。

九娘看了看蘇昉和趙栩，黯然道：「阿妧擔憂的是蘇相——還有家中的二伯。」

蘇昉略一思忖就站了起來，顧不得陳元初和陳太初，顫聲問道：「阿妧——你是要將我娘在天之靈曾附在你身上一事告訴我爹爹？」

第二百七十七章

蘇昉一語即出，立刻想到陳元初、陳太初並不知曉此事，頓時懊惱不已，對著九娘也深深作了一揖：「對不住——我一時情急失言了。」

九娘趕緊扶他起身，搖頭笑道：「此間屋子裡，都是最親近的人，又有什麼干係？只怕嚇到兩位表哥。」

陳元初和陳太初面面相覷，看向他們三個。

九娘轉身對著陳元初、陳太初行了萬福：「還請二位表哥恕罪。實乃匪夷所思荒謬絕倫之事，說來話長。」

屋內九娘溫柔的聲音如潺潺流水，說起翰林巷木樨院、聽香閣的孟妧，因一場出痘離魂，陰差陽錯結識了榮國夫人的在天之靈，入女學，練捶丸，到田莊裡被夫人告知永安陵的重弩，再到阮玉郎、張子厚和夫人的淵源。她娓娓道來，清澈如水的聲音在這夏日裡引眾人回味了這八年來的種種，有悲有喜，有生有死，有恩有仇，絲絲入扣，息息相關，糾纏不清。

屋子裡放置的冰盆靜靜吸收著一絲絲暑氣，慢慢從堅冰消融成冰水，四角先化成了鈍鈍的橢圓形，積下的水從一灘合成了一汪，漸漸淹過那角，一點點吞噬著剩餘的陸地。

陳太初靜靜凝視著九娘，她言語中多是感恩，可被鬼魂纏上的她，沒說的還有許多載不動的愁。那位夫人嫁給了蘇瞻那樣的男子，有王瓔那樣的妹妹，芳齡二十多就早逝，心中必然許多苦許多痛，一樣也會讓阿妧承擔著，至少也會讓她感受到那種痛楚。

難怪從最初始，阿妧就待寬之格外親切。難怪她那麼在意榮國夫人逝世的事，甚至她也愛吃辣。那位夫人心有不甘，也許借阿妧想彌補蘇昉，又或為自己出氣。

一飲一啄，各有前因，天意難測。

千里之外的汴京城，過去幾個月裡山陵崩，宗室親王們死的死傷的傷貶的貶、秦鳳路失守、永興軍路告急，萬事不順。百姓們跟著親身經歷了民亂、士子靜坐、陳家蒙冤等事，惶惶然不得終日。終於盼到燕王出使，蘇相理政，大敗西夏。城中一掃往日陰霾之氣，行人臉上都露出幾分笑意。

這幾日汴京七夕的氛圍已濃，燈火萬家城四畔，星河一道水中央。畫舫、烏篷船往來穿梭，絲竹笙樂不斷，高臺上舞姬水袖舒展，引來兩岸納涼的人們陣陣喝彩。夜色中樹蔭下，少年郎君和小娘子歡笑打鬧。

蘇瞻回到百家巷，公服未換，先往後宅正院給母親請安，一進垂花門就停住了腳。

院子裡燈火通明，僕婦女使侍女們環繞，廊下傳來老夫人的笑聲。蘇瞻制止了要通報的侍女，慢慢走到合歡樹後，見張蕊珠身穿銀白滾芥黃細邊窄袖衫配了嫩黃長紗裙，正在教八歲的二娘踢毽子。兩隻彩色毽子上下翻飛，煞是好看。蘇二娘年方八歲，身量不足，此時小臉緋紅，滿面笑容。

他已經有許久未曾好好關心過這個女兒了，蘇瞻暗歎了一聲。

廊下給老夫人打扇的晚詞笑道：「相公回來了。」

張蕊珠和蘇二娘齊齊停下腳，轉頭看向垂花門處，卻沒見到人。眾僕婦已經收了笑，肅然躬身行禮道：「郎君安好。」

「大郎怎和孩子們捉迷藏？別藏在樹後頭，二娘，去拉你爹爹過來。」蘇老夫人笑道。

蘇二娘素日裡就懼怕蘇瞻，手裡緊緊捏著毽子，垂頭看著自己的腳尖，原地扭了幾下，往前走了兩步，遠遠地朝蘇瞻道了萬福：「爹爹安好。」聲音照例小得如蚊蟲嚶嚶。

張蕊珠笑著拉起她的手：「二娘來，讓舅舅看看你的本事。我們也該討些賞錢，好多買些瓜來做花瓜，我都雕壞好幾個了。」

「不是姊姊弄的，都是我弄壞的。」蘇二娘怯生生地抬起頭，一雙大眼看了父親一眼，身不由己地被張蕊珠拖了過去。

「舅舅，若是二娘能一口氣踢五十個，便賞蕊珠半貫錢做教習費吧？舅舅可捨得？」張蕊珠笑問。

蘇瞻笑道：「方才就見到了，是你教得好。能值當給你束脩，只是舅舅可不能將這教習行業的規矩做壞了，還是按例兩塊醃肉、兩匹布帛的好。」

張蕊珠滿是汗的笑臉頓時垮了下來，轉身衝著蘇老夫人喊道：「外婆，你看見堂堂相公竟然這麼小氣，舅舅可把相公們的規矩做壞了──」

蘇老夫人不禁大笑起來，受了蘇瞻的禮：「大郎累了一天，快回房去換身衣裳，好好歇息，不用再過來陪我說話了。有蕊珠和二娘陪著，我這一整天也被她們鬧騰得不行——」

張蕊珠接過女使遞上的帕子，印了印臉頰額頭鼻尖：「外婆這話說的，蕊珠裡外不討好，這份委屈看來只有去和二舅母說。」

說起史氏，蘇老夫人想起蘇昕，輕歎了一聲。張蕊珠趕緊將話岔開。

蘇瞻見她善解人意小心討好家中老小，心裡酸澀不已，便行禮退了出去。

回到外書房，蘇瞻心緒不寧，提筆寫了小半個時辰，忍不住取出雙魚玉墜摩挲了幾下，不禁眼眶微紅。跌碎的玉墜由於太小，裂紋太多，已無法用金子鑲嵌回原來的模樣。

無論如何，三姊能留下蕊珠這點骨血，還是因為阿玞所結的善緣。若不是阿玞，張子厚怎會那般盡心救回蕊珠。這孩子既有大不幸也有大幸，只可惜自己知曉得太晚，未能早日接回來教養，如今嫁錯了人也和離不成，令人扼腕歎息，不能歸於蘇家，總是寄人籬下，非長久之計。

只是阿玞離去十年了，始終不曾入過他夢裡來。她對自己，想來失望之極，怨憎之極了。

「舅舅——」門外傳來張蕊珠的聲音。

蘇瞻將玉墜放回盒子中，平息了片刻才揚聲道：「蕊珠進來說話。」

張蕊珠已換了一身月白窄袖長褙子，提了一個食籃，進來後笑吟吟地將冰碗取了出來：「舅舅，這是蕊珠自己做的荔枝凍，還請舅舅嘗嘗。」

蘇瞻起身坐到桌旁，接過碗低頭嘗了兩口。

「沁涼清甜，荔枝味道也濃，上佳。」

「那蕊珠日後流落街頭，也可靠這個手藝謀生了。」張蕊珠輕笑道。

蘇瞻眉頭微皺，擱下冰碗：「上蒼有德，讓舅舅找到了你，蘇家自然會養你一輩子。你何出此言？」

張蕊珠緩緩跪了下來，珠淚暗垂：「舅舅明鑒，蕊珠命苦，若能早些知道張理少只是我的養父，若能早些尋到舅舅和外婆，也不至於說出這等令舅舅痛心的話。可蕊珠已經嫁給了五郎，生是趙家婦，死是趙家鬼，豈能一直寄居在舅舅家？何況五郎再有不是，也是蕊珠的天，蕊珠每日吃穿無憂，想起他如今不知生死，獨自在鞏義受苦——」

她掩面而泣：「還請舅舅送我去鞏義吧？五郎待蕊珠一往情深，不惜違逆太皇太后多次，蕊珠絕不負他。」

蘇瞻看著她悲戚的模樣，長歎了一聲：「你先起身，坐吧。」

張蕊珠驚喜地抬起頭：「舅舅？」

「今早去鞏義探視五皇子的御醫官返宮覆命，五皇子情況堪憂，留了一位醫官在鞏義。宗正寺和禮部都開始準備了——」蘇瞻歎道：「你先莫哭。錢太妃得知後，自午時起在先帝殯宮外披髮赤足，跪了兩個時辰——」

「啊？小娘娘身子哪裡吃得消？」張蕊珠急道，眼淚撲簌撲簌往下掉。

「太后娘娘仁慈，下詔令接五皇子回京。」

張蕊珠轉悲為喜，難以置信地看著蘇瞻。

「只是娘娘詔書中還有一條：五皇子復原後，將入開寶寺帶髮修行，直至靈駕發引再回鞏義。」

蘇瞻淡然道。

張蕊珠一愣，急道：「那五郎不能和我相見？」

蘇瞻輕輕搖了搖頭：「詔書已發到禮部，明日就會送到二府用印。我出宮前正在商議此事，幾位相公都不贊成此事，應當不會用印。蕊珠，你聽舅舅的，萬一五皇子——舅舅請娘娘下詔將你從宗正寺玉牒上除名。你就改姓蘇，做我的女兒。我將你記在阿昉母親的名下，你和二娘做一對親姊妹。過兩年舅舅給你找個好夫婿，你的日子還長得很——」

「不——！」張蕊珠尖叫起來，撲通跪倒在蘇瞻面前，抱著他的膝蓋大哭起來：「舅舅待蕊珠這般好，我粉身碎骨無以為報。可我心中只有五郎，求舅舅成全，若是舅舅不憐憫五郎，令他臨死見不到生母也見不到妾身，更見不到未出生的孩兒，無論如何蕊珠也要自己去鞏義，我們一家三口死也要死在一起！」

蘇瞻頭皮發麻，怔怔地看著張蕊珠：「你，你說什麼？」

張蕊珠拚命搖頭，滿面淚痕：「蕊珠不敢說，怕被別人陷害五郎孝內不端。我對天發誓腹中孩兒是四月十五那夜懷上的，如今快三個月了。舅舅，我先前在宮裡不慎沒了一個孩子！你知不知道，滿地都是血，我肚子疼得要命，血流也流不完——若五郎有什麼不測，蕊珠和孩子也活不成的！只能辜負舅舅的厚愛——」

蘇瞻耳中嗡嗡地響，阿玞當年小產，他聽弟妹史氏提起過幾句，滿地都是血……

「胡言亂語什麼！」蘇瞻厲聲喝道，卻沒有去扶張蕊珠，雙手握拳的他渾身顫抖起來，眼前似乎一片血紅。

第二百七十八章

張蕊珠抱著蘇瞻的膝蓋不放，放聲大哭道：「舅舅——先舅母若是還活著，定然萬萬不忍心蕊珠腹中孩兒就這麼沒了爹爹！若不是先舅母，我養父也不會救了我，也不會養育我長大。舅舅，求你想一想先舅母吧，可憐可憐蕊珠，求舅舅讓五郎回京來，他還能有一線生機。」

良久，蘇瞻長歎一聲：「你先起來吧，既有了身孕，怎不和你外婆說？這前三個月最是要緊。你真是——」

張蕊珠含淚問道：「是我不捨得外婆操心，想再晚一些才說——那五郎？」

蘇瞻點了點頭：「他若要回京，定要讓燕王和太后放心才行。你可明白？」

「舅舅的意思是？」張蕊珠又喜又憂地慢慢站了起來。

「若能救轉回來，養好身子就去開寶寺修行。你可願意？」蘇瞻的手指撫過膝蓋處被張蕊珠淚水打濕的地方。

「啊——」張蕊珠掩了嘴：「是要剃度嗎？」

蘇瞻眉頭微皺，搖了搖頭：「未必一定要剃度出家，畢竟你有孕在身，是先帝的皇長孫或皇長孫女。」

張蕊珠忙不迭地點頭：「只要五郎能活著，能看到我和孩子，就算一輩子軟禁在開寶寺也成，和軟禁在鞏義也無不同——」意識到自己失言，張蕊珠趕緊福了一福：「舅舅再造之恩，蕊珠感激不盡，做牛做馬也無以為報——」

蘇瞻擺了擺手：「娘娘和岐王肯不肯另當別論。回頭等燕王回來，若有他議，舅舅也不便置喙。」

「蕊珠省得，舅舅請放心，五郎他不聰明，被奸人利用，如今只求平安度日。」張蕊珠羞慚地垂下了頭。

蘇瞻輕歎道：「你們能這樣想才好。平平安安才是最重要的——」

契丹中京大定府大同驛的後院中，夜色正幽悄，一陣風拂過，各個院子裡的大水缸都種著睡蓮，近缸沿的水面略起了些漣漪。

緊閉了許久的房門開了，成墨躬身送陳元初和陳太初出來。

兩人慢慢踱回自己的院子，蓮香正濃。

「汴河隋堤那邊的荷田該都開花了。」陳太初止步在水缸旁，忽然說了一句。

悠悠節物改，冉冉心事非。他還是未能心止如水。

陳元初看了看，伸手將一片蓮葉按入水面半指，輕輕一放，那綠葉又跳著浮了起來，手指上有點膩膩的揮之不去的感覺。

「還有三個月，娘就要生產了，你這次回京，正好看看家中可修繕好了，若修好了，可要接娘回家？」

陳太初想了想：「娘還是先借住在蘇家好。我要是入了閣門，成日都在宮裡，家中無人照料。」

「我也是這麼想的。」陳元初點點頭，忽地問道：「既然已經說開了，你明日為何還要去看穆辛夷？」

陳太初注視著那被蓮葉間隔開的水中倒映出的星光點點，笑道：「於情於理，我既然知道了，就該去探望她。正好也和李穆桃說一說鳳州一諾之事。」

陳元初將手指在肉嘟嘟的蓮瓣上蹭了蹭：「我與你同去。你護送阿妧回京，帶上章叔夜。六郎說得對，我和高似都在，加上這許多親衛，完顏亮又只是個幌子來拖延時間的，中京反而更為安全一些。」

他猶豫了一下，叮囑道：「阮玉郎幾次三番對阿妧下手，恐怕對她有了執念。你們一路小心。」

陳太初點了點頭：「好，我帶叔夜同行。」

屋子內，九娘正在看蘇昉給蘇瞻寫信，洋洋灑灑也寫了三頁紙。

蘇昉擱了筆，抬頭對九娘道：「我同張蕊珠接觸甚少，她被接回百家巷後，在婆婆身邊伺候，算是占了天時地利人和，很得婆婆的喜愛。你若要同我爹爹說，只從大局利害關係說就好。」

九娘笑道：「好。論親緣，她是嫡親的外甥女，我不過是表外甥女。我不提她就是。」

蘇昉看看單手撐腮的趙栩，起身道：「我兩日一夜未休息過，累得很。阿妧你收好信，我先回去歇息了。」

九娘關心了蘇昉幾句，將他送出院門，兩人又多說了幾句，才回房中收拾信箋等物。

趙栩已移到了羅漢榻上，斜斜歪著看著她收拾，也不說話。他聽著她的腳步聲就覺得心裡很安定，那些紙張窸窣的聲音，也變得那麼動聽。九娘偶爾轉頭一看，見趙栩已雙目輕閉，呼吸均勻，竟睡著了。

屋子內暑氣早消了，清涼得很。九娘不忍心喚醒他，索性去裡間找了一床薄絲被，輕輕搭在趙栩身上。

她將趙栩手中的紈扇輕輕取了出來，坐在榻邊不捨得走，靜靜地看著趙栩的臉，想著過兩日就要分離，不禁在心中默默描摹起他的眉眼來。以前夢到過他時，其實總看不清他的容顏，只有那雙眼，似笑非笑，蘊含了太多意味。

九娘心突地一跳，臉上發燙，手指發癢，想去他臉上畫一畫，便輕輕搖了幾下扇子，見趙栩眼睛雖閉著，唇角卻揚了起來，手中紈扇啪地一聲落在趙栩肩頭。

「還裝睡？」

趙栩眼睫輕顫，卻不睜開，一手捉住九娘的手腕笑道：「你終於捨得看我一眼了？」

「我看了你許多眼呢，哪裡只看了一眼？」九娘失笑道。

趙栩徑直拉了她的手蓋在自己臉頰上：「那我多吃虧一些也不打緊。」

九娘險些被拉得倒在他身上，另一隻手趕緊撐住羅漢榻：「我人不如你好看，手也不如你好看？怎地就是你吃虧不是我吃虧了？」

趙栩微微睜開眼，歎道：「阿妧如今嘴皮子上都不肯吃虧一點點，你怎麼會吃虧？自然只會占便宜才是。」

「誰要占你便宜了？」九娘哭笑不得。

「是我硬要你占我便宜的。」趙栩耍賴道：「好阿妧，求你下手多占些便宜罷。」

九娘見他眼中似笑非笑，抽了抽手，紋絲不動，便由得他去了。

趙栩心滿意足地將她的手放在自己胸口：「其實這裡有點慌張。見不著就會發慌。」

九娘掌心下的心跳有力又緩慢，不像她的別別亂跳著。

「你放心，宮裡有表叔，還有太初表哥，還有我六姊也在。我沒事的。倒是你，若要西征，千萬小心。」九娘輕聲道。

「我帶了你以前送給我的手套。我們四個，你給繡了風林火山，還記得嗎？」趙栩將她的手握得更緊。

九娘笑道：「自然記得。願六哥熊熊烈火摧枯拉朽燎原西域。」

趙栩也笑了起來：「那阿妧你是什麼？」

九娘笑道：「我是樹，一棵樹。」

趙栩眼睛一亮：「甚好甚好。」乾柴烈火，合得很。

九娘狐疑地看了他一眼，通常他笑得這般意味深長，必然想到什麼她猜不到的地方去了。

趙栩笑道：「你莫胡思亂想，我燒遍西域沙漠草原高山，也不能燒你這樣一棵樹。」不燒？才怪。

他捏了捏掌心裡的小手：「你這次回宮多替太后娘娘籌謀。娘娘心地良善，對先帝情深義重，難免心軟。宮裡說不准還有元禧太子一派的舊人隱藏著，我方才和太初說的那幾個女史，都會貼身跟著你。還有宮裡一些用得上的人，我明日都列出來，你背熟了。」

九娘一一應了。

趙栩又道：「你替我告訴娘和阿予，我的腿就快好了，讓她們放心。你能入宮去，阿予一定是最高興的。」

九娘笑道：「好，我會多陪陪阿予的。只是你的腿傷快好了我怎麼不知道？方大哥也從來沒提起過。」

趙栩搖頭道：「讓她們放心而已。方紹樸這次換藥也快試完了，能不能好你們一走也就知道了。」

九娘悵然不語，默默看著他。

趙栩笑道：「這一別大約要好些天見不著，」他往裡頭讓了讓，拍了拍半邊羅漢榻：「來，這兩日你也沒歇息過，上來歪著，我們好好說說話。」見九娘側過臉瞥著自己，趙栩臉一紅：「放心，我保證——」

九娘卻乾脆俐落地道：「好。」趙栩一怔，九娘已抽回手，取了個大引枕，靠在他枕邊，轉身取了書桌上的琉璃書燈，擱在榻邊高几上，又將茶瓶茶盞也搬了過來。

九娘盤膝坐到趙栩身邊，主動握了他的手，柔聲道：「你要保證什麼讓我放心來著？」

趙栩悶笑起來，略起來了些，手托了腮，深深看著九娘：「阿妧你這麼問我可是要會錯意的。」

「那你便會錯意好了。」九娘垂下眼眸，她約莫是瘋了，這幾日滴酒未沾，不能託辭喝醉的原因。

趙栩只覺得全身血液似乎停止了流動，眼前昏黃的燈光透過晶瑩的琉璃，落在九娘側過來的半邊臉上，她光潔面容上，細細的絨毛泛著柔和的金光，長睫如蝶翅輕顫，流露出莫名的脆弱，是一種更要命的邀約。

九娘垂眸見趙栩的影子漸漸靠近，心跳越來越急。

第二百七十九章

趙栩的唇輕輕觸碰到九娘微微輕顫的羽睫，細細密密，像兩把小刷子勾著他。知阿妧如他，這大概是她能給出的最大膽的暗示，原是他夢寐以求的事。

可他和旁人不同，若是阿妧一直在他身邊，他得隴望蜀賣慘無賴百種花樣盡出，只求和她更親近一些。但此時此刻，那些綺思旖念卻被他壓得死死的。

九娘抬起眼，兩人鼻尖微觸，她在趙栩眼中看到一汪清潭，澄清見底，並無欲念。

趙栩拇指輕輕擦過她的嘴唇，輕聲道：「需知我求你若渴，阿妧——」

看著九娘眸中氳起輕霧，似有疑惑，趙栩在她額上親親吻了一下：「你別怕，我很快就回來找你。」就如他和阮玉郎激戰後迫切需要親近她一樣，她的邀約，也出自恐懼，怕前途未卜，怕時日無多。她在別人面前那般鎮定，卻願意將自己最脆弱害怕的一面袒露給他，他又怎會讓她這夜過後在惶然中回京，甚至可能未大婚就身懷六甲，哪怕想一想她要獨自承受這些事他都不能忍。

趙栩見九娘悵然若失，伸臂將九娘緊緊擁入懷中，又親了親她的秀髮：「我雖然沒皮沒臉慣了，動手動嘴也多，可這件事，我是定要留在大婚那夜的。你放心，我護得住你，別怕。」

九娘一怔，臉熱如火燒，心跳瞬間不那麼急促了，的確不那麼害怕和趙栩分離了。她怕自己做不好，怕鬥不過阮玉郎，更怕趙栩在這裡發生了什麼她全然不知。她沒有說出來，他也都懂得。

「真是沒皮沒臉——誰要和你做什麼事了……」九娘埋首在他懷裡如蚊子一樣低聲嗡了一句。被他說得好像是她想要做什麼一樣，雖然沒說錯，可說出來就是錯。

趙栩聽得清楚，忍著笑抱著她忽地就這麼倒了下去，兩人在榻上變成了同枕眠，嚇得九娘雙手抵在他胸前結結巴巴地問：「你、你不是說要留、留到大婚的嗎？」

趙栩笑得胸口震動起來，有賊心無賊膽便是阿妧你了。

「誰說要做什麼了？我們就說說話，說說悄悄話。」趙栩伸手拔了她頭上的喜鵲登梅釵塞到枕下，手指梳了梳她如瀑散落一枕的秀髮：「說說阿妧用什麼洗頭髮的？這麼滑怎麼挽髻？要用頭油嗎？」

九娘身子一僵，握拳捶了趙栩兩下。明明這一個月來她已經不落下風了，今夜竟又毫無招架之力。

「我動口你卻動手，不妥不妥。」趙栩溫香軟玉滿懷，渾身舒坦：「對了，以前宮裡有過大理和高麗進貢的頭油，阿予說很好用，我給你送過幾盒子，你用了嗎？」

九娘放鬆下來，想了想：「大理那幾盒是玫瑰味道的，香味有些濃，但是不膩，很好用。高麗的似乎有些藥味，慈姑和姨娘她們都說不好聞，我倒蠻喜歡的，也很好用。」

「那以後就讓高麗多送些來，藥味好，不會招來蜜蜂。怪不得阿予有陣子在屋還招蜜蜂。」趙栩歎道：「你在翰林巷守孝的那兩年，見也不肯見我一面。我要變成隻蜜蜂倒好了，直接飛進去看你。」

「你已經放了好些蜜蜂在我身邊了。還總送鹿家包子來，我家三郎如今去蘇州後吃不到了，恐怕總惦念著呢。」九娘輕歎了一聲：「還有鹿娘子那般仗義，卻——。」

「鹿娘子在季甫家呢。」趙栩拍拍她的背：「她因陳家受累，我豈能袖手旁觀。」

九娘猛地一抬頭，撞在趙栩下巴頦上。趙栩嘶地一聲仰起頭。

九娘伸手替他揉了揉，趙栩哭笑不得：「我家阿妧真是個硬頭，炭張家那次也撞得我疼死了。」

「都怪你——」九娘心裡高興，卻瞪了他一眼：「誰讓你砸了那只黃胖的？那可是阿昉娘親心心念念要送給阿昉表哥的，可不都怪你？」

趙栩捉了她一隻手咬了一咬：「頭硬嘴還硬？管她是誰的娘親，也不能把我送給你的禮轉送給別人。」咬了咬手見九娘還瞪著自己，索性又咬了咬她的鼻尖：「還有沒有其他的被你轉送給人了？日後我可要好好查一查。」

九娘又癢又麻，氣道：「你是小狗嗎咬我作甚？」

「阿妧比肉包子好吃多了。」趙栩笑得眼睛眯了起來。

「還能好好說話嗎？」九娘邊躲邊笑。

趙栩長歎一聲，用力抱了抱她，忍了又忍才鬆開：「那就再說說阿妧幼時的事，那麼圓滾滾的，夏天怎麼辦？你嫡母給你用冰嗎？」

九娘想了想：「也有的。她雖然不喜愛我，卻不會明裡剋扣這些，一大家子都看著呢。我嫡母又是個要面子的人。」

「我看你身邊的慈姑和玉簪都是好的，也帶入宮裡去。我同娘娘說。」

「好。」說起慈姑，九娘微笑起來：「慈姑待我最好不過了。我生下來她就照顧我，教導我，我三歲才開口說話，她從來不嫌棄我魯鈍。」趙栩抱著她的手緊了一緊，輕聲嘀咕了一句大器晚成。阿妧的聲音好像在他身體裡迴盪，欲念壓下去了，睡意卻湧了上來，這幾日的疲乏一點點退去。

「慈姑極有耐心，家中哥哥姊姊們都是四歲啟蒙，她自我出生，夜夜就在我耳邊唱《詩經》了。爹爹嫌我笨，慈姑說別人學一遍，九娘子學三遍也能會。我兒時太胖，聽四娘她們說整個翰林巷都沒有比我胖的小娘子，愁死我姨娘了，小阮氏和四娘又成天作出可憐我的樣子。我姨娘便去求嫡母，少給我吃一餐。慈姑怕我餓著，總在袖袋裡藏上幾塊糕點給我墊肚子，還說我姨娘剛被婆婆買回來的時候也是這麼肉嘟嘟的，一抽條就瘦了——」

九娘絮絮叨叨，輕聲說了許久，不聞趙栩有聲音，抬起頭，卻見趙栩這次是真的睡著了，唇角還帶著笑。她小心翼翼地掰開趙栩的手，下榻替他蓋好絲被，看著他微翹的唇角，忍不住在那笑意上印下一吻。這是她的六郎，不是天下人的燕王。

翌日，陳元初和陳太初往來賓館去探望穆辛夷。

穆辛夷正坐在羅漢榻上慢吞吞喝藥，一雙大眼盯著案几上玻璃荷花紋樣小碗裡的蜜餞。見到陳元初和陳太初進了屋，她一雙眼瞪得更大了，擱了碗就從羅漢榻上骨碌下了地：「太初？元初大哥，你們是來看我的？」

陳元初淡然道：「我是陪太初來的。」

陳太初笑道：「聽越國公主說你病了，我來看看你。怎麼不喝藥？喝完才能吃蜜餞。」

穆辛夷做了個鬼臉，捧起藥碗一口氣喝完了，立刻塞了三四個蜜餞入口，腮幫子鼓囊囊的。她笑得眉眼彎彎：「嗯嗯，你來得巧，其實我的頭已經不疼了。而且今天我就要走了。」

陳太初見旁邊櫥上已經放了好些包裹，便問她：「你要回蘭州還是興慶府？」

穆辛夷笑道：「我回羽子坑去。阿姊說四國和談已經商議妥當，過兩日就要出各國文書告知天下。不打仗多好，我就能去秦州了。」她看了看陳元初，見他並沒有往日那般嫌棄自己姊妹二人，小聲地問陳太初：「元初大哥怎麼了？」

「羽子坑那宅子是你娘後來花錢買下來的，自然是你穆家的私產，住不住都隨你。」陳元初語氣淡淡，聽不出任何喜怒。

李穆桃抬眼看了看陳元初。

陳太初笑道：「那好，日後我去秦州探望外翁、外婆和大哥時，也能一併探望你。」

穆辛夷笑得更高興：「好，我們再去吃雞絲餛飩。」

陳元初和李穆桃在一旁，靜靜聽他們說話。

坐了兩刻鐘後，陳太初起身告辭，李穆桃親自送他們出門。出了兩進院子後，李穆桃站定了轉過身對陳太初說：「梁太后雖說要獻出蘭州，但我已經四日沒有收到衛慕家的信，只怕她已經疑心我和衛慕一族了。我讓阿辛回羽子坑住，萬一我不能照顧到她，還請太初你念在往日舊誼，不要為難她。」

陳元初深深看著她：「最後那句話你該同我說才是。你為何心虛成這樣？」

李穆桃星目微閃：「我欠你的總會還你，包括陳家槍和游龍箭，你放心。」

「原本取了你的右臂，自然就收回了我教給你的。」陳元初道：「家父有言，穆娘子對他有救命之恩，這槍法和箭法就算報恩了，無需再取回。」

陳元初傲然道：「就算是你西夏李氏會又有何妨？我陳家已將槍法和箭法悉數傳授於西軍將士，他日我大趙百萬禁軍，入伍者皆可習之。趙夏若再戰，各憑本事一決勝負。」

李穆桃一震，若不是因為她，陳家怎會將家傳秘學傳授給陳家軍以外的人？她輕輕點了點頭：「你父親好氣魄。穆桃拜服。還請燕王殿下守諾，祝我一臂之力。」

陳太初拱手抱拳道：「太初前來，也是替燕王告訴長公主：一言既出，駟馬難追。」

回到大同驛，章叔夜點出了一千精兵，見陳太初回來了，笑道：「殿下讓我跟著二郎一同護衛娘子回京，只留下一千多人跟著殿下會否太少？」

陳元初笑道：「怎麼，你是看不起我和燕王都帶著傷？」

「叔夜不敢。」章叔夜看了看院子裡頭：「今日娘子親自下廚了——」

陳元初大步往裡走去，口中高喊道：「方紹樸——你再敢偷吃，我活撕了你——」

陳太初拍了拍章叔夜的肩膀笑道：「明日卯時返京，讓各營副將今晚來這裡，我們排一排回京路線。」

院子裡傳來嘈雜的聲音，方紹樸喊著救命，陳元初大喝著：「放下你手裡的羊腿，饒你不死——」還有孟建拉勸的聲音，沒有任何別離之氛圍。

第二百八十章

眾人正大快朵頤，白思退遣人來稟報，說武德郡主的和親儀仗已到了大同驛，比預料的提前了一天。

孟建擱下銀箸，看向上首的趙栩和九娘，不知道白思退有無將自己拜託他的事稟報給趙栩，心裡忐忑不安起來。

「殿下，小女遠途而來，為國和親，下官——」孟建小心翼翼地起身對趙栩行了一禮。

趙栩抬頭看向孟建：「忠義子去見一見罷，無需帶來見阿妧了。」想到孟嫻在靜華寺的毒計，趙栩眼中就結了冰。

孟建見九娘並無起身的意思，暗歎一聲，自往前堂去了。

九娘想了想，站了起來：「六哥，我還是要去見一見她的。有勞方大哥陪我同去一趟。」

方紹樸依依不捨地放下手中銀箸，看向趙栩，不知為何要他去。趙栩也擱了箸：「阿妧可是擔心她會出什麼么蛾子？」若想裝病或裝瘋逃過嫁去女真，倒瞞不過方紹樸。

九娘輕笑道：「是有一些。」她還擔憂完顏亮和四娘因阮玉郎的關係狼狽為奸沆瀣一氣，反給趙栩添亂。

陳太初柔聲道：「我也陪你去。」

趙栩想著儀仗既至，和親使和送親女官必然很快過來拜見，便點頭道：「狗急尚且跳牆，太初你去看著好一些。」

三人出了宴息廳，先去方紹樸屋裡取藥箱。九娘借機仔細詢問了方紹樸關於趙栩的腿傷一事，聽他模棱兩可語焉不詳，不由得暗自憂心趙栩出征西夏要多受許多苦。

方紹樸看了看陳太初，乾咳了兩聲道：「臨別——別在即，若是九娘你——你有什麼需——需要我幫忙之處，盡——儘管開口。我是醫者，別當我是男子。我如今婦——婦人科之類也略知一二。若是不便開口，你用寫——寫的也行。」

見方紹樸一臉的欲言又止，陳太初溫和地拍了拍他的肩頭：「我去外頭，你有什麼直接說，莫要這般遮遮掩掩的。」

方紹樸等陳太初出了門，從藥箱底下取出一份疊得很整齊的紙張遞給九娘，又咳了兩聲，才一本正經地叮囑道：「這是我特意給你的醫囑，萬、萬分重要，重要萬分——你現在別——別看，回京路上慢慢看。還有，千萬別和殿下提起。」

九娘疑惑地看看方紹樸，疑心他誤會了自己和趙栩什麼，但見他一臉認真的模樣，接過來道了聲謝。

方紹樸同她一起出了門，又低聲道：「最後那句尤其重要——」

九娘笑道：「好，我定然牢記方大哥之言。」她將這「錦囊妙計」貼身收了，對陳太初輕輕搖搖頭，表示並無什麼事情。陳太初才放了心。三人一同往前堂走去。

孟建跟著小吏穿過幾重院子，回頭望了幾次，都不見九娘跟來，越走越心慌，進了遊廊，廊下站著四個中年婦人，青紗帕子包髻，身穿宮中女史的窄袖長裙，神色竣嚴陰冷。

「在下忠義子、御史臺孟叔常——」孟建微微點了點頭，忍不住看向廳內。

「郡主嬌怯體弱，遠途而來，有些不適。還請忠義子長話短說。」一位容長臉的女史道了聲萬福，面無表情地道。

孟建再不機靈，也覺得四娘這「郡主」不像郡主倒像囚犯。他顧不上其他，快步進了正廳。白思退聞聲迎了出來，見後院那許多人只來了孟建一個，連傳說中的那位「燕王妃」都不來看望親姊姊，看來這位無德郡主得罪了燕王的傳言應是不假，不由得慶幸自己方才答的那些話都無什麼要緊事。

「忠義子大喜。」白思退笑道：「你放心，那幾家鋪子的掌櫃午後會親自上門來的。」

孟建抱拳行禮道：「多謝白大使，些許小事，還請勿告訴殿下，以免讓殿下費心。」

「自然自然，忠義子請。」白思退側身出了門，看了看廊下那幾位宮中女史，暗暗希望儘早能將這位無德郡主送給女真人，他今年的考績文書上總也是功勞一件。

正廳裡西牆邊，一個身穿鴨蛋青薄紗長褙子的身影背門而立，纖細窈窕，螓首低垂，不知在看長案上的什麼，聽到他們說話也不回頭。

孟建慢慢走了兩步，眼前的少女瘦得像一片葉子，隨風就能吹去，往日弱柳般的嬌怯姿態，只剩下怯弱。

「阿嫺——」孟建有些哽咽，這孩子怎麼瘦成這樣了。

四娘緩緩側過頭來，蒼白的臉上浮起一絲笑意：「爹爹。」

孟建有點恍惚，他有多久沒有看到四娘了？她撞棺明志後被送去了靜華寺清修，兩年多後才回到翰林巷，跟著靜華寺出事，他竟再沒見過她。這三年，父女倆見面的次數屈指可數。如今琴娘也去了。琴娘臨終時那麼恨他，定是因為他沒有照顧好阿嫺。想到在大理寺那人說她受不住刑，讓他給她準備後事，孟建眼中一熱：「阿嫺，你受苦了。」

四娘轉過身來深深跪拜下去：「爹爹，女兒不孝，不能承歡膝下，未能聆聽爹爹教誨就出嫁，連家廟都未拜過——」

孟建一把扶了她起來，落淚道：「你為國盡忠，和親女真，已光耀我孟家門楣。列祖列宗只會怪我沒能親自給你送嫁。你嫁給四太子後，切記要恪守王妃職責，毋忘我大趙朝廷所託，好生以先祖仁德之說感化規勸他，以造福天下百姓為己任，方不愧汴京翰林巷孟家之名，也不枉費你在女學讀了那許多聖賢書。」

四娘一時竟疑心眼前的爹爹是不是假爹爹，這場面話一套一套的，好似六娘附體。原先備好的話接不上了，見他一臉真誠，四娘掩面而泣道：「女兒理當謹記爹爹教誨。猶記四月離家去靜華寺前，你特意送了好幾枝桃花給我。託爹爹的福，阿嫺如今真的要嫁人了——」她盈盈雙眸中霧氣濛濛，輕輕拉住他的衣袖角，哽咽道：「卻連一個送嫁的家裡人都沒有。他們——將我從宮門外就塞入馬車裡，我便似一袋米一包炭那樣給賣來了契丹——」

「阿嫺——」孟建一愣，收了淚喃喃地解釋起來：「萬萬不可如此胡思亂想，你是太后娘娘懿旨敕封的大趙郡主，需知幾千宗室貴女裡縣主幾百個，可郡主只有十多個，足見你身份尊貴。無人送你來，是因家中連連出事，你母親帶著阿姍，和大伯娘、你大嫂她們陪著你婆婆都去了蘇州。府裡只有你二伯、二嬸在——」想到自己和二哥嫡庶之誤，孟建歎了口氣，呂氏不願意送一送阿嫺也實在太過小氣。

「二伯、二嬸和大伯、二哥都有送我出京。」四娘珠淚直落：「母親也有送了五車嫁妝給我，可見不到爹爹、娘親和弟弟、妹妹，阿嫺心裡實在難受。爹爹，為何連我姨娘都不來送一送我？她是不是病得厲害？那嫁妝裡明明有許多是姨娘一早就替我準備的——」

孟建心中一疼，他這輩子無論遇到何人遇到何事，過了些日子就總只記得那些好的時光、好的事情，無論是年少明媚的程氏，還是嬌弱海棠般的琴娘，就算是借醉撒潑的阿林和別有用心的王氏，他都只念著在一起時的好，就是知道了自己或許是梁老夫人親出，得不到回音也不會耿耿於懷，聽四娘這般哭訴，他心裡說不出的悵然，哽咽道：「阿嫺，你還不知道，你姨娘病得厲害，五月裡就去了。」

四娘一個趔趄，死死地拽著孟建的衣袖，嘴唇翕了翕，先前作態落淚極易，此時卻擠不出淚來，心裡慌得厲害，幾乎快沒了心跳。

她在獄中宮中輾轉，雖還收到阮玉郎的消息，卻無人告訴她阮氏殞命一事。從此，在這世上除了她自己，再無一個人愛護她憐惜她了。

孟建扶住她，搖了搖頭：「阿嫻，是爹爹沒能照顧好你姨娘——」手上重得厲害，扯了幾下竟拉不住四娘，看著她跌坐在地上：「阿嫻，快起來說話，給那些女史見了有失體統——」

四娘放聲大哭，抱了他的袖子掩住了臉：「姨娘！可憐姨娘生我養我，多年來為我操心。可我都不能送一送姨娘，不能送終，不能為她守孝，還要被賣給女真人。姨娘在天之靈該多麼難過。我不嫁——爹爹，求你了，讓我為姨娘守一年孝！你可憐可憐我姨娘，可憐可憐女兒罷——」

孟建不知所措地看看外頭，見無人過問，再用力拉兩下，四娘拚命掙扎著哭道：「孟妧你出來，我知道你在這裡！你恨我就恨我，為何要害死我姨娘？為何要逼我孝中和親！我們是一個爹爹生的親姊妹——你出來——」

孟建嚇得趕緊去捂她的嘴：「阿嫻你悲傷過度糊塗了！你姨娘病了兩年藥石無醫，關阿妧什麼事。你和親也是太后的恩旨。」

「爹爹你才糊塗！將我送給女真人蹂躪，明明是阿妧知會了燕王這麼害我的——」四娘氣得渾身顫抖：「她做賊心虛，不敢出來見我是不是？她心胸狹窄故作大方，恨我心悅陳太初，背地裡搶了陳家的親事！又因阮玉郎殺了蘇昕，害得她嫁不成陳太初，就恨毒了我，借機陷害我殺了蘇昕，害得我在大理寺獄中受盡折磨——」她舉起十指給孟建看，哭道：「她心裡只有陳太初，卻又利用燕王殿下一片深情，硬將我送去女真和親，殿下也是受她蒙蔽的——」

孟建一頭冷汗，兩耳嗡嗡響，聽外卻傳來掌聲。

第二百八十一章

九娘緩緩入了廳，神色自若地看著四娘問道：「我為何不敢見你？我有什麼可心虛之處？我不願見你，是因為厭憎你。我來見你，是不能任由你賊喊捉賊顛倒黑白矇騙爹爹。」

四娘抖如篩糠，扯住孟建的衣袖細聲哭道：「爹爹你知道的，阿妧她素日伶牙俐齒，誰也說不過她，她要往我身上潑髒水，我就只有生受著。爹爹生我養我，難道不知道女兒是怎樣的人，我是個連隻蟲子都怕的人——」

孟建手心手背都是肉，換作幾個月前必然深信四娘，可這幾個月和九娘同行同歇，他卻不敢全信了。他扶住四娘，看看九娘，吸了口氣：「阿嫻，爹爹明白你，可阿妧真是個好的，絕不會冤枉人。你有什麼委屈，和她有什麼誤會，姊妹兩個當面說開來，哪有什麼隔夜仇？」

他看了眼正邁入廳裡的陳太初，握住四娘的手，輕輕搖頭道：「但你說阿妧搶了你和陳家的親事卻是萬萬不對的，三年前魏娘子就相中了阿妧，給你母親遞了草帖子。當時爹爹因為要和太尉府結親，高興得好幾夜都睡不著，我記得清清楚楚。陳太初和你是一絲關係都沒有的。你怕是聽什麼人私下傳話，把母舅程家聽成了表叔陳家，生出了這不該有的念頭——」

九娘有些意外，看著孟建倒生出幾分欣慰來。

方紹樸背著藥箱在廊下徘徊了兩步，找了一個看起來面善的女史嘀咕了兩句，見她往內院去了，招手讓宮女搬了張凳子，在門口坐了下來，豎起耳朵大模大樣地聽起了壁腳。

陳太初進了廳堂，大步上前，目光似劍，沉聲道：「孟四娘，我陳太初要娶的女子，從來就只有阿妧一人。阿妧何需在意你？你因妒生恨，指使程之才夥同阮玉郎手下擄走九娘，欲將九娘獻給女真四太子。為了陷九娘於死地，你還給程之才服用了極多的五石散，令他狂性大發，結果卻誤害了蘇昕。程之才都已一一招供，你無可抵賴。」

陳太初聲音冰冷：「蘇昕已是我亡妻，你與我有殺妻之仇，若非娘娘恩旨朝廷所需，此時此地，我必取你性命。」

「陳太初——」四娘淒然笑道：「好一個有情有義的郎君，你眼見著九娘她和燕王就要雙宿雙飛，還做出這般大度的模樣給誰看？你們一個個都虛偽之至！你殺了我便是，若不是你，我怎會落到這般田地？」她掙脫孟建的手，走近了陳太初，轉頭看向九娘：「還有你，同為木樨院庶出的小娘子，你如今可心滿意足了？自從翁翁去世，翰林巷就容不下我和姨娘兩個人了。你記在了母親名下做了嫡女，十一郎成了嫡子。你霸住了燕王妃的名分，霸住陳太初的心，你還不承認？當年在綠綺閣那夜我就料中了你這般不知羞恥要霸著所有好的不放——」

九娘打斷了她，搖頭歎道：「你怨天怨地怨人怨出身和血脈，那你可知道爹爹才是婆婆所出的孟氏嫡子？你又知不知道阮玉郎其實就是元禧太子唯一的血脈壽春郡王趙玨？還有陳留阮氏乃魏晉至成宗朝的世家大族，是武宗皇帝元后郭皇后的侄女郭瓏梧的夫家。」

四娘如遭雷擊，怔了片刻，轉身看向孟建：「她方才說什麼了？爹爹？那二伯才是——阿嬋她？」孟建垂眸長歎了一聲，這樣的阿嫻，他從來都沒見過，他愧為人父。

「你是什麼樣的人，和血脈並無干係。」九娘淡然道：「人只有自甘下賤才會變成賤人。你這些言辭手段，並不會讓我有半分難過。你這幾年來所走的每一步都有得選，只是你從來不選另一條路。」

「我根本沒得選！」四娘顫聲道：「是你們逼我的，我只能靠舅舅靠姨娘，我不想嫁給程之才，是你們逼我的。我不想嫁去女真，你們又逼我！我有得選嗎？你說得輕巧，若是我你怎麼選？」她看看陳太初又看向九娘，笑了起來：「是了，我也有得選。妹妹你見過二伯擬的和親制書嗎？武德郡主，孟氏所出，賢良淑德，名滿汴京，冊為宗室女。今允乃誠祈，更敦和好，則邊土寧晏，兵役服息。遂割深慈，為國大計，築茲外館，聿膺嘉禮，降彼金國四太子。孟氏女可不止我一個人，我若死了——」

孟建悚然一驚：「阿嫻？」難道她想——

九娘深深看了她一眼，施施然轉身走了兩步，在一旁官帽椅上坐了下來，似笑非笑地問道：「那麼孟嫻你是要觸柱還是要懸樑？抑或用頭上銀釵在面上劃上幾道？裝瘋賣傻恐怕是行不通的。想要偷樑換柱讓我去和親，總要拿你的命來換。你可豁得出你的性命？」

四娘胸口起伏不定，眼風瞟到陳太初按在身側劍柄上的手，冷笑道：「你這般胸有成竹，無非是仗著燕王殿下待你一片真心。若是殿下知曉你心屬陳太初，只是利用他謀取榮華富貴，可還會護著你？」

「掌嘴。」門外忽地傳來趙栩冷漠的聲音。九娘起身看向趙栩，趙栩抬手擺了擺，示意她坐下看戲。方紹樸的腦袋在門口閃了閃，被外頭的陳元初一把拽了回去。

孟建一把拉回四娘，匆匆行禮道：「殿下，她因要和親太過惶恐，胡言亂語，請殿下——」

成墨已帶著兩個小黃門輕手輕腳進了廳，走至四娘面前恭謹地微微躬了躬身子：「郡主，小人奉殿下之命，行掌嘴之刑。」

孟建還未回過神，聽見啪啪兩聲，成墨已退開半步，兩個架著四娘的小黃門也隨即退開。

趙栩入了廳，面色如水：「我便是這樣護著阿妧的。你可要再試試？」

四娘抬了抬手，不敢去摸火辣辣的臉頰，慢慢轉頭看了看身邊手足無措的孟建和沉靜自如的九娘，慘笑道：「你身為監國攝政的殿下，這般欺辱我一個弱女子，算什麼英雄？」

「你泯滅人性毒如蛇蠍，這會子倒服軟充起弱女子來了？」趙栩淡然道：「你在雪香閣冒充我娘的時候不是很有把握嗎？不想被我欺辱，不想和親，那便自己了結了罷。成墨。」

成墨躬身行了一禮，取了一旁案几上的茶盤，彎腰從靴子裡拔出一柄匕首擱在上頭，走到四娘面前：「郡主，請。」

「割喉或剜心都死得快一些，別刺歪了。」趙栩手中紈扇輕輕搖了搖：「完顏亮正好也不太喜歡你這樣子的。你一路奔波，不幸染疾身亡，我大趙只能另選名門閨秀，嫁給四太子，想來完顏亮也不會太在意。至於你的好舅舅阮玉郎，遠在汴京也顧不上你。你放心，忠義子會親自送你回京安葬的。」

四娘打了個寒顫，無助地看向孟建，環視廳中，這許多人，似乎個個都盼著她死，也不在意她的生死。她和親或不和親，也完全要脅不到他們。

孟建閉上眼，任由四娘跪倒在他腳下嘶聲痛哭著。他這個爹爹，從來沒看清楚過她。

眾人離開後，空蕩蕩的廳裡響起孟建木然的聲音：「爹爹一早請白大使約了中京大定府幾家最有名的銀樓和匹帛鋪，要給你買一些首飾和好面料，你自己選吧。」

黃昏時分的中京大定府，也有了七夕節的熱鬧氛圍，酒樓客棧前各色高臺彩燈點綴街市，不少商家將自家的彩燈都蒙蓋起來，留待七夕夜一鳴驚人。外城大同驛外卻擠滿了看熱鬧的百姓，為了一睹將要入宮覲皇帝陛下的大趙燕王的風采。

趙栩院子裡的廊下，十多個親衛皆扮成了契丹行商模樣。章叔夜將朴刀用厚布層層包了背在身上，再次檢查了一下稍後要交給副將的千餘禁軍的契丹過關文書，他抬頭看向院子角落裡的高似，大步走過去，抱拳道：「殿下安危，拜託你了。」

高似輕輕點了點頭，見章叔夜轉身要走，低聲道：「千萬護好九娘。」

章叔夜腳下一頓，轉頭笑了笑：「多謝你不吝傳授刀法和箭法給叔夜。」他和陳太初依計護送九娘喬裝打扮走真定府一路騎行回京，另有千餘禁軍作幌子走河間府一路回京，虛虛實實，實實虛虛。陳太初和九娘無懼一路風險，他章叔夜當然也一往無前。

目送年輕人昂首闊步去了，高似默默又退了兩步，隱入角落的昏暗之中，與暮色融為一體。

屋內成墨躬身行禮回稟道：「殿下要入宮一事，大定府已傳到人盡皆知。」

一身短打的陳太初走到陳元初面前：「大哥，保重。記得給娘多寫幾句話。」他轉至趙栩面前：「有我在，你放心。」

趙栩看了一眼男裝打扮的九娘，笑道：「阿妧交給你，我放心得很。」

陳元初和蘇昉說了幾句惜別的話，約定京中再見。幾個人相偕出了屋子。

趙栩扯了扯唇角：「連方紹樸都如此識趣，還真難得。」

九娘抿唇笑了，她有許多話，原以為還有機會和趙栩說一說，未料到離別已在眼前。她走到趙栩身前，蹲下身握住他的雙手，抬起頭時滿腹的話卻也只剩下一句：「六哥你多保重，得空給我多寫幾句話。」

趙栩失笑道：「好。昨夜我沒聽完的那些話，你記得以後還要說給我聽。」

九娘想揶揄他兩句，終還是捨不得，只輕輕點了點頭。

兩人執手相顧無言良久，趙栩柔聲道：「去罷，我今日就不送你了。」

九娘凝視著他，突然湊身上前在趙栩唇角輕輕一印，紅著臉退了開來：「我在京中等你回來給我插那枝牡丹釵。」

趙栩壓下要拉她入懷裡的念頭，抬手輕輕觸碰了方才被她柔軟雙唇印過的唇角，微笑道：「吾所願也。」

來日方長，他有信心，不急在這一時。

大同驛的六扇黑漆大門敞開，小吏們彎腰撤了門檻，十幾盞宮燈魚貫而出。百姓們轟動起來：「燕王出來了，燕王——」真有萬民空巷之勢。

趙國親王儀仗緩緩出了大門。趙栩令人高捲三面的車簾，端坐於馬車之中，面帶微笑，宛如神祇。

半個時辰後，大同驛的後門悄悄打開，數十騎策馬而出，分作三路，出城而去。

第二日卯正時分，千餘大趙禁軍簇擁著三輛馬車出了中京南門。燕王趙栩和越國公主耶律奧野親自送到城外三十里。大定府百姓議論紛紛，不知他們如此鄭重其事送走的是哪一位了不得的人物，要近千精兵護送回汴京。

第二百八十二章

七月初七的汴京城處處人聲鼎沸，火樹銀花。大街小巷各大正店門外彩樓懸燈，汴河之中的畫舫之上歌舞昇平。

身穿素白衣裳的小娘子們精心梳妝，結伴穿梭在茶坊、夜市和勾欄瓦舍之間。說起今年七夕夜，最可惜的莫過於汴京四美竟然無一人在京中，害得她們春日就開始製作的香囊、扇袋沒了可投之處。

幸而如今的少女們喜歡得快，轉移得也快，感歎一番後，她們轉頭就歷數起今年國子監的少年俊傑，有人好奇地問起武監生裡異軍突起的少年秦幼安，七嘴八舌之下，話題很快變成了明年開春後的禮部試和眾士子們，說起歷年榜下捉婿的習俗，不免又提到小蘇郎的風采。

到了百家巷口，遠遠見人頭簇擁，小娘子們聽身邊人笑言蘇郎蘇相公十多年來頭一回在七夕節帶女眷出門。她們趕緊踮起腳尖，見蘇府眾部曲簇擁著一輛牛車緩緩駛出，年近四十的平章軍國重事蘇瞻依然如芝蘭玉樹，端坐於馬上，這盛夏夜中他一身茶白涼衫，神色恬淡，注目於遠處虛空中。

牛車四角上懸著七色香囊，一路飄香往北州橋而行，出了舊封丘門又行了一刻鐘，緩緩停在開寶寺門前。寺門前已站立著不少大理寺的皂役和宮中禁軍。

張蕊珠扶著晚詞的手，小心翼翼地下了牛車。開寶寺的知客趕緊上前給蘇瞻行禮，躬身引眾人入內。蘇府部曲們四處警戒，僕從們高挑燈籠，跟著知客進了上方禪院。

張蕊珠難掩激動之情，拜謝了上方禪院的禪師後，疾步往後院去見從鞏義返京的趙棣。

蘇瞻看著她裙裾翻飛神色悽惶，輕歎了一聲癡兒，看向殿中的長明燈，想起八年前的事，更是黯然神傷。

何如暮暮與朝朝，更改卻、年年歲歲。

大殿香案前的檀香嫋嫋，拈香的人退後了兩步，肅默了片刻，轉過身來，卻是張子厚。

蘇瞻微微蹙了蹙眉：「子厚，你竟親自守在此地，未免太過杯弓蛇影了。」

張子厚看了看每年給王玞點的長明燈，輕哂道：「你的外甥女是我養大的。她雖然蠢了些，心眼卻不少。阮玉郎就是她給趙棣牽的線。我不來還真不放心。」

「大理寺既然已經查過了，也無真憑實據，子厚慎言。」蘇瞻冷言道：「若你還是一心要我罷相，只管衝著我來。她一個女孩兒所託非人，已經可憐可歎。俗語生恩不如養恩大，蕊珠在我家中依然尊你敬你，你如此待她，實在令人心寒。」

張子厚朝天打了個哈哈，挑眉道：「蘇和重你不是識人不明，而是識女不明，遇到女子你就犯糊塗。」他抬腳往殿外走去，經過蘇瞻身邊，停了下來，輕笑道：「知不知道我見到你這般睜眼瞎，心裡痛快之至？」

蘇瞻淡然道：「蕊珠是我姊姊僅存的骨血，我自然會看著她。無需你操心。」

張子厚側目凝視著這昔日同窗好友半生爭鬥勁敵，禁不住哈哈笑出了聲，一甩寬袖，大步跨過門檻，出了殿門。

張蕊珠在寮房中剛和趙棣抱頭痛哭了一番，訴說了幾句離別衷腸，就聽見門外傳來小黃門猶豫膽怯之聲：「張理少，殿下和夫人正在——」

趙棣一驚，面上不禁露出厭憎之情。張蕊珠趕緊使了個眼色，朗聲道：「是父親來探視五郎嗎？快請進來。」

張子厚施施然進了寮房，目光掃過形銷骨立面容僝僽的趙棣，拱手行了一禮問了安，轉向張蕊珠道：「你回了蘇家，看來過得著實不錯。」

張蕊珠上前道了萬福，柔聲道：「多謝爹爹指引，方令蕊珠被至親尋回，大恩大德，蕊珠——」話未說完，張子厚清雋的面容上浮起一絲意味深長的笑意：「你無需下輩子做牛做馬報答我，這輩子安分守己就最好不過了。」

張蕊珠淚盈於睫，欲言又止，半晌後垂首應了聲：「蕊珠謹遵爹爹教誨。」

趙棣眉頭一皺，自從得知張子厚並非張蕊珠的生父後，此人就變成了僅次於趙栩的最可惡之人。想當年太皇太后睥睨著自己淡然說張蕊珠出身有瑕，不配為吳王妃，他心中就刺痛萬分。他和蕊珠一直以為太皇太后意指蕊珠是喪母長女，直到蘇瞻派人到鞏義接張蕊珠，他們才明白太皇太后怕是早就知道張蕊珠並非福建浦城張氏的嫡女。仔細想來，必然是張子厚偏幫趙栩，讓宮中人洩露給了太皇太后知曉，真是心思惡毒，既折辱了蕊珠，好留待日後羞辱蘇瞻，又令他和太皇太后祖孫離心，使太皇太后以為自己耽於美色不堪大任。

「張理少你並非蕊珠的生父，何必擺出一副嚴父的面孔來訓斥她？你又有資格訓斥她？」趙棣冷哼了一聲：「在太皇太后面前洩露蕊珠的出身，令她做不成吳王妃的不也是你嗎？」

張蕊珠驚呼道：「五郎——」

張子厚卻淡然道：「尚書內省既來詢問，下官從未娶妻，總不能杜撰一個母親出來，等禮部戳穿後豈不令殿下成為天下人的笑柄？張某撫養她十多年，若連說她兩句的資格都無，殿下是要令蕊珠背上忘恩負義不仁不孝的罪名嗎？」

趙棣啞口無言，只拿眼瞪著張子厚。

張子厚拱手道：「大理寺遵太后懿旨二府所令，陪殿下在此休養生息。殿下有何要交待家眷的，還請當著下官的面說，朝中絕無人會以為下官有徇私之心。」

趙棣和張蕊珠面面相覷，費盡九牛二虎之力得來的見面機會，有張子厚在一旁虎視眈眈，他們還能說什麼。

小半個時辰後，張蕊珠才在知客的引導下回到客堂，見蘇瞻正和禪師下棋，便靜靜侍立在一旁。蘇瞻抬頭見她眼鼻通紅，淚痕未乾，歎了口氣：「多謝大師為娘娘分憂，也成全了這孩子一片癡心。此局和重輸了。」

「阿彌陀佛，相公大龍將成，竟投子認輸，豈不可惜？」禪師雙手合十笑道。

蘇瞻起身拱手道：「孰重孰輕，和重心裡有數，先告辭了。」

開寶寺的斜對面，是北瓦子。北瓦子雖然不在開封城內，但因開寶寺、襖廟斜街、夷山夕照的緣故，向來不缺生意。北瓦子再往北，是天清寺，天清寺的斜對面就是城北班直軍營。

阮小五進了天清寺的大雄寶殿，躬身對大殿上負手昂然直視佛像的阮玉郎行了一禮：「郎君，蘇家的人已經離了開寶寺，大理寺的人還在。了因、了果試了兩回，遞不進話。上方禪院只許本禪院的僧人進出。」

阮玉郎輕輕點了點頭，背在身後的手指略略屈了起來：「京中各處可都知會到了？」

「中元夜各大瓦子，都將上演《目連救母》。郎君放心，萬事俱備。」阮小五難掩躍躍欲試之情。

「目連救母。」阮玉郎眯起眼：「多虧我佛慈悲。」

算起來，三年前馬失前蹄就是中元夜，他偏偏還是要在這一夜起事。陳青、趙栩能奈他如何？趙栩以爲收復秦州有利於四國和談，卻不知他借機請君入甕暗渡陳倉。他的天下，他要取回來，天經地義。

阮小五猶豫了一下：「還未能找到孟娘子的下落。前些時趙栩似乎故意聲東擊西，引開了中京各路人的注意。」

「只管盯著孟彥弼的行蹤，他既出京，她必然已經在回京的路上。」阮玉郎唇角浮起笑意，輕咳了幾聲：「趙栩恐怕看得出完顏亮故意賣出的破綻，依他的性子，必然不會親自趕回京城。你知道該如何安排了？」

阮小五吸了口氣：「小五明白，絕不會傷到娘子性命。」

阮玉郎站立了良久，胸口銅錢舊傷隱隱作痛起來。還有七個白天黑夜，雖有些不盡如他意，但成大事者不拘小節。何況他又在意什麼「節義」名聲，成王敗寇而已。待天下在手，他自有法子贏回人心。天下人，都只是他局中的棋子。

真定府乃大趙河北西路的首府，掌管六州事務，與契丹接壤，城中建築卻青磚粉牆，亭臺樓閣纖巧秀麗，素以園林名冠大江南北。七夕的真定府宛如江南，燈火千衢，處處笙竽，繁華如許。

剛入城的陳太初和蘇昉一左一右，護著九娘，緩步在沉沉人海中移動，往府衙附近的元旭匹帛鋪去收取京城和趙栩兩處的消息。

他們出了中京，馬不停蹄一路奔襲，日行四百里路。入了大趙境內後，河北路的飛奴遞送的資訊極為頻繁，每晚歇下後，九娘都要和陳太初、蘇昉、章叔夜商議一兩個時辰，整理好文書，再遣人送往中京給趙栩。

抵達匹帛鋪，掌櫃迎接眾人安頓下來。九娘草草梳洗過後，惜蘭給她腿股被馬鞍磨破之處悉心地上了藥，見她咬著帕子疼得滿頭是汗，猶豫了片刻還是低聲道：「娘子這一路趕路太甚，腿肉磨傷得太厲害了，再不休養恐怕會留疤。不如和郎君們說一聲，在真定歇一日，剩餘四百里路不到，後日夜裡也能到大名府了。」

九娘搖頭道：「二哥已經到了大名府，我們需早些會合他。你勿跟人提起這傷。」

惜蘭歎了口氣：「兩位郎君方才特地叮囑我提醒娘子，若有擦傷，萬不可逞強，大名府至汴京還有七百里路呢。」

「不要緊，我練騎射那陣子也是這樣的傷，一兩個月傷疤就掉了。」九娘示意惜蘭給自己穿上長裙。她離汴京越近，明明一路平安無事，眼皮卻跳得厲害，心也慌。這兩日收到京中的消息看似無事，她卻總覺得煙霧重重。

陳太初和蘇昉都換了舒適的道服，正在看各方消息。章叔夜依舊一身短打，擦拭著自己的朴刀。見九娘來了，陳太初將手中的幾封信遞給她：「蘇相說服了二府，遵太后娘娘的旨意，前幾日接回了趙棣，安頓於開寶寺，性命已無礙。大理寺的人一直跟著。」

九娘心中暗暗歎了口氣，見蘇昉面色如常，便低頭看信。這封卻是張子厚親筆，字體十分眼熟。

「京中十分堪憂。」蘇昉冷靜地道：「宮中清查了兩遍，六尚的女官和入內內侍省並無大動，不知還有沒有阮玉郎的眼線。太皇太后又好了一些，雖不能聽政，卻已經能開口說話。河北兩路軍中的將領替換要到月中才可行。西軍和西夏還對峙在蘭州城前，梁氏以遷移西夏不願歸趙的百姓為由，獻城一事已經拖延了四五天。」

陳太初將趙栩的信遞給九娘：「看看中京的情勢。」

九娘見他照例讓自己拆趙栩的信，柔聲道了謝，取了小銀刀，裁開信封。

「六哥說和親儀式頗順利，完顏亮已帶著女真人馬及中京盟約回黃龍府了。李穆桃也已動身返回西夏。大同驛擒住了三批刺客——」九娘一頓，聲音啞了下去。趙栩不隱瞞此事，自然是為了讓她放心，他輕巧一句帶過，但個中兇險，她親身經歷過幾次，深知每次都是生死關頭，極為兇險。

陳太初和蘇昉對視一眼，也不催她。

九娘抬眼看了看他們三人：「有元初大哥和高似在，六哥肯定安然無恙，對吧？你們不用擔心。」

蘇昉輕輕拍了拍她的手：「別怕，六郎既然都寫在信裡，必定無妨。」

九娘定了定神：「完顏氏和高麗使館接觸頻繁，六哥讓我們派人去膠西查看一下水師——」

陳太初眉頭一皺，猛然站起身：「不好。叔夜，你去看看這邊有無大趙水師的輿圖。」趙栩三年前自兩浙路回師後，有特別留意過福建、兩浙、淮南河東等地的水師，如今信中驀然提起膠西水師，想來必有蹊蹺。

「水路？」九娘和蘇昉悚然而驚。

蘇昉反應極快，面色凝重起來：「你是擔心阮玉郎勾結女真和高麗同謀水路？那前幾日邸報上所寫的膠西高麗商人傷亡事件，會否是女真人和高麗人有意為之的出兵藉口……可是高似為何對此一無所知？」

三人靜默了片刻後，陳太初略一思忖：「阮玉郎只是利用高似對付六郎和陳家。水師這種大事恐怕他一早就搭上了高麗。」

九娘前世在杭州也聽過蘇瞻對兩浙水師的評述，低聲問道：「記得十年前除了虎翼水軍有三萬人外，兩浙水師僅有四千人，戰艦一百二十艘，如今京東東路和淮南東路的水師如何？」

章叔夜取了輿圖回來答道：「殿下派人製作的水師輿圖在杭州元旭匹帛鋪中，這份只是京東兩路和兩淮路的普通輿圖。我記得大趙今有二十一路水軍，三分之二在兩浙、淮南和福建。京東東路和淮南東路的水師不過三萬人，戰艦三百艘。」

陳太初趕緊展開輿圖，和章叔夜看了片刻後，兩人臉色愈加沉重。

九娘緊張地問道：「若是阮玉郎真的圖謀水路，會如何動作？」

陳太初苦笑著指著和登州❶極近的對海港口：「此處是契丹的蘇州港❷，三年前就落入了女真手中，越渤海至登州只需一夜可達。」

章叔夜仔細算了算：「從高麗渡黃海到膠西，恐怕七八天就到了。如今七月裡，我大趙禁軍教閱均不超過兩個時辰，若被女真和高麗水師乘虛而入，登州只怕難保。」

陳太初悚然道：「那海州❸危矣！」海州乃淮南兩路的重要港口，一旦登陸海州，離應天府只有七八百里路，鐵騎日夜換馬不停，一晝夜也可到達。

四人看著輿圖，只覺得京師之險比他們所設想的更為嚴重，大變迫在眉睫。阮玉郎牽引西夏自京兆府東侵，加上西京和鞏義的人馬呼應，大趙西路危殆。再有女真鐵騎攻占契丹，由沈嵐把住了大名府做內應，河北路堪憂。如今黃海、渤海若有高麗和女真自東水路入侵圖謀南京應天府，汴京

❶ 登州：位於山東半島東端，為對遼東及朝鮮半島海道交通起點，為今日山東蓬萊。
❷ 蘇州港：為今日大連金州港。
❸ 海州：為今江蘇連雲港。

城可謂他囊中之物。他在福建和兩浙路通過蔡佑黨人經營多年，只需無人勤王，只怕幾日夜就能攻下汴京。

第二百八十三章

屋內空氣凝滯，四人後背均涔涔冷汗。

九娘仔細衡量了一番，視線從輿圖上抬起，看向他們三人：「阿妧暫有一應對之策，可否——」

陳太初毫不猶豫：「你一貫思慮周詳有急智，只管說來。」蘇昉和章叔夜都點頭稱是。

九娘吸了一口氣：「我細細揣摩，三年前州西瓦子中元夜西夏女刺客刺殺表叔，就該是阮玉郎原先的舉事之時，以阮玉郎的執念，只怕這次依然會定在中元夜。當務之急，是要京中和各處能有所防範。」

阮玉郎所謀，乃出其不意處處險招。若能有防範，他的勝算自然會變小。眾人對此都有共識。

「我們今夜就要將水路一事知會京師和六哥還有西軍。」九娘手指不自覺地在案上敲了起來：「飛奴傳信，一日夜各處均可送達。知會六哥、京師表舅及張子厚的信都由我來寫，給我大伯和表叔的信由太初表哥來寫。除了飛奴傳信外，阿昉表哥需帶著六哥的信，從真定府走邢州、相州回京，不知這條路幾日能到京城？」能不能憑她一封信說服蘇瞻，九娘並無太大的信心。張子厚已經告知過他張蕊珠、晚詞同阮玉郎之間的關係，但蘇瞻並不信。

章叔夜看著輿圖在心中算了算：「九百里路，兩日夜可達，走得慢一些，三日也能到了。大郎身上有蘇相和殿下的名帖和二府的公文，直接走官道，驛站換馬歇息便利許多。」

蘇昉點頭道：「我回京後定會勸說爹爹，讓樞密院發令警戒京東路、河北路和兩淮路。你們看兩浙和江南路的水師可需調動？只是從蘇州至海州，恐怕也需七八日才能到。」

陳太初指著輿圖道：「要，兩浙水師可從明州關澳出發，至海州五日應可抵達。若高麗和女真已占領海州，登陸西侵應天府，兩浙水師務必收復海州，斷了他們退路，焚燒他們的戰艦。膠西水師若能抵抗幾日，還能和兩浙水師腹背夾擊他們。」

「以張子厚的能耐，樞密院定會下令的。」九娘對張子厚反而極有信心：「請太初表哥從此地直接往登州去，樞密院的將令和調兵文書必然會極快送到登州，若有太初表哥領登州、密州這一路，女真前來，必遭痛擊。」

「不行。」陳太初聲音柔和語氣堅決：「我親自送你回京，再領樞密院將令前往京東東路，來得及。」這返京的路程，才走了一半，還有近千里路，他絕不會由章叔夜一人護送九娘而行，他不會有負六郎所託。

九娘柔聲道：「太初表哥愛護之心，我心裡明白。可京師若遭三方強虜所破，陛下、娘娘、表嬸和你未出世的妹妹、阿予，我們的家人，和百萬黎民都會落在阮玉郎手中，性命堪憂。國破家亡在即，太初表哥不可再拘泥於和六哥的約定。何況我們一路行來行蹤隱蔽，章大哥武藝高強，我也絕非束手就擒之人。」

她對陳太初深深福了下去：「請太初表哥以國事為重，勿念阿妧。」

陳太初薄唇緊抿，深深看著面前決絕毅然的少女，心中百味雜陳。他從來沒能在她最危險的時候守護她。她墜入金明池時，他要照顧阿予。她田莊遭刺客追殺時，他要照顧受傷的蘇昕和其他人。她被阮玉郎擄走時，他遠在西陲。而眼前，他又不得不奔赴登州，將她託給章叔夜。他和阿妧，始終像靠得極近的兩條路，明明去往的是一個方向，卻永遠無法交叉。這就是陳太初和孟妧的「道」。

「好。」陳太初沉聲道：「叔夜，我和六郎將阿妧託付給你了。」明晚他們就能到大名府，有孟彥弼在，又安全了許多。

章叔夜肅然抱拳：「叔夜必不負使命！」

中京大定府，因前幾日趙金兩國的和親儀式已經熱鬧過一回，這個七夕雖不不算冷清，卻也不如往年那般人流如織笙歌不絕。三更天時，各街各坊已經了無人影，只有巡邏的士兵一隊隊走過。兩道黑影在夜色裡若隱若現，如輕煙般落入高麗使者所在的朝天館中。借著濃密繁枝的大樹，騰挪間駕輕就熟地到了後院還亮著燈火的一間偏廳屋頂之上，如樹葉般貼伏瓦上，一動不動。屋內一派高麗陳設，紙門內的地鋪上，盤膝坐著四五個男子，其中兩人身穿圓領襴衫，卻是大趙人氏。

駐中京的高麗大使一口大趙官話甚為流利，聽不出異國口音，正皺眉道：「五年來我高麗歷經宣宗、獻宗兩朝。宣宗有接受過大趙皇帝陛下的冊封，但獻宗就未受過冊封。如今我高麗海東天子登基三年，也不曾受過大趙和遼國的冊封，待此事畢，還請阮郎君遵守諾言，以兄弟盟國待我高麗。」

穿青衣襴衫的文人笑了起來：「高麗戰艦今日還未啟程，原來大王和大使是擔心此事。我家郎君一言九鼎，天下聞名。君不見西夏梁太后是如何以漢人身份掌黨項國朝政的？女真又是如何攻下東京道和上京的？不費吹灰之力，女真人已瓜分了契丹四分之一的國土。」

「阮郎君通天之能，大王心儀已久。只因懷孝大王（獻宗諡號）在位時——」高麗副使歎了一口氣，想到正因懷孝大王在位時心生毀約之念，才會即位一年不到便薨了，也不知此事和那位阮郎君有無關係。他看了一眼大使，覺得兩人心中所想相差無幾，便停了口。

「事成之後，新帝自會與高麗結盟，結束貴國一貫外王內帝的局面，日後天下諸國來使尊稱大王為陛下。」青衣文人淺笑道：「大使還有何疑惑，敬請都告知在下。」

高麗使面上一紅，拱手道：「六百艘戰艦均已待命，還請你家郎君放心，高麗必然踐約。」

他們復又細細商議起何處登岸，何處會有人接應來。屋頂的兩人竊聽了小半個時辰，方如鬼魅般消失在黑夜之中。

大同驛中，趙栩和陳元初正在研究京東東路和兩淮的輿圖，一旁紙張上密密麻麻寫著許多線路、將領名稱。

陳元初抬頭看向趙栩：「眼下如此緊急，六郎你還是先放下西夏，火速返京鎮守京城才是。」

趙栩思忖了片刻：「中京危機並未解除，皇太孫被刺殺一案女真人不認，這許多年歸順契丹的女真人多達兩萬人，契丹根本無法一一排除細查。完顏亮走得這麼急，只怕我們一離開，契丹內亂即起，女真或會找藉口不歸還上京甚至繼續南侵。阮玉郎、女真和梁氏都要置我於死地，我們回京的河北路上必然也太平不了——」

「你是想？」陳元初一驚。

「梁氏應會在蘭州設下陷阱，拖住舅舅和西軍。河北路、京東和兩淮也不知有多少人會臨陣倒戈投向阮玉郎。」趙栩點了點十幾個將領的名字，神色堅毅：「你帶上尚方寶劍，明日就去延安府，調種家軍重騎兩萬，趕回京城救援。」

「六郎，這幾日刺殺極為頻繁，我若走了，只剩高似一人恐怕難敵——」陳元初搖頭道：「若要牽制西夏大軍，不如你我一路同行，從真定往太原，我領軍殺往夏州，你去延安府調兵。有你坐鎮，京中方有生機。」

他頓了頓，斬釘截鐵道：「太初得了你的信，定會立刻出發去京東路，他們幾個如何行事，明日飛奴就能送來信。六郎，西邊交給我，東邊交給太初，你回京去，護住姑姑和阿予，還有我娘——」

拋頭顱，灑熱血，陳家男兒從來無猶豫。

七月初八黃昏，孟彥弼親自率領近百禁軍在城外六十里驛站處接了章叔夜和九娘，欲入大名府歇息。

九娘卻搖頭道：「二哥，我們在驛站用個飯就直接回京，不入城了。」

孟彥弼早間就收到飛奴的信，心裡雖有數，但依然嚇了一跳：「那怎麼成，你到底是個嬌嬌女兒身，這已經騎了三百里路，還不歇一夜，你的腿還要不要？」

九娘將韁繩遞給惜蘭，帶著章叔夜和孟彥弼並肩往驛站外的小樹林走去：「可有人暗中跟著二哥？」

孟彥弼點頭：「一出京就跟了三撥人，宮裡的有一撥，阮玉郎一撥，還有哪裡的一路人看不出來。放心，你二哥我還不把這些個小角色放在眼裡。」他湊過頭低聲道：「我帶了十張連弩，別看只有百多人，全是我招箭班最厲害的兄弟們。來一百射一百，來一千滅一千，就等著聽我號令隨時動手。」

九娘看了看四周，方湊到孟彥弼耳邊說了幾句。孟彥弼連連點頭，召來親衛詳做安排。跟著他的人，無非是為了六郎或九娘，根本無需再審問什麼。阿妧說得對，既來之，則死之，也好讓那些惡賊知曉，你等圖謀，悉數暴露。一切盡在我等汴京英雄兒女掌握之中！

兩個時辰後，暮色四垂，驛站外燃起長龍般的火把。孟彥弼當先大步走出驛站，揮手示意。百多禁軍招箭班精兵倏地分成三路，一路往大名府北城門而去，一路卻迅速沒入小樹林之中，還有一路卻往西邊相州方向沿官道疾馳而去。

半刻鐘後，那暗中跟著孟彥弼的幾撮人各自分開，追隨一路而去。其中十多個黑衣人，未舉火把，剛入小樹林，利箭破空之聲響起，死傷過半。餘者狂奔而出，驛站的兵士已舉刃相向，盡數圍了起來。

守株待兔的孟彥弼一聲長嘯，帶著十多人旋風般策馬出林，手中長弓弦聲不斷，竟一個活口都不留。驛站的官吏和兵士不過眨了幾下眼，他又已率眾一騎絕塵而去，入了樹林，消失不見，只留下馬蹄翻飛騰起的灰塵在月色下如煙如霧。

銀鞍照白馬，颯沓如流星。十步殺一人，千里不留行。

第二百八十四章

七月初九，天還未亮。因明日旬休，京中四品以上的官員早早地往東華門而來，等候入宮參加常朝。

東華門前烏壓壓站了一群人，二府諸位相公可騎馬入內，反倒無人趕早。官員們熱情地互相問安，說起中元節京中各處都要上演《目連救母》的盛況，訂在同一個瓦子裡看戲的自然早有默契，被問及後卻需一臉驚訝地表示甚巧甚巧，轉而眾人心照不宣地大笑起來。

「咦？」戶部郎中鼻子靈敏，深深嗅了幾下：「你們聞聞，是不是鹿家鱔魚包子的味道？」

盛夏清晨的風還帶著一絲涼意，香味陣陣飄來。眾人騷動起來，自從民亂以後，鹿家包子鋪便歇業至今，每每路過，歎息者甚眾，怎會在東華門外聞到這汴京官民都熟悉的香味？

張子厚旁若無人，站在最靠近宮門處，幾口吃完了兩個熱騰騰的包子，額頭上冒出汗來。鹿娘子倒是摸透了他的口味，包子餡更鹹了一點。

他從懷裡掏出帕子，擦了擦汗，將帕子又疊了疊才放回懷中，和九娘的信緊緊貼在一起。她要他做的，他自然會去做。

東華門的宮門沉重又緩慢地被打開，張子厚當先自左承天祥符門入宮，過了左銀台門卻不繼續往西去，轉向北面宣祐門去了。身後不少官員看著他疾步離去的身影低聲議論起來。自從燕王攝政以來，張子厚炙手可熱，深得燕王和向太后倚重，雖然官居大理寺少卿，但他日入相幾乎是板上釘釘的事，在大殿之上，便是蘇相也得讓他三分。

閣門使入殿稟報時，向太后正看著官家趙栩換衣裳，聞言笑道：「他必然有什麼急事，快宣吧。」

張子厚入了殿行了禮，躬身道：「非臣危言聳聽，阮玉郎舉事在即，稍有不慎，京師則陷於他手，陛下和娘娘危矣，大趙危矣。」

向太后一驚，趙栩一呆。

向太后見張子厚面色凝重，問道：「張卿何出此言？昨日六郎還有信到，只說要讓陳家二郎去接管京東和兩淮的禁軍。二府尚在商議中，怎地就這也危矣那也危矣了？」

張子厚將九娘等人推測一一說了，正色道：「若等二府商議個三五日才發將令，只怕調令未送到登州，膠西已落入女真人手中。臣張子厚斗膽請娘娘示下，允准臣即刻前往樞密院，動用虎符調兵遣將。」

向太后沉吟不語，昨日朱相最是反對，陳家軍已掌控西軍，軍威大震秦鳳路和永興軍路，若將京東兩路和兩淮路再交給陳太初，這中原腹地大半都在陳家手中，此乃朝廷之忌。雖然六郎是陳青的親外甥，可當年太祖登基的事，誰能當作不在意？太皇太后這十幾年都遵祖制抑武揚文，一再叮囑先帝要提防陳家兵權過盛。

張子厚淡然道：「燕王殿下有言，若陳家不可信，天下人皆不可信。臣深以為然。」

趙栩抬起清亮大眼，望向張子厚，抿了抿小嘴，忽地大聲道：「沒錯。陳漢臣一家都是好人，陳太初更好。張卿也是個忠臣。娘娘不是一直說要聽六哥的嗎？六哥說了，小事蘇相做主，大事可託付給張子厚。這個算是大事還是小事？」

張子厚深深看著站在向太后身邊的年幼皇帝，唇角慢慢彎了起來。

向太后吁出一口氣，手指甲陷入掌心之中，更明白太皇太后當年做太后時的諸多不易。

「官家說得對，這是大事。好，張卿你待如何？」向太后柔聲問道，聲音略有些顫抖。

常朝畢，鞭聲響，官家返後宮用膳。文武百官們各自返回衙裡。二府的相公們及軍頭司、三班院、審官院、流內銓、刑部等諸司魚貫入後殿，等候官家歸來引對奏事。

張子厚隨眾步伐沉穩地進了後殿，徑直走到御案之前，環視了眾臣一圈。後殿之中靜了下來，蘇瞻皺了皺眉，卻見張子厚不慌不忙地略一拱手，就從懷中取出一張黃紙來。

「陛下萬歲萬歲萬萬歲——」眾臣一看竟是御前手劄，紛紛肅容躬身行禮。

「吾和娘娘、燕王均深信陳太初忠勇，現令其領京東東路、京東西路、兩淮路禁軍、廂軍、義勇。著樞密院速遣使給降兵符，不得有誤。」

張子厚朗聲讀完，將手劄遞給朱相：「請朱使相一覽，速速辦了吧。」

朱相接過來看了一遍，御押正是今上自己定的，模樣酷似一個丸子長了兩隻角。他喉嚨有些癢，輕咳了一聲道：「二府還需再議此事，陛下忽然內降手箚，未免意氣用事太過草率——」

張子厚陰惻惻地看著他：「看來天下只知有宰相，不知有陛下和太后了。」

此話誅心之極，把幾位相公都罵進去了，後殿頓時一片沉寂。蘇瞻昨日收到了九娘的信，仔細思量後，在二府議事時並未反對陳太初領軍一事，他見向太后心有疑慮，因此也未開口贊成。倒是九娘信上那熟悉無比的衛夫人簪花小楷令他出神許久，心想怪不得阿昉待她如此不同，八年前在開寶寺上方禪院大殿上，這個和阿玞極其有緣的女童，看來是有心習了阿玞的字跡，學著阿玞遣詞用句的語氣來親近阿昉。她和燕王儼然已是一對，為何還要在阿昉身上下這等功夫？她一個晚輩，卻對自己一副推心置腹諄諄勸導的口氣，實在令人不快。

曾相出來打圓場：「哈哈哈，子厚這笑話真好笑。陛下和太后昨日奏對之時，並未發話，朱相擔心的是陛下年幼，這睡一覺一個主意，會不會明日又換了主意？」

「朝令夕改，君王之大忌也。三位大學士教導吾時，都和吾說過這個道理。曾卿是覺得吾年幼不當為君嗎？」趙栩身穿金黃團龍紋的絳羅紅袍，被向太后牽著從屏風後走了出來，坐到御座上，一板一眼地問道。他看向眾臣，頗有君主的氣勢。

曾相立刻跪倒在地，高舉玉笏：「臣失言。臣絕無此意。」身後眾臣跟著跪倒了一片。

蘇瞻上前一步，朗聲道：「陛下、娘娘，祖宗以來，躬決萬務，凡於賞罰任使，必與兩府大臣於外朝公議，或有內中批旨，皆是出於宸衷。陳太初身為外戚，若因陛下內降而任，豈不授天下人以口實？有違陛下聖德。」

張子厚立於御案一旁，哈哈大笑了三聲，又歎息了一聲，連向太后和趙栩不禁驚訝地看向他。

張子厚轉身朝兩宮行了一禮，聲情並茂地道：「陛下，娘娘，天下人皆知下官和蘇相不睦，但今日子厚對和重口服心服。昨日二府議事，蘇相對此不發一言，今日出言反對，只因陳太初不僅是大趙外戚，更是蘇相的侄女婿，蘇相品行高潔，自然不願違祖宗之法。」他又轉回身看向面色不佳的蘇瞻，誠懇地道：「阮玉郎聯合女真、高麗，甚至還有各路潛伏在軍中的親信要一同謀反，旨在攻下汴京。巨變當前，和重兄，還請你學一學祁黃羊，內舉不避親。」

殿上眾人都被他嚇了一跳。朱相顧不得官家和太后，厲聲斥責道：「張子厚，你可有證據？燕王殿下剛剛與金國簽署了四國合約，武德郡主和親，你怎能攀誣友邦？還出言汙蔑各路將領，令人心寒。你這般阿諛逢迎用心險惡，為的恐怕是重回樞密院掌一國之軍事？」

張子厚眉頭挑起，一臉無辜：「任陳太初領軍東四路，乃燕王殿下之命。殿下身在契丹，高瞻遠矚，必然有所洞察才令我等有備無患。陛下、太后、攝政親王均有此意，不知朱相一味阻擾又為了何事？哦——」他搖了搖頭：「若是阮玉郎取了京城，朱相只需一個降字，保住名位並不難，但子厚倒要學習子敬，問一問陛下能安所歸？」

朱相面皮赤紅，竭力克制著怒火：「謹言慎行便是要降阮玉郎？張子厚你可真會扣帽子。翻手是雲，覆手是雨。左右都是你占理。這等市井詭辯之法，用於朝廷之上，可恥。」

蘇瞻長歎一聲，拍了拍朱綸的肩膀：「朱相請息怒，子厚他一片赤膽，亦是為了朝廷。只是子厚，你可知道如今國庫所剩幾何？自從四月底和西夏開戰，西軍和利州路、京中去的援軍共計四十七萬人，隨軍民夫義勇過百三十萬人。你曾是樞密院副使，當知軍餉糧草開支之奢靡。若東四路再備戰，水師之所需的運輸、儲備及人力，一日又要花銷多少銀帛？大趙百姓，實在耗不起了。」

「兩國交戰，不只是靠沙場較量，這個我清楚得很。」張子厚從容答道：「我等臣工，本該量入為出。但為了省錢而將大趙江山置於生死關頭，豈不本末倒置？這省下的千萬貫，只怕白白送給阮玉郎改跟他姓了。大趙百姓？屆時還有大趙嗎？」

見眾人啞口無言，張子厚痛心疾首道：「我等於京中坐井觀天，不知覆巢之痛。需知秦州城兩日夜淪陷，契丹上京三日淪陷，死傷者過萬都是瞬間之事。阮玉郎詭計多端，多會裡應外合。爾等可有人發現高麗驛館最近的不尋常？可發現京中眾瓦子爭相上演《目連救母》？可有人還記得這齣戲裡的青提夫人，乃阮玉郎當年成名之作？五月裡的民變，諸位難道忘記了？燎原只需星火，這京中百萬士庶，有多少人會再次譁變？有多少人能挺身而出守護汴京？又有多少人會龜縮起來靜待成王敗寇再跟著享盛世太平？」

向太后毅然道：「六郎信中說得清清楚楚，相公們請別再猶豫了。難道官家和老身這般堅持，都做不了主嗎？」

「臣不敢，謹遵陛下旨意。」趙昇和謝相同時躬身應道。

殿中眾臣紛紛附和。蘇瞻深深看了張子厚一眼，不再言語。

向太后擺了擺手，甚是寬慰：「至於軍餉耗費甚靡，還需朝廷上下出力。老身和官家當仁不讓，也該節儉起來。如今宮中宮人逾四千，不少人年少離家，終老於宮中，甚是可憐。老身和官家商量過了，如今官家年幼無後宮嬪妃，只老身及太皇太后、幾位太妃在宮中。明日尚書內省便先行遣散二十三歲以上的宮女和內侍，按入宮年數給予錢帛，她們亦可返鄉自行婚配。」

「娘娘仁慈厚德，陛下睿智聖德。」張子厚率先唱起了讚歌，九娘這個主意極妙，娘娘和陛下得了仁德的名頭，更省去了篩選阮玉郎屬下的功夫。不管阮玉郎埋了多少刺在宮中，都是好些年以前就開始的，按年齡推算，先把這批人送出宮去，宮裡就能守得銅牆鐵壁一般。

殿中眾人頌歌唱畢，向太后泫然道：「先帝也曾和我提起過此事，不忍見白頭宮女。我大趙後宮，日後當以此為律。」

張子厚一揖到底：「臣張子厚願捐出一半家產為東四路軍餉，算是替陳太初壯行，區區二十萬貫，杯水車薪，但乃臣一片心意，還請陛下和娘娘開恩允准——」

剛唱完頌歌的眾臣暗叫不妙，腹誹無數，心裡恨不得將張子厚千刀萬剮。

趙棈小短腿挪個不停，走到張子厚身前，親手扶了他起來，小臉上一派激動高興：「子厚真是我大趙的大忠臣！待打完阮玉郎——」這後一句卻不是商議好的，他想了想，大聲道：「打贏了就有錢，吾會還你二十萬貫，不——還你三十萬貫！」

向太后眼前一黑，這十五郎不記得君無戲言，金口無悔了？

「陛下——臣趙昪雖窮，但也願籌萬貫，替陳太初壯行！」趙昪豪爽地跟上：「陛下不用還臣——」

眾人利箭似的目光射向趙昪。

「陛下不用還臣一萬五千貫，還臣一萬一千貫足矣。」趙昇撓撓頭，眼看要嫁女兒了，陛下這可比南通巷厲害多了。

趙栩小手一揮，看向其他驚疑不定的大臣：「好，還有誰願意替吾出錢的？」

小半個時辰後，只後殿裡便籌足了近兩百萬貫，趙栩渾然不知自己已經成為大趙歷來負債最巨的皇帝，興高采烈地催著樞密院的人去取虎符來，又令知制誥孟存擬旨。

此時的陳太初，正策馬飛奔在官道上，離登州還有三百餘里。

九娘和孟彥弼一行，已過了濮陽，直往京西北路而來。

中京大定府的城門處熱鬧非凡，契丹皇太孫親送燕王殿下。圍觀百姓們格外興奮，沒想到燕王會親自前往女真黃龍府，參加四太子完顏亮和大趙武德郡主的大婚。旌旗招展下，一千多禁軍重騎護衛著趙栩的車駕緩緩向東駛去，將經東京道往金國京師黃龍府而去。隨行的金國使者面上難掩陰晴不定。

陳元初一行三十餘騎一路西行已到了契丹西京道的奉聖州，耶律奧野指著遠方策馬而來的近百人道：「是興平長公主——」

第二百八十五章

陳元初皺起眉頭，摘下頭上的竹笠，手中韁繩緩緩平移後拉，胯下馬兒立刻慢了下來。

片刻之間，塵土四起，李穆桃率親衛如風一般捲至他們面前。陳元初見她風塵僕僕，一身銀甲竟染血紅，身邊親衛也都傷痕累累面色疲倦，不由得心下一沉。李穆桃比他們早出發好幾日，按騎速，應該早就進了西夏，如此折返契丹，必然是出了事。

李穆桃面色如常，在馬上拱了拱手：「多謝公主收留穆桃。」

「舉手之勞，何足掛齒？」耶律奧野關切地問：「令妹可安好？」

「阿辛應已安然抵達秦州。多謝公主關心。」李穆桃轉向陳元初：「我一到夏州，便遭到三千鐵鷂子合圍。蘭州衛慕一族已被梁氏誅殺殆盡。我表哥元熹逃往吐蕃。令尊率秦鳳軍接收蘭州城時遭伏——」

陳元初手中韁繩一緊，馬兒吃疼，若不是跟隨他久經沙場，只怕立刻要揚起前蹄來。她一千人回程，只有百人殺出重圍，可見廝殺之激烈。但蘭州獻城有詐，六郎和自己早就提醒了父親，西軍三十萬大軍應該有所準備才對……

李穆桃的聲音毫無波瀾：「趙軍似乎早有準備，只有兩萬重騎入城，大軍在後押陣。重騎遭梁氏圍攻後，大軍即刻攻城。回鶻十萬援軍突然從蘭州城後往趙軍大營殺去。我離開夏州時，趙軍已退守熙州。」

「是高昌回鶻嗎？」陳元初身後突然響起清亮的聲音。

李穆桃和耶律奧野霍然一驚，這兩位皆是極精明之人，立刻回過神來：「燕王殿下？」那去黃龍府的竟然是假燕王!?

陳元初身後慢慢踱出一匹馬，馬上少年摘下竹笠，露出一張轉眄流精的面孔來，正是趙栩。

趙栩拱了拱手：「興平不愧為西夏武藝第一之人，鐵鷂子人數三倍於你，尚能殺出重圍，六郎佩服。不知梁氏是否已割讓了西夏國土給回鶻和阮玉郎？公主是否已成了叛國罪人？」

李穆桃抿唇了片刻，方開口道：「殿下料事如神。興平的罪名是勾結大趙陳家軍，獻出秦州城，放走陳元初，擅自簽署四國和談。此外我知道的，這次回鶻援軍應分別出自西州高昌回鶻和黃頭回鶻。沙州和瓜州被梁氏割讓給了高昌回鶻。西平軍司司主素來和我表哥親近，因反對割讓已被梁氏所殺。肅州和甘州以及涼州被割讓給了黃頭回鶻。他們和阮玉郎是什麼關係，我不清楚。」

陳元初眉頭緊鎖，未料到情勢竟糟到這個地步。看來金國和高麗也不會歇著。阮玉郎窮半生之力，四面八方密密撒網，現在他終於全力收網了。

趙栩沉吟片刻，忽地笑了起來，笑靨奪目。

「恭喜公主，賀喜公主。除去梁氏一事將事半功倍。」趙栩悠然自得地策馬緩緩前行。

李穆桃和耶律奧野身不由己跟上了他。

「興平何喜之有？」耶律奧野奇道。

「三百年來，自唐代拓跋思恭據夏州以來，黨項一族便四處征戰，百年前拓跋氏改姓李，二十餘年內掃平回鶻各族，稱霸西域，如今竟受控於漢族女子，割讓五州給回鶻一族，對敵大趙，驅逐深得軍心的長公主？梁氏此舉，無疑將盡失軍心民心。若本王所料不錯，十二軍司中的過半正苦等公主從契丹和大趙借軍殺回，好收回五州，光耀黨項一族。李氏朝中大臣，心向公主者必然極多。不破不立，公主借兵勤王，除去把持朝綱割讓國土的外戚奸佞梁氏，扶助李氏幼主，正是時候。」趙栩的聲音清越，侃侃而談。

耶律奧野眼睛一亮，看向李穆桃。

李穆桃深深地看著趙栩的背影，懷中幾位軍司司主的密信變得火熱。趙栩此人多智近妖，她只慶幸彼此當下是友非敵。

「穆桃正有此意，還請公主和殿下全力相助興平，光復我李氏王朝，必有厚謝。」

趙栩微微側了側頭，復又戴上了斗笠：「各取所需罷了，興平無需客氣。你欠陳家的，終究還是要還的。我也不會同你客氣。」

李穆桃背上一陣發寒，默然無語。

七月初十，百官休沐。汴京城豔陽高照，中元節氛圍已濃。

京城北的官道上揚起濃濃塵土，百多騎飛奔而至。陳橋門的守城軍士紛紛抻長了脖子，看到熟悉的旗幟，有眼尖的笑了起來：「是孟二郎回京了。」

孟彥弼一馬當先，頗具雄心吞宇宙的氣勢，率領百多招箭班兒郎呼嘯而至，和守城的軍士們笑著打過招呼，減速入了陳橋門。一行人到了東華門，孟在已等候多時，見他們沒有陳太初也能平安歸來，大大鬆了一口氣，重重地拍了拍孟彥弼的肩頭，難得地露出了笑容。

孟在一抬頭，看到一個留著兩撇小鬍子的年輕漢子正看著自己笑，仔細留意了幾眼，訝然道：「阿妧？」

「大伯都認不得我呢。」九娘笑了起來。

孟在從張子厚處早得知這幾日的巨變大多出自九娘之策，見雖有惜蘭扶著她下馬依然十分困難，立刻上前兩步伸手在她肘下一托，柔聲道：「阿妧辛苦了。娘娘和陛下等候你多時，隨我入宮罷。」

九娘拱手行了禮，輕聲道：「大伯，阿妧有事託付給二哥，還請大伯允准二哥往杭州跑一趟。」

孟在看了一眼孟彥弼，見兒子一臉堅毅正期盼地看著自己，便點了點頭：「好，我家出了個女諸葛，大伯信你。二郎你只管帶著這班人趕路，樞密院的調兵文書爹爹自會幫你補上。」

孟彥弼笑著和孟在說了幾句話，摸了摸懷裡九娘給的印信，只覺得阿妧的一顆小牙如此重如千鈞。他對九娘道：「好妹妹，二哥這就出發，你放心等著。」

九娘笑道：「二哥路上千萬小心。」無論兩浙水軍能不能順利發兵海州，先將那悍匪出身被招安的三千趙栩手下調用起來。她這幾個月日日跟著趙栩，也算學了些皮毛。一切能用的人都要用上，求多求精更要求快。

目送這孟彥弼一眾催馬匆匆出發，九娘才跟著孟在入了東華門，先往尚書內省領取腰牌，換上會寧閣女史官服，才前往福寧殿覲見向太后和官家。

福寧殿裡冰盆裡冰都化成了水，因要節儉，也未換冰，香也沒有點。宮女們在御案兩旁打著扇，趙栩正伏案疾書。

向太后坐在羅漢榻上，手中宮扇有一下沒一下的聽兩位尚宮說著早間遣散宮人之事。聽到有些哭著不願離去的人，報出姓名和來歷後，向太后怎麼都覺得可疑：「尋常人等，能被放出宮去，還領了四十貫盤纏，都是求之不得才對。她們卻這般哭哭啼啼的，哼——」

趙栩歎了口氣，擱下手中的筆：「大娘娘，我又欠了你四萬三千貫。」這個他不用算籌也能算得出，遣散了一千三百個宮人，都是向太后私庫所出。他溜下椅子，蹭到向太后膝前，仰起小臉道：「要不我聽大娘娘的話，以後不吃冰的，娘娘每次能獎我十貫——」他察言觀色，立刻改口道：「一貫行不行？」

向太后艱難地控制住唇角不向上翹：「怎麼，十五郎你借朝臣的錢要還，借我的錢就想賴帳不成？」

趙栩和向太后早已熟稔親切，便猴著她道：「大娘娘，我已經欠了三百四十萬貫了，再加上娘娘的，就要四百萬貫了——娘娘來幫我看看，我算得可對？」

向太后哭笑不得：「如今你倒知道和我哭窮，那張子厚明明說了，你只需答應還他就好，怎地要還給他那許多？」

趙楟臉上一紅：「前幾日大學士上課，說到大趙國庫和賦稅之事，百姓存錢十分不易，仁君當重民輕己，不可與民爭利。楊相公變法就是將百姓的錢搶來放到國庫中，才導致民怨四起。」他一雙大眼眨了眨：「娘娘，六哥說爹爹年輕時最是節儉，曾經爹爹聽到宮外笙歌四起，宮內冷冷清清，爹爹還很高興，說若是宮內熱鬧宮外冷清，那他就是個昏君了。我想和爹爹一樣——」

話未落地，向太后一把摟住了趙楟，哽咽道：「十五郎——你這傻孩子，那四萬貫自然是我來出，怎能算在你頭上呢。」

趙楟被她摟在懷中，馨香溫軟，心裡高興得很，張子厚真是個大大的忠臣，他出的這主意，娘娘果然如他所料。他年紀雖小，卻感覺得到向太后對自己的拳拳愛護之情，不由得也抱緊了向太后，心滿意足地喊了一聲：「娘！」

第二百八十六章

烈日當空，鴿群在藍天下的皇城上方無力地盤旋了兩圈，不等號令，便消失在琉璃瓦後，沒入深宮之內。從禁中大內的內東門向東，延伸出一道窄窄柱廊，只容兩人並肩而行，朱紅柱體，青磚地面，連接著皇城東部的殿中省、御廚和六尚局。

內東門裡因禁中防衛所需，是一片光溜溜的開闊廣場，北面就是崇政殿，各方宮牆之側並無任何大樹，故也無樹蔭蔽日。太陽火辣辣地烤著廣場上的青磚，輪值的各班直將士在宮牆下汗流浹背，入了三伏天，宮中宿衛輪值就是一個時辰一換，比往日少了一個時辰，不然鐵打的人也要被曬化了。

內東門司是禁中大內首屈一指的油水衙門，掌管一應進出的人和物，登記管理各宮各殿各庫的物藏，所有貢品和大內採購物品均要在此留底。一應後宮和宗室的冰、炭、匹帛等各種獎賞也都由他們頒發。宮中的宴會和修造也歸其掌管。因而太皇太后一病倒，向太后和趙栩便立刻調換了內東門司的一批內侍官。

今日好幾個內東門司的內侍也守在宮門口，均微微躬身，面色恭謹。他們心知宮中如今是太后娘娘說了算，但燕王殿下才是最要緊的。孟氏女雖是七品女史，卻有燕王殿下連續三天的手書鄭重其事地事無巨細樣樣叮囑。日後這位有什麼樣的造化，不好說，也不能說，他們內東門司只管聽令就是。

六娘得了孟在的口信，求了秦供奉官的允准，早早帶著金盞和銀甌來到內東門，幸虧有心善的守門軍士讓出了宮門的陰影處給她們立足，但一刻鐘下來，她小臉已被曬得緋紅。聽到腳步聲，六娘自香雪閣驚變後，又已數月未見到阿妧，想到她被擄、北上、遇刺種種，數千里跋涉吃盡了苦頭，可自己卻只能從大伯和二哥口中略知一二，禁不住鼻子發酸熱淚盈眶。

顧不得儀容規矩，六娘往外張了張，見柱廊那頭正緩緩行來一群人。當先的孟在身後竟然是內東門司的兩位勾當官。她暗暗鬆了口氣，竟連這兩位也出動了，看來趙栩早有知會阿妧入宮一事。隔了三四步，遠遠就見到一位華容婀娜的少女，身穿正七品會寧閣司寶女史官服，踐文履曳輕裾，芳澤無加，鉛華弗御。

驗了腰牌，兩位勾當官微笑道：「孟女史請。」十分客氣。

九娘福了一福，跟著孟在進了宮門，立刻見到了等在一旁的六娘。

孟在往後看了看，腳下卻不停。此時此地並不適合兩姊妹敘離別之情。

九娘見六娘小臉熱得緋紅，人也瘦了不少，不由得眼圈一紅。因六娘身在隆佑殿當差，她只能在給阿予的信裡多多問及，可惜阿予知之甚少。

九娘微笑著點了點頭，無聲地說了句：「我很好。」

六娘見她似乎梳洗過了，但走路的姿勢顯見是騎馬磨傷了，便含著淚也點了點頭，側身往隆佑殿的方向看了一眼，微微搖了搖頭，不留心的，根本察覺不到她這個小動作。這卻是昔日在翠微堂六娘提醒九娘有些話老夫人不喜歡聽的動作。九娘一怔，看來太皇太后已經好了不少。姊妹二人默默交換了一個心照不宣的眼神。

九娘行走之間微微屈了屈膝，跟著孟在往烈日下走去。六娘情不自禁跟著他們一行人走了兩步，被日頭一曬，才醒悟過來，停下腳看著她遠去。

「臣孟氏參見官家，官家萬福金安。參見太后娘娘，娘娘萬福康安。」九娘朝羅漢榻上的向太后和趙栩行禮。

「快起身，九娘你也算是六郎的表妹，又不是外人。」向太后笑著讓宮女搬來一張繡墩放在榻前：「來，坐下說話。六郎信裡說你一路是騎馬趕回京的，累壞了吧。」

趙栩看著九娘，眼睛一亮。他練騎射一年多了，只在那巴掌大的地方兜圈子，眼前的美貌姊姊卻能騎幾千里路，也許他該換一個騎射教習。

「稟娘娘，臣在家中常習騎射，不算太累，謝娘娘關心。」九娘謝了恩，坐了半邊繡墩，秀頸微垂，柔聲答道。

趙栩一喜，張口就問：「你會射箭？你能開多少石的弓？」他那張小弓要把吃奶的力氣都使出來才能堪堪拉個半滿。

「稟陛下，臣初學開弓，僅能開三斗的弓，練了三年，如今也能開八斗。」九娘實話實說。

向太后聞言便教誨起趙楞來：「十五郎，你看女子練三年，也可達到馬射二等教習八斗弓的厲害。你年紀尚小，急什麼，別總和你六哥、陳太初他們比。欲速則不達。」

九娘垂眸不語，寥寥數語，聽得出向太后和趙楞相處得十分親密。

趙楞嘟了嘟小嘴，大眼轉了轉：「孟九，你的騎射是六哥教的嗎？」

「稟陛下，臣的騎射乃二哥孟彥弼悉心教導，並非燕王殿下所授。」

趙楞不免有點失望，他倒也知道孟彥弼，上下打量了九娘兩眼，開口道：「你是六哥喜歡的人，就別垂著腦袋說話了，像沒吃飽的鵪鶉。雖然你很好看很好看，也是隻沒吃飽的好看鵪鶉。」

九娘忍住笑，微微抬起頭，仍按禮儀宮規只垂眸看著地上。

向太后有點暈，十五郎約莫是少欠了她那麼點錢就高興壞了？這哪像皇帝說的話。她輕輕拍了拍趙楞的背，笑道：「九娘，十五郎倒願意親近你，你也別拘束了。」她側頭同身邊的尚宮說：「去慈寧殿看看，四主主大概陪著清悟法師在做功課。請她過來罷。」

尚宮笑著領命去了。九娘才抬起頭來，明眸看向趙楞臉上，微笑道：「陛下每日恐怕要見許多沒吃飽的鵪鶉。現在臣可變成吃飽了的鵪鶉？」

趙楞一愣，轉而笑不可抑起來，她竟然這麼好玩，比資善堂的幾位大學士可愛多了。他做了幾個月皇帝，膽氣也比做十五皇子時大了許多，便大聲道：「娘娘，我要孟九做我的女先生。」

向太后掩嘴道：「九娘是你六哥會寧閣裡的女史，如今入宮來，是要做你四姊的侍讀的。你要和她搶人嗎？」這世上總有女子是人見人愛花見花開車見車載的，向太后一點也不奇怪。

趙楞想了想，撇了撇嘴，靠到向太后身邊坐得直直的。雖然這幾個月趙淺予不再像以前那麼生龍活虎，但大內四主主的餘威猶在，要和她搶人，他這個才做了沒一百天的小皇帝恐怕搶不過她。

「十五弟已經有那許多文武先生了，怎麼還和我搶？」殿外傳來嬌叱聲，身穿藕色薄紗褙子便服的趙淺予不等通傳就跑了進來，身後一位女冠，身穿菱紋道服，手執拂塵，一臉歉意地跟著喊：「阿予——阿予——」

趙淺予匆匆給向太后行了一禮，瞪了趙楞一眼，轉身急急跑到九娘身前，牽了她的手，眼淚撲簌撲簌往下掉：「阿妧你可回來了，我哥哥呢？我哥哥的腿是不是真的好了？」她一雙桃花眼淚盈盈地帶著期盼和懷疑：「小時候六哥有一次被打傷了，第二天騙我說已經好了。他怕我們擔心他——」

九娘握住她的手：「殿下的腿已經差不多復原了，能騎馬，還傷了阮玉郎一劍，你放心。」她轉向陳素，微微屈膝道：「法師安康，陳元初也已復原如初，請法師放心。」

殿內多了兩人，熱鬧起來。宮女們捧著長頸茶瓶、琉璃果盆、各色點心果子進來擺置了。陳素便坐在了九娘原先坐的繡墩上。趙淺予攜了九娘的手並肩坐在她下首。

「十五弟，你已經是官家了，更要尊老才是，絕對不可以和我搶阿妧。」趙淺予看著趙楞的小臉認真地說道。

六哥不在，阿妧當然就是她的。

向太后和陳素對視了一眼，都有點高興，這幾個月來趙淺予第一次變回往日說笑自如的四主主了，生機勃勃。兩人視線在九娘身上轉了轉，越發覺得趙栩真有眼光。

趙梣拿了一顆葡萄塞入口中，嘟囔道：「四姊你哪裡老了？不應該是你愛幼讓給我才對嗎？」

趙淺予哈了一聲：「你馬上都要八歲了，哪裡算幼了？你身為君主，仁德治天下，怎能奪臣下之所好？」

趙梣含著葡萄不說話，臉上卻露出一絲無奈來。

九娘笑道：「臣嘗閱一舊志，上頭記載說，前朝好幾位帝王，都自稱做皇帝實乃最無趣之事，約束最多，每日比那農夫還要辛勞，卻不能如農夫般敞懷恣意。此言真是聞所未聞，不可思議。」

趙梣連連點頭：「他們說得一點也不錯。你們不知道——」他看了看向太后，不再說下去，正襟危坐著掏出帕子印了印唇角。

向太后卻笑道：「阿妧接著說。」

九娘略欠了欠身子，看著趙梣柔聲道：「翰林巷孟府也算書香世家，幼時家中規矩多，進學後甚枯燥，頗厭倦。家中祖母曾訓誡過臣，若生於農家，不知田地是欠還是豐，不知下一頓是饑是飽，不知明日是生是死，自然也無需遵守祖宗規矩，無需入學，只是也無這華衣美食，更無僕傭環繞。有所得必有所失——」

趙梣笑了起來：「魚，我所欲也，熊掌亦我所欲也；二者不可得兼。我都懂，你怎麼不懂？」

九娘笑道：「先祖孟子這幾句話，原來官家已經讀過了。」

福寧殿裡有說有笑了大半個時辰，陳素帶著趙淺予先回慈寧殿偏殿。雪香閣出事後早就修繕完畢，但趙淺予卻不肯再回去住，只賴著和陳素同住，倒正合了九娘的心意。

趙淺予三步一回頭地叮囑：「無論十五郎給你什麼好處，你都要來我這裡陪我。」

趙栩見她這麼不放心，倒樂了。

尚宮們領著女史和宮女們隨即也退出了福寧殿。向太后道：「張子厚說了，遣散年長的宮人這計策出自於你，甚佳。你且和阿予同住，有什麼事儘管告訴我。」

「臣斗膽，有七條上疏。」九娘從懷中掏出摺子，躬身呈上。

第二百八十七章

向太后接過九娘的摺子，流覽了一遍，幾疑看錯，抬頭見九娘神色如常面帶微笑，便又仔細讀了一遍，心中直發慌。說到底，她不過是個十五歲的小娘子，這等大事……

九娘恭謹地道：「臣自知茲事體大，殿下臨別時再三囑託，可與張理少和蘇相共商。娘娘看可使得？」

向太后點了點頭，按例將手中摺子遞給趙栩過目。

趙栩如往常一般像模像樣地看了起來，很快小臉上流露出專注的神情，九娘的上疏簡短扼要，又不賣弄辭藻，不像有些摺子上的字極其拗口難懂。

「娘娘，吾知道了。既然是大事，還是只叫張卿來議吧。」

向太后見他一張小臉板正，那顆小心肝已偏心去爪哇國去了，便搖搖頭溫言道：「這等國家大事，牽繫京城百萬百姓，需二府和各部各司官員還有宗室親王們共商才是——」

一想到又要聽上百隻鵪鶉沒完沒了地爭吵，往往還爭不出個結果來，趙栩挺得筆直的小背脊立刻軟了下來。

「娘娘，臣以為在京官員人數眾多，若有洩露，反弄巧成拙。岐王殿下是官家的嫡親叔叔，更是太皇太后所出，只怕難捨母子分離。」九娘微笑道。

向太后沉吟了片刻，吩咐尚宮通傳，宣召張子厚、蘇瞻入福寧殿議事。

張子厚其實這幾日都一直派部曲守在城門口，一聽聞孟彥弼回來了，他就直接從大理寺往禁中趕來。到了內東門卻只看到她身影飄然遠去。守宮門的副將和副都知打趣要看他的腰牌，張子厚笑著將腰牌扔給他們驗了，入了宮門，日頭白晃晃地，照得他心也慌慌的，乾脆轉頭入了內東門司，在廊下和兩位勾當官說起話來。不多時，聽到外頭有小黃門要出大內去大理寺宣召，張子厚立即大步走了出去。

入了福寧殿前殿，趙栩已坐在御座之上。向太后奇道：「張卿來得好快。」

張子厚臉上一熱，行了禮，站到右下首，清亮炙熱的目光忍不住落在對面少女身上。瘦了不少，黑了一些。

再看到九娘的坐姿，張子厚心裡一咯噔，她腿上有傷。這麼趕路不傷才怪。她還是她，只要她想做的事，從來不愛惜自己。千言萬語，一句不能。

九娘起身，微笑著對張子厚福了一福：「許久不見，張理少安好。」

張子厚拱手還了半禮，嗓子堵了一下，卻脫口而出：「殿下可好？」

「殿下安好，上次多虧張理少安排妥當，才能在翰林巷傷了阮玉郎。多謝張理少。」九娘誠懇道謝。若無他登門安排，老夫人也不會請出錢婆婆來，那姨娘只怕會凶多吉少。

張子厚點了點，她用不著謝他，謝了太過見外。

「張卿，你來看這個。」趙棬興奮地朝張子厚招手。

張子厚上前接過九娘的摺子，看了一遍，斬釘截鐵道：「官家，娘娘，臣看此法可行。」

蘇瞻奉召入了福寧殿，給官家和太后見了禮後看向九娘。

九娘起身屈膝，淡淡地以宮中禮儀給他行了福禮，並未執晚輩禮。

「子厚說的是什麼法子？」蘇瞻轉頭問張子厚。

張子厚遞給他看九娘的上疏。

「這是燕王殿下的主張嗎？」蘇瞻看著摺子上紅蓮映水、碧沼浮霞般的衛夫人簪花小楷，皺起了眉頭。

「是九娘的主意。」張子厚意味深長地看著蘇瞻，自從再度拜相後，原先迅速衰老的蘇瞻似乎枯木逢春，又丰神俊朗起來，鬢邊銀髮點點，令他更添出塵之姿。不過他再怎麼好看，在九娘眼裡，也已經毫無波瀾了。

摺子上那手簪花小楷，哪怕只兩三個字，他也能認得出是王玞所寫，可這幾百字擱在蘇瞻眼裡，恐怕只會被他誤認為東施效顰甚至賣弄心機討好他。那真正有心機豁得出去的王十七和張蕊珠，在他眼裡卻是天真之人。

張子厚笑了起來：「今早大理寺剛接到殿下的手書，正巧有對下官的指示。下官以為，這也是殿下對百官的要求。」他呈上趙栩的手書給向太后。

手書轉到蘇瞻手中，蘇瞻一怔。

「唯九娘馬首是瞻」七個大字，正是趙栩親筆，鐵畫銀鉤，暗藏機鋒，泠泠有風雨來兮。

蘇瞻吸了一口氣，正色道：「娘娘，請容九娘答和重幾問，若能過了和重這關，文武百官，二府諸相公，和重當盡力說服他們。」

向太后歎道：「理當如此。」趙栩這七個字，重若千鈞，可朝政大事，連她身為太后也不能隨意置喙，何況阿妧小小七品女史？

張子厚大怒，正要指摘蘇瞻目無燕王，見九娘嬌豔面容籠罩了淡淡的清冷霧氣，朝自己微微搖了搖頭。

「蘇相請考校。」九娘淡淡道。果然，她就算寫回前世的字，得過蘇瞻親自指點的簪花小楷，他還是認不出自己來。

「阿妧，表舅知道你對朝廷之事頗有心思，早慧。」蘇瞻卻以長輩自居：「正因你是我外甥女，我才更要問個清楚。」

九娘澄清妙目看入蘇瞻眼中，唇角慢慢彎了起來：「若我所料無誤，蘇相該先考問我開封府十六縣合計多少戶多少口？」在朝論朝，何必走親情路顯得他大公無私？

張子厚看著蘇瞻的神情，心中快意難忍。知蘇和重者，王九娘也。蘇瞻當年自己也這麼說過。

「皇佑二年，開封府十六縣，戶二十六萬一千一百一十七，口四十四萬二千九百四十。」九娘淡然道：「接下來，蘇相是要考校我那觀星之人何在，以何取信萬民，還是要問我磁鐵何在？」

蘇瞻瞳孔微縮，雙唇緊抿，未料到九娘如此鋒芒畢露，甚至連晚輩應有的禮儀都棄之不理。即便是趙栩本人，也從未如此無禮過。他冷哼了一聲：「說罷。」

九娘娓娓道來，胸有成竹。

張子厚看著她，雙眼漸漸濕潤。阮玉郎以前殺她，現在擄她，都是一個緣由。可這才是王玞，能在皇帝和宰相面前揮灑自如的王氏九娘。即便在百官之前，也不能掩其絲毫風華。她在蘇瞻身邊，始終只能藏於屏後。只有殿下，才能配她，才能令她閃耀奪目光彩。

唯九娘馬首是瞻！

黃昏的日頭依然灼熱，宮牆之間卻有了穿堂風，帶來一絲絲涼意。廊下的鳥兒們喘過氣來，紛紛你唱我啼百家爭鳴。

七月十三這日一早，城門方開，汴京各處禁軍林立，皇榜宣示了年僅七歲的皇帝陛下的罪己詔。皇帝和皇太后、二府相公文武百官即日起素齋三日，迎七月十五中元節的天狗食月和地動，需全京城百姓齊心協力誠心祝禱，方能避開這兩大異象。

開封府衙、司天監、太常寺、司農寺俱有告示貼出，唱榜人神情也帶了幾分緊張。歷來開封從未地動過，黃河澇災倒是常有。但朝廷說有就肯定有，朝廷說可以避開就肯定可以避開。京城百姓比起地方上的小百姓究竟沉著許多，默默記下各司告示內容，紛紛返家準備去了。

也有那潑皮郎君跳起來喊：「不能去瓦子看戲？那怎麼行？」瞬間遭到四周眾人厭棄的眼神。

「沒看見開封府的告示？七月十五，禁一切說唱，禁飲酒作樂。你家不是在城西的？都要去金明池參加萬人祈福。」有好心人提點他：「城西由蘇相帶領六部的官員祈福，你能看看汴京蘇郎也不錯了。」

「啊呀，那這許多瓦子可怎麼辦？」

「涼拌，怎麼，都要天狗食月了，老祖宗們都生氣了，好好的祭拜之日，你們只顧著自己吃喝玩樂？不然咱們汴京會地動？這一地動，黃河嘩啦給你來一下，你有的喝了，管飽。」人群裡有幾個人你一句我一句的嚷嚷著。

「奴也想去城西——」在報慈寺街設攤的娘子歎氣道：「奈何奴家住城南，只能去南郊跟著岐王殿下祈福了。」

人群中爆出哄然大笑，七嘴八舌祈福那一日一夜除了告示上所貼出來的，還要帶什麼素吃食、素飲好消遣的。彷彿已經認定了只要誠心跟著朝廷祈福，就能避免天狗食月和地動了。

「怕什麼？官家和娘娘都在京中呢，就當這許多宰相親王帶我們升斗小民去遊玩。要沒有天狗和地動，街坊們記得來修義坊找我鄭大買肉——」一個粗狂的聲音喊道。

「鄭屠，你家豬肉好是好，就是貴，便宜些哥哥們都去。」有人跟著起哄。

「避過天災，怎麼能不便宜？」鄭屠揮了揮滾圓的胳膊：「一兩少收哥哥三文如何？」

眾百姓紛紛喝彩。鄭屠卻被一隻纖細白嫩的手扯住了耳朵：「奴還沒答應呢，明年嫁貴女，誰許你瞎應承了？」

「鄭老虎來了——」有那小兒喊道：「母老虎母老虎——」

笑聲四起。

天色暗沉下來，烏雲密布，低低垂在六鶴堂的上方，兩扇木櫺窗被推了開來，風呼呼地湧入，吹得阮玉郎長髮飄動。

自六鶴堂高處往下看，今晚的汴京城，已無昨夜燈火輝煌的模樣，街市冷清，行人寥落。

「郎君，各大勾欄瓦舍都接到了開封府衙門的文書，貼了封條，七月十六開始，憑文書可往府衙領取這三日損失的銀錢，加倍給。」阮小五低聲稟報道：「城中百姓都在收拾了，七月十五只怕都會按狗朝廷的告示去那些地方做什麼祈福。」

「好一個空城計。」阮玉郎手指輕撫過窗上精緻的雕花，榮曜秋菊，華茂春松的容顏在他心上浮現。這個小狐狸，他正等著她自投羅網呢。他要唱的戲，她想攔著？且看看你有無這個能耐。

「司天監設壇作法了？」阮玉郎手指灑落一些木粉，原先木雕的秋菊已模糊。

「設壇了，今日午時作法，言夜有大雨。」阮小五看看天色，倒吸了口氣，眼看著要被司天監料準了。京中原先還有些人不相信天狗和地動的，只怕也要舉家出城祈福了。

「觀星觀雲，皆可料準天氣十之七八，何況錢氏歷代皆精通天文地理。」阮玉郎淡然道：「不過這個用來糊弄世上的蠢人倒是極好，日後我也要用上一用。」

他胸口被銅錢所傷的地方，又隱隱痛了起來。那個老虔婆，倒是一心一意護著她。

阮小五憂心忡忡，半天也沒聽到阮玉郎有進一步的吩咐，躊躇了片刻，才退了下去。

阮玉郎默默站了小半個時辰，見豆大的雨點從那滾滾烏雲中倒了下來，方默默關了窗戶，在黑暗中慢慢離去。

第二百八十八章

因朝廷提前預告又列出極細的應對之法，開封府、京城禁軍以及各衙門胥吏出動近萬人，逐條街坊唱宣指引，連那福田院、慈幼局甚至義莊都有衙役前往通告。京中雖然處處忙得不可開交，卻無慌亂之態。百姓們深感朝廷處置得當，又有官家宰相文武百官與民同在，見到那潑皮鬧事的，無不同聲斥責。

生怕地動引來黃河決堤的澇災，戶戶都忙著將細軟打包，埋入地窖的有，藏入夾牆的也有。來不及隨身攜帶或搬運的，便典當入典當行，或是送至匹帛鋪換成交子。從江南來京城的元旭匹帛鋪，來者不拒，給出的價錢也公道，一日不到，口口相傳，京中六家元旭匹帛鋪後院庫房裡堆積成山。

七月十四，汴京城的百姓紛紛提前祭祖。京中處處可見盂蘭盆，還有為了在勾欄瓦舍中販賣的小郎婦人們，囤積了不少吃食，也都寧可少賺一些，大街小巷地兜售著。幸好明日出城祈福，家家都需吃食，不難賣出。

翰林巷孟氏一族的宗祠天不亮就燈火通明，老族長帶領族中男子入堂跪拜祖先。因梁老夫人等一眾孟府女眷都南下蘇州，便由一位婆婆帶著女子在院中拜祭。

老族長看著燒完的盂蘭盆跌落朝南，歎道：「上蒼見憐，連續三個寒冬，終於有個暖冬了。」他看看堂內肅立的男子，除了孟在、孟存兄弟兩個，還有七八個族學裡的先生，其他稀稀拉拉三十來號人，老的老，小的小。族中少年們自兩三年前有人跟著大郎彥卿去江南讀書，寫信回來都言人間天堂名不虛傳，更無開封遍地的牛糞馬糞。求學氛圍也濃，更有大儒們常在青山綠水江南園林中講經論典，比起京中枯燥的進學生動有趣許多，自然吸引了更多小郎君們前往江南。

待出了宗族祠堂，孟存匆匆趕上孟在：「大哥——明日你留在京中，若有地動——」

孟在轉頭打斷了他：「無妨，職責所在而已。你何時出發？」

「回府告廟後，便去宮中迎太皇太后。」

孟在想起守在內東門裡小臉緋紅的六娘，暗暗歎息了一聲，多說了幾句：「此去西京，輿駕恐怕要走三四日。太皇太后身邊不乏宮人內侍照料，隨行護送武將也是禁軍中的好手，你放心跟去就是。家裡一切有我。」

孟存歎了口氣：「昨日我求見太皇太后未果，只見到阿嬋一面，想接她出宮隨她母親跟著呂家去城東，她卻不肯，反憂心九娘的安危。只是九娘怎不隨官家和太后去南郊？」

孟在淡淡道：「六郎將她託付給了我，我自會保她平安無虞。」

孟存蹙眉道：「九娘今日要去和重家中將魏氏接至宮中，魏氏有孕在身，只怕不妥。」

「無妨，這是六郎的安排。」孟在轉過頭深深看了孟存一眼，不欲多言，大步前行。

到了午後時分，東華門大張旗鼓地駛出一輛馬車，大內禁軍和大理寺胥吏們簇擁著車駕往東行去。到了高頭街，車駕越發緩慢下來，待要轉入百家巷。

路口的諸多攤販還在賣力叫喊著，還有三三兩兩的百姓停下來看，有極便宜的才肯掏出荷包來。阮小五低頭看著面前一堆水果，有零散的十多個葡萄大小不勻，無助地滾落在木板的間隙裡，果皮裂開了口，露出帶著汁水的泛黃果肉，令他很想伸出手捏碎它們。

他後頸有些發冷，袖中左手虛攏著毒煙蒺藜球，右手握著淬了蛇毒的精鐵匕首，雙手的手背青筋爆出。

他收到消息便私自做了這個決定，一定要殺了孟九。此女害得他兩個弟弟命喪靜華寺，更令郎君心神不寧，一再阻撓郎君的大計。殺了她，重創趙栩，郎君便是要了他的命，他也在所不惜。

馬車從他身後經過，繁雜的叫賣並未因宮中儀仗停歇，阮小五側耳聽著，車內坐著兩人，應是孟九和她那個武藝不弱的貼身女使。

他身形一矮，肩頭微動，直直往後撞入車駕行列之中。兩側攤販之前也躍出十多個人，手持利刃，衝向馬車。馬車邊步行的宮女們尖叫一聲，有軍士大喊：「有刺客——」眼前一花，一個小小身影已飛躍上了馬車。

一枚毒煙鐵蒺藜落在馬車邊上，冒出火星和毒煙，路旁的攤販們亂了套，躲到板車下的，相走奔喊的，軍士們呼喝四起，往馬車處湧來。

車簾在一道寒光下撕裂成兩半。阮小五衝入車廂，和惜蘭對了個照面。

惜蘭手中短劍連刺帶劈，無奈阮小五身法靈動又是侏儒，兩招便被他側身攻入了後車廂。

阮小五只覺得縮在車廂角落之人有些怪異，不及細想，已直衝過去。

寒光耀眼。角落那人身形暴漲，反而迎上了阮小五，劍光如匹練般將阮小五捲了進去。章叔夜所持正是趙栩送給九娘的那柄雌劍，削鐵如泥。匕首立刻斷成兩截，無聲無息掉落在車內厚厚地毯上。

中計！

一擊不中，遠遁千里。阮小五立刻反退向車窗，要撞窗而出。

章叔夜厲嘯一聲，猱身追上。

「嘭」的一聲，車窗看似木條所造，內裡卻裹著精鐵。阮小五用盡全力，破不了窗，反撞得背心劇痛，嘴角已滲出血絲，肩頭已中了章叔夜一劍，腿上也被堵住車門的惜蘭刺了一個血洞。

阮小五一咬牙，袖中兩顆毒煙鐵蒺藜急射而出，他一手掩住口鼻，全力衝向惜蘭。

章叔夜那次雨中攔截阮玉郎時已見識了毒蒺藜的厲害，不敢大意，手中劍刷的一下，車窗簾捲起，包住了毒蒺藜，他手腕急轉，宛如兜了一個包袱，再輕輕放至地面。

再抬頭，見阮小五已硬受了惜蘭兩劍，依然逃出車外。他劍尖挑起地毯上的匕首尖頭，屈膝矮身鑽出車外，長身立於車夫之座，側身揮臂，匕首被他手中劍身大力撞出，流星般沒入已在十步開外的阮小五後背。

不射之射，萬物可為弓，萬物可為箭！

阮小五後背一涼，瞬間即無痛感，他踉踉蹌蹌又奔出去三四步，倒在了地上。

五步蛇之毒，真的走不過五步？

戰事不過短短幾息便已完結。混在車駕最末的禁軍普通軍士打扮，依然貼著兩撇小鬍子的九娘被同樣軍士裝扮的孟在護在身後。看著章叔夜使出這一招，孟在都忍不住喝了一聲彩，見四周消停，才帶著九娘走到阮小五屍體前。

「死了。」章叔夜站起身來：「匕首上是蛇毒。」

九娘彎下腰，仔細看了看阮小五清秀的臉龐，他眼睛眯起，全無焦點。殺害阿昕之人，不管是不是他親自動的手，也有他的份。天道迴圈，他死於自己的毒匕首之下，也是報應。

章叔夜堅毅的面龐展開笑容：「九娘子神機妙算，宮中果然還有奸細。這次能砍了阮玉郎的得力臂膀，太好了。」阮小五極擅刺殺逃匿，多次逃之夭夭，今日能一舉擊殺他，章叔夜自己也很意外。

孟在點頭稱讚他：「好箭法。」

軍士們迅速將屍體搬離，撤走傷患，按孟在之令，將阮小五的屍首放於門板之上送到開封府衙前的廣場上公布罪狀，曝屍三日不得收殮。

宮中車駕，繼續緩緩往百家巷深處駛去。只是方才還鬧忙嘈雜的兩側商鋪攤販，都不見了人影。

百家巷蘇府，蘇昉帶著幾十部曲匆匆趕了出來，走了不到百步，就遇到了九娘一行。得知阮小五伏誅，蘇昉也為之一振，帶著九娘等人魚貫入府。

後宅正院的廳裡，魏氏已收拾停當，正在和蘇老夫人、史氏話別。張蕊珠牽著二娘的手笑眯眯地陪在一旁，九娘入廳後，她一時都沒反應過來。

「是阿妧嗎？怎地做這般古怪打扮？」見九娘上前給蘇老夫人她們行禮，張蕊珠才訝然問道。

撕去了小鬍子的九娘笑了笑：「大伯怕宮中來表舅家的路上不太平，讓我扮成禁軍，果然來了刺客——」

魏氏嚇了一跳，雖然人好好地在眼前，還是立刻拉住了九娘的手：「你沒事吧？」

九娘搖頭笑道：「多虧大伯安排得好，章大哥殺了阮玉郎手下的一員大將，就是那天闖入表嬸家要刺殺你的侏儒。」

張蕊珠臉色一白，見九娘意味深長地看著自己，趕緊拍拍胸口道：「天哪，嚇死人了。」

蘇老夫人和史氏也鬆了一口氣，雙手合十連呼佛號。

九娘見魏氏有孕七個月了，肚子卻不大，身穿寬鬆的褙子，不留意幾乎看不出，便笑道：「我們可要多個表妹了。元初大哥和太初表哥定會很高興。」可想而知，陳家四個郎君，恐怕會是全天下最寵妹妹的兄長。

魏氏摸了摸肚子，笑道：「我也覺得總該有一件貼心小棉襖了。倘若還是個兒子也沒法子。反正我就當你是我的閨女。」

眾人敘了一會話，外頭侍女通報道：「郎君回來了，和孟家郎君正往後院來。」

蘇老夫人道：「都是自家親戚，也不用設屏風了。」

等了片刻，侍女又進來行了禮：「郎君請大郎和孟家小娘子去書房說話。」

蘇昉站起身，看向九娘。

九娘起身行了禮，對蘇昉笑道：「走吧。」她知道蘇昉趕回京後的確說動了蘇瞻未雨綢繆，兩浙水軍今日應該已奉令趕往膠西。

書房裡，長袖善舞的蘇瞻遇到冰山一塊的孟在，都是蘇瞻說，孟在聽。見蘇昉和九娘先後進來，孟在才露出笑意：「你表嬸可好？」

「大伯放心，表嬸安好。」九娘上前給蘇瞻微微屈膝福了一福。

蘇瞻又問了幾句方才遇刺一事，蹙眉道：「是我大意了。阮玉郎果然起事在即，這次多虧了殿下警示。你們回宮時也要小心，我讓部曲護送你們。」

九娘謝過蘇瞻，便垂眸望地不言語。

蘇瞻歎道：「阿妧，你還在為表舅考校你一事生氣？」

九娘抬起頭來，雙眸中含了笑，搖了搖頭。

「你見過蕊珠了嗎？你們也是嫡親的表姊妹，日後可以多走動多親近一些。她甚是命苦——」蘇瞻柔聲道。

「人的命，是自己定的。」九娘笑道：「苦或甜，都是自己種出來的果子。倘若表舅要我出力讓五皇子留在開寶寺，恐怕九娘要讓表舅失望了。」

蘇瞻眼中閃過一絲狼狽，未料到九娘當著孟在和蘇昉的面，竟然也如此不近人情。

「蕊珠和你六姊有過一些誤會，但受傷的是蕊珠。」蘇瞻的手指在書案上敲了敲：「九娘你何需咄咄逼人，如此冷情冷面？」

九娘笑道：「難道不是蕊珠哭著求表舅的嗎？我只是小小七品女史，怎麼能決定皇子的去留？表舅身為宰執之首，為何要暗示九娘這些？」

孟在忽然開口道：「門外何人？」

蘇昉打開門，見張蕊珠正在廊下拭淚，晚詞扶著她，見到蘇昉便低下頭去。

進了書房，張蕊珠怯生生地對九娘道：「阿妧，求你和太后娘娘、官家還有燕王殿下幫五郎求個情。他已經幾乎是庶民了，何必再讓他去西京？他身子還沒好，這麼熱的天，我又有了身孕——」

「雷霆雨露，皆是皇恩。九娘不敢也不能更不願開這個口。何況翟義至京師，三百里路，五皇子瀕危之軀，安然歸來。如今御醫確診他已無大礙，為何四百里路的西京之行便不能了？陪伴太皇太后，不是五皇子一貫所願嗎？」九娘淡淡答道。

張蕊珠一怔，垂首哭道：「上回在宮裡，是我一時情急冤屈了阿嬋，可是我們多年同窗，情同姊妹——」

「我可不敢有你這樣的姊妹。」九娘上前幾步，走近張蕊珠，看入她眼中：「八年前，在金明池船頭，將我推下水的，不就是你嗎？」

張蕊珠怔怔地退了兩步，看到蘇昉厭憎的眼神，還有蘇瞻驚疑的神情，慌亂地搖頭道：「我沒有，你聽誰說的？不是我——你莫要冤屈我。舅舅——」

「我七姊和阿昕親眼所見。我有沒有冤屈你，你心知肚明。你是不是有意陷害我六姊，你也心知肚明。」九娘轉向蘇瞻：「表舅不知道這世間有些女子看起來溫順和善，宛如易碎琉璃需人愛護，實則下手狠辣，毫不在意他人的性命。誰擋了她的路，即便是真正的姊妹，她也會下手除去。就算表舅知道了，興許宰相肚裡能撐船，可九娘卻是個記仇的小女子。張蕊珠是表舅的親外甥女，可卻不是我的表姊，也不是我的好友。」

蘇瞻喃喃了兩聲，想起還被軟禁在小佛堂裡的王瓔，再看到蘇昉的眼神，再開不了口。蕊珠，是三姊的骨血，怎麼會是那樣的女子？

九娘盯著張蕊珠，輕聲道：「阮玉郎手下那個侏儒，死在他自己的毒匕首之下。天網恢恢，疏而不漏，行惡毒之事者，總會自食其果，對嗎？」

不等張蕊珠反應，九娘已對蘇瞻福了一福：「表嬸有孕在身，易疲憊。我們先進宮去了。阿昉表哥，可方便送我們出門？」

孟在站起身，略拱了拱手，看也不看張蕊珠一眼，拍了拍蘇昉的肩頭：「你很好，自己小心一些。」

出了書房，九娘一眼看見垂首斂目肅立在廊下等著的晚詞。當年她和晚詩剛到青神服侍她的時候，她就好奇她二人的禮儀之周全，想來均出自姨母郭氏的指點。她想起張子厚的話，走到晚詞身前，停下腳來。

第二百八十九章

「晚詞？」九娘輕聲喚道，目光越過她的肩膀，看向院子中的那棵樹。

那不是昔日她窗外高大的合歡樹，樹下也沒有站著璧人一雙。這棵樹旁的葡萄架下，曾經是阿昉幼時大聲背書的地方。葡萄熟了的時候，若他背得好，蘇瞻會隨手摘下一串擱在阿昉兩個總角之間。如今葡萄已沉沉壘壘高高低低墜著，葡萄架下卻空蕩蕩的，一個人也沒有。

晚詞抬起頭，她方才也驚鴻一瞥到這個少女的絕世姿容，卻沒想到近在眼前時一身男裝打扮依然奪人心魄，竟令她有些透不過氣來。

幾十年前，她和晚詩還是總角女童，頭一回拜見阮玉郎，也有這種呼吸都驟停的震撼。

「你隨我去那棵樹下說幾句話吧。」九娘淡淡道：「我看那葡萄好像生病了呢。」

晚詞一震，喃喃地看向九娘，十多歲的少女深深看入她眼中，面露憂色，帶有蒼茫暮色。

葡萄好像生病了。如此耳熟。葡萄不是人，怎麼會生病呢？

晚詞身不由己地跟著九娘下了臺階。蘇昉要跟上去，被孟在伸手攔住。孟在轉頭看了看被關上的書房門，輕輕搖了搖頭。

九娘伸出手，輕輕碰了碰翠綠葡萄的底端，再伸長手卻夠不著葉子。前世倒是抬手就可以翻開疊得密密的葡萄葉，連個小杌子也不用踩。
晚詞見她動作，一層雞皮疙瘩從雙臂外側蔓延開來。
「你那幾片竹葉繡得真好，大郎一直收著那個書包。」九娘停下腳柔聲道。
晚詞嗓子一緊，不由自主地打了個寒顫，雙腿發軟。
「你和晚詩也太小心了些，十七娘熬的藥你們也不放心？」九娘苦笑著說起自己曾打趣過她們的話，轉頭望向面無人色的晚詞：「你們其實幫了她的忙，為何最後卻是你們吃了這許多苦？」
晚詞失聲想叫喊，簌簌發抖，踉蹌著退了兩步，扶住葡萄架邊上的撐柱，兩眼直冒金星，想辯解幾句，卻開不了口。
郎君只是讓她們取出娘子的手箚，他說自有法子讓娘子病上一病，就此歇了那些籌謀之心。她和晚詩從來沒想過要害娘子。九娘子是她和晚詩陪著長大的，她們喜愛她欽佩她尊重她，更心疼她。九娘子意外病逝，她和晚詩疑心是王瓔動的手腳。可郎君震怒於她們未能護住九娘子。她們要同蘇瞻說，當夜卻被陷害為偷盜主家之奴婢，判為賤籍。
「你還聽命於阮玉郎嗎？」九娘柔聲問道。
一臉驚駭的晚詞下意識搖搖頭：「沒有！」她和晚詩早就是棄子，無處可去。可她想說她們沒有要害她，更沒有幫過王瓔。
九娘凝視著她：「你們待我一直很好，沒有害過我是不是？」
晚詞淚如泉湧，深深跪拜下去。

蘇昉負手站在廊下，薄唇緊抿。阿妧定是在和晚詞說娘親在天之靈一事了。

「晚詞你既回到這裡，可願意幫我護著阿昉？」九娘伸手扶起晚詞。

晚詞一怔，拚命點頭，顫聲道：「張娘子她——並不信我。」張蕊珠以往並不知道她的來歷，入了蘇府才聽蘇老夫人說起，便總帶著她露面，無非要引起蘇瞻懷念亡妻之心，私下卻甚是提防她。

九娘柔聲道：「她有什麼動靜，你早些告訴阿昉吧。」她看向關上書房門。

送走孟在、魏氏、九娘一行人，蘇瞻和蘇昉回轉書房，半途卻遇到折返來尋蘇昉的晚詞。

晚詞給他們道了萬福。蘇瞻皺眉道：「蕊珠原先不知你是伺候阿昉娘親的舊人，張子厚竟說你是阮玉郎的人，實在荒謬無稽。既然回府裡了，你就安心服侍蕊珠吧。方才九娘同你說什麼了？」

晚詞抬起頭，又看了一眼蘇昉，低頭回稟：「九娘子問起奴先夫人的事，還說——葡萄病了。」郎君應該記得這句話吧，他認出她沒有？

蘇瞻看向不遠處的葡萄架，皺起了眉。孟妧這般無孔不入，真是心機細密。

延州以北二百里不到的青澗城，是朝廷為表彰種世衡[1]在永興軍路抗擊西夏之功而賜名的。趙栩一行抵達青澗城時，種麟親自出迎。

青澗城裡一片忙亂，不少年邁之人帶著婦孺正在清理大道上的牛糞馬糞。臭味飄來，種麟撓了撓頭：「早上接到軍令祭旗了，大軍已在城東待命。」

趙栩笑道：「種家軍疾如風快如電，名不虛傳。」

種麟歎道：「自從三路大軍在蘭州遭伏，應朝廷急令，我爹領了兩萬人去了熙州，如今能給殿下所用之人，不足一萬，還多為老兵——」

趙栩早有準備，昂首大笑起來：「正好，他們經驗豐富，不畏流血，且家中已有子孫，後繼有人。種家軍六十歲老兵尚能服役五年，種將軍為何歎氣？」

種麟眼中爆出神采點點，也大喝一聲：「末將錯了，種家軍誓死不退，任憑殿下差遣！」

眾人策馬至城東大營。高似禁不住皺起眉頭，種麟所說的老兵，也未必太老了一些。本以為是三十五歲左右的老兵，可眼見的大都是年過半百，鬚髮皆白的也不少，只怕這些年多在屯田，不少軍士身上的步人甲肚腩處隆起如有孕婦人。這些老兵，行軍都難，何談對戰？

趙栩卻下了馬換乘輪椅，面帶微笑，神色如常，於眾軍大帳之中，接過朝廷使者手中虎符，向京城方向躬身謝恩。他接過花名冊，點完將後，聽各營將領稟報軍務和征伐決心，便朗聲頒布軍令。

「傳本王將令：六十歲有意留守青澗城的軍士當即返城，無需隨軍，不罪不罰。」

將領們互相看看，轟然領命。

「一應將士能開一石二斗弓者隨軍。不能者不罪，即刻返城。」趙栩環視眾人，依然面色如常。

這一走一選，恐怕只剩三千人了。種麟心中擔憂，臉上不顯。

---

❶ 種世衡：北宋名將、種家軍開山人，總領西北軍務的范仲淹一手提拔。招撫羌人，築城安邊，並巧施離間計，除去西夏皇帝李元昊的心腹大將野利剛浪崚、野利遇乞兄弟。

「能開一石五斗弓者，來中軍帳前試箭，六箭四中者留下。」趙栩沉聲發出第三道軍令。

臨近黃昏時，中軍大營四周站了兩千四百餘人，不乏四十多歲的軍士，面上均流露出自豪的神情。

「殿下，只帶兩千多人，會不會太少了？」種麟撓撓頭。其他人雖不如他們驍勇，卻也歷經沙場，遠勝廂軍和義勇。

趙栩接過墨跡未乾的新花名冊：「兵在於精。這兩千四百餘人，卸下重騎戎裝，改著便服，每人需帶足三日乾糧，必須要有肉。」他抬起頭環視眾將：「可用軍馬有多少？」

種麟吸了口氣：「健壯軍馬能日行四百的，應有一千匹不到。」這些還人多是契丹馬和夏馬。

「選九百匹，這兩千四百人中六箭中五以上者，計四百一十二人，每人配兩匹馬，戌正時分隨我出發。餘者步兵無需等待糧草，無需著步人甲，由你統領，按此線路，每日卯時行軍，酉時歇息，無需輜重支援，可日行百里。剩餘近百匹馬均裝載重弩，抵達西京聽候軍令。」趙栩從成墨手中接過行軍圖，遞給種麟。

帳裡眾將面面相覷，聞所未聞。日常步軍行軍三十里一日，四十里已經是極限，如何能不要糧草輜重？連盔甲都不穿怎麼打仗……

種麟展開手中長卷，眨了眨眼，仔細看了又看，難掩心中激動，猛然抬頭道：「殿下——我大趙百萬禁軍如能這般行軍，天下無敵！」

趙栩唇角微勾：「先帝英明，三年前允本王所奏，暗中部署，如今西北這兩條路一萬人行軍，人馬均無需擔憂糧草、盔甲和兵器。養兵千日，用兵一時，望種將軍你早日到西京和本王會合。」

種麟放聲領命。他深知事關重大，國之機密，小心翼翼地收起行軍圖，對趙栩已佩服得五體投地，怎樣的天縱之才，方有這樣的奇思妙想。若能在大趙版圖內都建立起這等兵營中轉站，何愁西戎北狄。

陳太初已抵達登州多日。登州將領知曉他的來歷，待他十分客氣，每日短短兩個時辰的出海和演武，也邀請陳太初同行，起初想看中原少年郎不擅水性暈船的醜態，卻不料陳太初幼時在孟家的明鏡湖裡練出一身好水性，無論是載兵用的馬船，還是巡海用的海船都如履平地。短短幾日裡，差不多把登州水師的近兩百餘艘船都摸了個透。

登州和明州、福州是大趙三大官船製造地，所造船隻，體量巨大，品種也多，暖船、淺底屋子船、騰淺船、雙桅多槳船，還有特為膠州灣配備的破冰船。但比起元豐年間明州特製的萬斛之船「凌虛志遠安濟」號和「靈飛順濟」號，還是小了許多。

樞密院的虎符和將令到的時候，還有一把尚方寶劍。陳太初拔出劍仔細看了看，才想起來趙栩北上隨身攜帶的那把尚方寶劍，是先帝所賜，而自己手上的，卻是幼帝趙梣賜的。登州眾將一批批上前拜見京東淮南四路的「東軍大元帥」。

陳太初一貫溫和的面容上籠罩了薄薄寒霜：「陳某蒙陛下信任，奉朝廷軍令，統領京東兩路、淮南兩路，還望各位將軍鼎力相助，若有違軍令者，無論是陽違還是陰違，陳某手中尚方寶劍不認人。」

眾將高聲應是：「末將得令——！」

自陳太初接受東四路水陸大軍，膠州灣和黃海海面上船隻如梭，水師卯時練一個時辰，酉時練一個時辰，到了亥正，還要練一個時辰。巡航的海船則被分成六班，每兩個時辰交班，日夜不斷。頭一日眾水師將士苦不堪言，見陳太初身先士卒往返各船各營寨之間毫不停歇，連多槳船的划槳人數都進行了調整，第二日怨聲便歇了許多。

到了七月十四這日，正午的膠州灣海面上，對面金國蘇州港密密麻麻駛來了六百餘艘戰艦。登州海域巡航的海船上的水師斥候，爬到桅杆上手持千里鏡看了又看，肯定確定以及一定是重兵無故來犯，立刻飛速返回登州水師大營稟報。

正在雙桅多槳船上布置神臂弩的陳太初，得報後並不驚訝，沉聲道：「擂鼓升帳——」

既來之則戰之。

水師大營的帥營之後，十餘隻飛奴振翅高飛遠去。京東路的急腳遞也火速沿著官道往汴京傳送金國水師來犯的軍報。

第二百九十章

膠澳分為膠東、膠西，位於黃海之中，半封閉形似喇叭，臨近碼頭巷道水最深處百丈。離岸小島眾多，團島、黃島、薛家島等等，分歸登州、密州管轄。

七月中的京東路也就這幾日格外悶熱，但也比汴京舒服許多。海面上豔陽高照，稍一露面，臉就曬脫皮。帶著海腥氣的海風吹在甲冑上，水兵們絲毫感覺不到涼爽。天空毫無雜質的藍色他們已看得厭倦，只盼著來幾朵低垂的白雲，能在船上罩出一片陰影擋一擋日頭。

海鷗銀白的翅膀在海面上如刀鋒般劃過，濺開的浪花，吸引了陳太初的注意。有兩隻海鳥不懼怕這待戰之師，懶洋洋地立在尚未升帆的桅杆上頭，偶爾從牠們身下墜下一團東西，落在甲板上。

全神貫注的陳太初靜靜凝視著飛翔的海鳥，視線所及之處的浪花、漩渦、木槳、船隻航行的浪花和波紋，所有鼓聲、吆喝聲，似乎和海水海風的聲音融合在一起。心念一起，他任由意識擴散，瞬息間似千萬觸角，撫摸到海鳥翅膀的輕顫，感受到海水起伏的溫柔，還有每一朵浪花裡每一滴水的上下翻滾，甚至那深達百丈的海底，他也能「看見」礁石、海草和各種他未曾見過的魚類。

人法地，地法天，天法道，道法自然。生死所及，天人合一。陳太初小心翼翼感受著，不同於上次河邊密林中與西夏軍士對戰時的感覺，這次並未倏忽消失。他嘗試著再遠一些，再深一些，意識越加強烈，竟無邊無際蔓延出去，沒有任何約束，沒有任何壁壘，他如風如光如水一般自由自在。

身後的腳步聲落入他耳中，如雷鳴一般，任何細微的動作，都在他的感受之中。來的是登州指揮使，他走路習慣肩膀向左傾，邁步時左腳落地更重，他必然是慣用左臂挽弓。

陳太初頭也不回地道：「許指揮使。」

許度步子一停，走快了兩步：「陳將軍，我們的雙桅多槳船體量最小，可經得住撞擊？」

陳太初看著百多艘已橫列最前的多槳船：「船小好調頭。女真人不諳水性，必然都是大船，好讓士兵如履平地。六百多艘船怕所載人數超過五萬人。我們援軍未至，只能揚長避短。」他指了指黃島南邊的狹長灣口：「多槳船必須一觸即退，將女真船引往那裡。雙車船和四車船守在那裡守株待兔。」

許度想了想，七月裡這片海域不是南風就是東南風。黃島之南海面極窄，海水深淺不一，礁石又多，若是大船擠在裡面，定然難以脫身。

「將軍這兩天和漁民常去黃島，也是為了備戰此役？」許度口氣中多了幾分客氣和討好：「將軍是趁著東南風想火攻？」

陳太初點了點頭：「水師只練水性和殺敵之力，最熟悉這海的習性之人，定然是祖祖輩輩在這裡的漁民。」他轉過頭來，雙目如電：「這次為女真引路掌船之人，不就是登州水師逃走的叛賊？對我方船隻兵力一清二楚。否則女真素來靠騎兵作戰，哪裡敢海上進犯。這般重大的軍情，登州上下因何隱瞞不報？」

許度被他如電目光掃過，背後冷汗淋淋，雙腿發軟，嘴裡含糊不清起來。幾個月前，兩名副將率一百餘水兵帶著一艘雙車船投奔對面蘇州港去了。此事可大可小，往大裡說，是叛國投敵，他這個指揮使的名頭不保。往小裡化解，女真算是臣屬國，而且花名冊上空掛了一百多人，眾將還能分一些糧餉。當年岳家幫忙出力，花了五萬多貫，他才升到指揮使一職。遇到這樣的不測風雲，自然要大事化小小事化了。陳太初來了以後，眾將更是守口如瓶，他卻又是如何得知的。

陳太初伸手捉住了許度的左臂：「此役勝後，指揮使也該把那百多人擒拿歸案才是，若是無法歸案的，便當作沙場捐軀處理吧。」軍中吃空餉，最是可恨。

許度只覺得被鐵鉗箍住似的，動彈不得：「理當如此。」他低聲哀求道：「許某必誓死追隨將軍，奮力殺敵，還求將軍允許我等戴罪立功。」

陳太初淡淡地道：「陳某也不是不近人情之輩，靜候指揮使佳音。此戰若勝，陳某必上書朝廷，為指揮使和登州上下將領請功。」

許度鬆了一口氣，他家小盡在汴京，雖有人再三暗示過他，他卻不至於糊塗到丟下妻兒老小。這番能否鹹魚翻身，全看此戰了。他鐵了心，又信誓旦旦了一番。

黃昏時分，晚霞將海面映得通紅，所有戰艦均已就位。

陳太初乘著窄小輕靈的海鰍船，往返於艦陣之間，最後登上黃島南邊狹窄海灣中二十餘艘雙車船和四車船，檢查船上的重弩。從京中隨虎符將令一同來的六十多名弩手已全部就位。

陳太初取出一匣子三停箭，見精鐵箭頭下方均已紮上了浸透桐油的布條，只待點火，不由得暗歎可惜西北的石油尚在路上，趕不上這場大戰了。兩隻海鳥午間吃了陳太初撒的少許剩餘米糧，竟一路跟著他的銀甲飛來，也不畏怕，停在了箭頭上，好奇地看著陳太初。

「快飛得遠遠的去。」陳太初柔聲道，伸手抖動箭身。兩隻海鳥啼叫了幾聲，盤旋著又待飛回來親近他。

陳太初輕歎一聲，抽出一支羽箭，摘下親衛背著的弓，挽弓上弦，凌空一箭，呼嘯而去，擦著那雄鳥而過。兩隻海鳥驚駭之下，急急掠開，飛速往遠處絢爛變幻的空中而去。

羽箭自空中劃出漂亮弧線，沒入水面。

九娘和魏氏在慈寧殿覲見向太后。向太后這幾日勞心勞累，依然打起精神和魏氏說了會話，見她年過四十還能懷上第五個孩子，念及自身，不免笑容中露出悵然。魏氏和九娘便依禮告退，轉而再去探望住在偏殿的陳素。

陳素見了魏氏，雖已做了女冠，仍難掩激動，幾度垂淚，倒是趙淺予已恢復了精神氣，笑嘻嘻地摸著魏氏的肚子，疑惑為何胎兒這麼小。九娘和她兩個又是聽又是摸，你說我和地對著肚子唱了一台戲，陳素和魏氏被逗得直笑。

不多時，有女史進來稟報：「金國使者方才遞了國書。官家和娘娘都要去垂拱殿，宣孟女史隨駕。」

九娘心中一跳，該來的總會來。

魏氏握住九娘的手：「去吧，為國出力，不分男女。你只管放手去做。」

九娘點點頭行了禮，跟著女史趕往福寧殿。魏氏看著她窈窕背影，想起太初，又看看陳素同樣一臉牽掛地目送著九娘，心裡喟歎了一聲，轉而問起趙淺予這段日子的起居來。

垂拱殿上二府及各部各司眾臣大多自城外祈福地剛剛趕回都堂覆命，奉召入了垂拱殿，許多人還有些納悶金國這時又要遞什麼國書。

司贊高唱，一切循舊例有條不紊。御座上的趙栩沉靜自若。他身後的珠簾低垂，人影有高有低，顯然不只是向太后一人。

金國使者連帶怒容，呈上國書，大聲道：「我女真人一心求與大趙結秦晉之好，為何趙國和親的武德郡主於大婚之夜行刺我四太子？現四太子重傷，舉國震驚。我國大太子已乘艦南下，要來汴京找陛下問個明白討個公道，還請陛下令登州碼頭官兵前往迎接。」

殿中一片譁然，議論紛紛起來。已乘艦南下？這就是先兵後禮的節奏了。御史臺的御史們站了出來，指責金國使者毫無信義，四國和談的國書剛剛頒布天下，竟然就此撕毀和約要開戰。那使者倒也口尖舌利，狡言詭辯不絕。也有樞密院的官吏慶幸陳太初正坐鎮於登州，心裡稍定。

蘇瞻雖早有準備，聽到這等厚顏無恥賊喊捉賊的言辭，不由得冷笑起來：「好一個已乘艦南下，是一艘船還是百艘船？燕王殿下特意前往黃龍府參加四太子大婚，何人敢行刺四太子？如何行刺的，用的什麼兵器，四太子傷在哪裡，還請大使說個清楚。」

金國使者嘟嘟囔囔說了一堆，倒要把趙栩說成指使之人。

張子厚不耐煩地打斷了他：「請求和親的是你女真人，請求和談的也是你女真人，前往中京接親的還是你女真人。如今，尋藉口要打仗的依然是你女真人。蠻夷之輩，無禮無信，果不其然。」

大殿上安靜下來，張子厚一出口，就知道有沒有。眾臣似乎聽出了朝廷並無懼女真，倒有要打就打的氣勢，金國使者也一愣。

向太后在珠簾後咳嗽了兩聲：「老身略有不適，有幾句話要告訴金使，便讓孟女史代老身宣示罷。」

趙梣興奮起來，轉頭道：「孟氏，你來吾身邊，宣讀娘娘懿旨。」他雙眼發亮，別怕，我年紀小，但我是皇帝，我給你撐腰。

宮女打起珠簾。眾臣及金使都微微抬起眼皮，只一眼，因她榮光過盛，便不敢再看。

九娘穩穩地上前幾步，給趙梣行了一禮，站到御案下首，坦然環視殿中眾臣：「娘娘出身將門，歷三朝，見聞諸多戰事。杜子美早有斷言：蠻夷雜種錯相干，魑魅魍魎徒為爾。要戰就戰。想你們女真人也是深山密林裡殺出來的血性漢子，卻做出這等卑鄙下流無恥之舉，假借一個手無縛雞之力的女子為由頭，娘娘要問一聲：大使你不會臉紅嗎？」

她聲音清朗，前兩句平和敘述，中間慷慨激昂，收尾卻極為蔑視。如浮冰相撞，碎玉相擊，在垂拱殿上回音嫋嫋。

金國使者面紅耳赤，瞪著張子厚，細長的眼睛眨了眨，大聲道：「我四太子受了傷是實，大太子前來討公道有何不可？誰說要開戰了？我國可是誠心結親的。」話雖如此，氣卻已虛。

蘇瞻剛要開口，張子厚大聲道：「娘娘慧眼如炬，我大趙若不允和親，你們就要學唐朝吐蕃那樣以受辱輕視為由兵刃相見。允了和親，你們便會以被刺為由揮兵南下。狼子野心昭然若揭。娘娘聖明，陛下英明。」

殿上眾臣紛紛群起指責金使，更有御史激動地唾沫噴了他一臉。

九娘轉身退回珠簾後，和向太后說了幾句話。復又出來朗聲道：「娘娘有旨：不義之徒必自斃。我大趙不懼虎狼。雖有兩國交戰不斷來使的禮節——」她一雙美目淬了冰，冷冷道：「女真不宣而戰，揮兵侵犯我大趙膠西。來人，拿下金使，告知天下，犯我大趙者，必誅之！」

垂拱殿塵埃落定，二府宰執們往都堂去商議各方軍情。向太后將趙棙送到福寧殿，仔細叮囑了明日一早往南郊的諸事，才帶著九娘回了慈寧殿。

九娘陪著向太后說了一會話，回到趙淺予住處，卻見到六娘身邊的金盞正等著。

金盞匆匆傳了口信，急急離去。九娘來不及稟報向太后，立刻帶著四個貼身宮女往福寧殿奔去。

第二百九十一章

福寧殿寢殿中點起了龍涎香，帷幔低垂，冰盆消融後殿中尚餘一絲涼意。二十多個當班的宮女內侍，在供奉官和尚宮的帶領下，有的持塵尾靜立，有的緩緩搖著孔雀翎長扇，有的正在往羅漢榻前呈上冰碗點心和果子。

趙梣盤膝坐在羅漢榻上，看著生母姜太妃：「小娘娘明日就不要跟著我們去南郊了，在宮裡等我們回來，沒事的。」

姜太妃垂淚道：「十五郎你好，我就放心了，不用理會我。」才短短幾個月，原先只和自己親近的兒子，已經好像成了向太后親出的，連躲避天狗和地動，也要將自己拋下。

趙梣一愣，他啟蒙雖晚，心智卻不弱，見生母鬱鬱寡歡，想到九娘再三叮囑此計不可洩露，忍了又忍，小嘴翕了翕還是憋住了。他小手拿起小銀叉，叉了七八個葡萄在御用的琉璃小碗中，遞給姜太妃：「小娘娘莫擔心，吃葡萄。」

姜太妃見他小臉上為難的樣子，想到隆佑殿中兩位尚宮所言，還有太皇太后的那幾句話，她一顆心慌得不行，搖頭道：「十五郎，若是京城地動，南郊肯定也搖得厲害，不如你和太皇太后一起去西京吧。」

趙桵大眼眨了眨：「太皇太后不喜歡我，我也不喜歡她。小娘娘，誰同你說什麼了嗎？」

姜太妃見他果然不肯，咬了咬牙，從袖袋裡掏出帕子，裡頭是兩塊棗泥糕：「算了，不說這些了。你從小愛吃這個，明日去南郊一路肯定累得很，天不亮就得起身，我給你帶了兩塊，你今晚睡覺前當點心吃，墊一墊。」

趙桵高興地接了過來，大眼睛骨碌碌往四周掃了一圈，盯在供奉官面上：「誰也不許告訴大娘娘。」

供奉官疾步上前：「陛下，請容小人——」娘娘一再交待，任何入口的東西都要檢驗過，姜太妃帶來的，也不例外。

話未說完，趙桵已低頭啊嗚咬了一大口，笑道：「被你們試過的，難看死了。」不帶小娘娘去南郊她已經很難受了，再要試吃她親手做給自己的兩塊糕，她肯定會更傷心。留到晚上還不如現在就吃，小娘娘定會很高興。

一句話剛說完，趙桵喉嚨中火燒火燎劇痛無比。他倒在榻上，模糊不清地吐出一個字：「痛——」

供奉官大驚：「官家——來人，傳醫官！快——！」

姜太妃花容失色，孫尚宮身邊那個宮女明明說官家吃了這個糕，夜間會有些腹瀉，明日就能隨太皇太后去西京，接受御醫院院使的診治，還能免遭燕王的毒手。

九娘提裙急奔了進來，見一群人圍著羅漢榻，大喝道：「讓開！」身邊四個宮女已出手將眾人拖開。

趙樗小臉青紫，在榻上急喘，小娘娘不會害自己的，他竭力看向姜太妃。

九娘看到榻上散落的棗泥糕屑，再看到趙樗的模樣，毫不猶豫一把將趙樗抱了起來，捏開他的嘴，兩根手指伸入趙樗喉嚨中重重摳了幾下。

趙樗嗚哇一聲，方才那一口棗泥糕和先前的葡萄和其他果子吐了九娘一身，氣味難聞。

「拿冷水來。」九娘見他吐了出來，略鬆了口氣。看來不是牽機藥、鴆毒之類的劇毒之物。

姜太妃懵裡懵懂地神魂未定，想撲上來抱趙樗，卻被九娘一眼看得渾身冰冷，不敢上前，死死抓住了倒在一旁的案几，細聲哭道：「十五郎——」

「這許多水灌下去，再要吐出來，官家會有些難受，別怕。」九娘柔聲道，將手中玉碗遞到趙樗嘴邊。

趙樗喉嚨中依然燒痛得厲害，聞言柔順地點了點頭，大口大口地將水忍痛喝了下去，又張開口，等著九娘伸手指。

九娘見他這般懂事，瞪得大大的眼中溢滿淚水，卻滿是懇求，明顯是要自己替姜太妃瞞住此事免得入罪，小臉像極了當年懇求自己莫走的小阿昉。九娘伸出手指，輕輕點了點頭。

如此這般灌洗了五六回，灼燒痛感稍減。趙樗伸出小手，朝姜太妃揮了揮。姜太妃捂臉大哭起來，說什麼都是多餘。

御醫院的院使帶著兩個醫官匆匆趕到，向太后也緊隨而至，勃然大怒，立刻下令將姜太妃拿下。

趙楟捉緊九娘的手，張口要說話，半天才發出了一個：「饒——」

九娘見他尚能發聲，放下心來：「官家先安心讓院使看看，太妃的事，臣私下稟告娘娘。」

福寧殿偏殿中，姜太妃跪在地上，哀號不已。向太后如今將趙楟視如己出，動了真怒，瞪著姜太妃片刻，竟按捺不住地揚手給了姜太妃一個耳光：「住口，你還有臉哭！」

九娘一怔，上前輕聲勸道：「娘娘息怒，姜太妃只怕是母子連心，為人所趁才被唆使下藥的。所幸官家尚能開口，何不先問個清楚。」若由入內內侍省和尚書內省或是大理寺來處置，趙楟那個小人兒只怕會難以承受。

向太后胸口劇烈起伏著，沉聲喝道：「姜氏，究竟是什麼藥？藥從何來？說！」

臨近黃昏的時候，禁中大內已全部戒嚴，明日皇帝和皇太后駕幸南郊，太皇太后駕幸西京，各宮各殿閣均有內侍把守，出入嚴查。從隆佑殿抬出來的一個宮女屍體，無聲無息地從後苑出了皇宮。

七月十五，三更梆子敲過，皇城內燈火通明。福寧殿中，向太后緊緊牽著趙楟的小手，往御輦上走去。

自宣德樓往南的御街上，黃土早已鋪好，步障也已設好，上千禁軍陣列兩旁，一直到南薰門，沿途皆是金槍銀甲。

四更天，皇帝御駕出了南薰門。又過了半個時辰，太皇太后儀仗也出了順天門。文武百官和宰執親王等，也都往四方祈福之地而去。

到了五更天，梆子沿街響起，天還未亮，已有不少百姓沿著禁軍把守的通道，魚貫而出，往各城門而去。

各大城門前均有極粗的長繩繞出了僅供兩人同行的彎道，每十步就有禁軍把守。密密麻麻幾千人，在這樣的彎道中井然有序，毫不混亂。素日張貼皇榜的地方貼著十幾張三尺長紙，上書「除刃」兩個大字。更有唱榜人扯著嗓子喊道：「一應刀劍兵刃，全部解除——」

有膽大的大聲喊了起來：「鄭屠，還不把你的殺豬刀交給朝廷？」

百姓哄笑起來，有些被上次民亂嚇怕了的人確實帶了家中私藏的朴刀、匕首之類，便主動解了下來，放到城門口的籮筐中。不多時，好幾個籮筐裡堆滿了各色兵刃，殺豬刀赫然也在其中，還插著兩把鋤頭。

一出城門，卻有一塊黑黝黝半人高的鐵牌豎在面前，旁邊站了幾十個禁軍，人人都需經過這鐵牌，更有那好事的還伸手摸了一摸：「涼快得很。」

忽地「叮」地一聲，一人拔腿就往城外跑去，隨即被禁軍按倒在地上，捆了個結實。眾百姓抻長脖子去看，驚呼連連，那鐵牌上吸附著一把三寸長的匕首。

「磁石！吸鐵石❶——」

當下司南❷早已普及，但這麼大的磁鐵，百姓卻還是頭一次見到，見狀紛紛呼喝議論起來。

城裡有些人聽見外頭的呼聲，面色大變，卻因身在這長繩圍成的彎道之中，出也不是，跑也不能。那籮筐裡轉眼又被丟入許多刀劍。

❶吸鐵石：沈括的《夢溪筆談》中著有：「方家以磁石磨針鋒，則能指南……」吸鐵石的名稱北宋就已經有了。

❷司南：利用磁石指極性製成的指南儀器，可辨別方向，即現在指南針之始祖。

第二百九十二章

十多萬百姓自汴京城東南西北十四個城門分批撤出，從五更天直至午後才全數撤出。剩餘數萬不願離家的也都在自家院子中設香案祝禱，盼著躲避地動。京城禁軍不斷巡邏於各條大道上。商鋪悉數關閉，攤販全無影蹤，乍一看，汴京城已成了一座空城。

皇城都堂的偏廳之中，長案後張子厚端坐如鐘，手邊案卷堆積如山。大理寺每隔半個時辰就有人入內稟報最新消息。寺廟道觀、勾欄瓦舍、市井聚集、宗室勳貴、國子監之地等等，均有專人已盯了三天三夜。

身穿女史窄袖圓領襴衫男式官服的九娘，正凝神逐條過濾回稟上來的消息，有可疑之處便以朱筆圈出，再和一旁的張子厚溫聲商議。

張子厚鼻尖微微滲汗，抬手給九娘的茶盞中續了茶，柔聲道：「喝口茶，且歇息片刻再看不遲。應天府尚無消息送來，不急。」

九娘接過茶盞喝了兩口，待要擱下，張子厚的手已等著。九娘一怔，輕輕將茶盞放回他手中，抬起頭道了一聲謝，撞入張子厚一雙深邃似海的眸中。

君意似山海，隔山亦隔海。念及前世的自己過於自詡自負又自傲，憑蘇瞻一些轉述和幾句政見便對他心存成見，九娘輕歎了一聲，也給張子厚的茶盞中續上茶：「無消息才更令人擔心。不知道高麗的船如今到了哪裡？兩浙的水師能否攔截住他們？還有阮玉郎，這般挨家挨戶地搜查，竟無一絲蹤跡，他還能神不知鬼不覺地將阮小五的屍體偷走——」

張子厚想起諸多衙役看守著的阮小五屍體一夜之間不翼而飛，心中也一緊，下意識轉頭看了看都堂外的重兵，才定了定神。他是絕不會離開九娘半步的。

「急報——」外頭有人嘶聲高喊。

九娘和張子厚對視一眼，同時深深吸了口氣。

「兩浙水師出海後連遇三天大風，現暫退於明州關澳。高麗水師三萬賊寇已登陸海州，海州昨日失守。楚州守將范有年率部叛國投敵，淮南東路告急！」幾日前趕往海州的大理寺胥吏渾身血汙，聲音嘶啞。

海州至南京應天府，七百里路，輕騎一日一夜便可殺到。而京畿路調往應天府的一萬禁軍，日行四十里，今日還在半路上。

張子厚沉聲問起高麗來犯人數、對戰和失守過程，命人去二府請留守京城的謝相來都堂商議。九娘迅速翻出輿圖和沿途州縣的一應資料，心頭越發沉重。歷來淮南路守軍偏少，禁軍都集中於京畿路和汴京，這一路能攔住叛軍和外敵的，恐怕極少。兩浙路又是蔡佑昔日勢力根深柢固之地，會否有將領投敵也是未知之數。

都堂內候命的樞密院官員緊張萬分。大趙立朝以來，即便三年前內有房十三兩浙之亂，外有西夏、契丹虎視眈眈，也比不上眼下近在眼前的兵禍連連。諸宰執除謝相外又都坐鎮於城外各處。他們看著堂上的張子厚和九娘，依然如泰山般巍然不動，方定了定神。

謝相匆匆趕到都堂，三人商議了片刻，九娘取出前日就擬好的詔書，請謝相安排都進奏院官員明日一早就頒布天下。謝相見宮中早有準備，心裡踏實了許多，雙手接過黃紙，展開細讀。大意是韃虜女真背信棄義，高麗賊子不宣而戰，敕令天下諸路禁軍奔赴京師勤王，驅逐韃虜殲滅外敵。又言大趙福澤深厚，官家太后聖明仁慈，萬民所幸，天狗未至，地動無影。可見風雲自冥感，嘉會翼飛天，只待伐賊天威震，恢疆帝業多。

「大定功成後，薰風入舜琴——」謝相默默讀完詔書，似有些明白，多日來京中的種種安排是為了手中這一紙詔書，更是為了護衛京師之戰，不由得心潮澎湃鬥志昂揚起來：「陛下聖明，大趙有德。謝某便在汴京守著，哪路賊人敢來，必一決死戰。他日粲然書國史，冠古耀豐功之時，豈不快哉！」

一道道指令蓋著二府大印，發往城外祈福之所。張子厚和謝相核對完各路文書，鬆了一口氣，他看著九娘專注的側臉，忍不住露出一絲微笑：「朝廷上下至誠必定感動天地。明日百姓們眼見依靠朝廷能避開天狗食月，更消弭了地動大禍，民心大定，眾志成城，方能一心抵抗外敵。」

「不錯，此乃大吉之兆，軍中必然也會士氣大振。」謝相連連點頭。

九娘看向張子厚，柔聲道：「明日願意加入勤王大軍之中的士庶百姓，恐怕會超過萬人，不知四路禁軍可做好了募兵的準備。」

張子厚取過軍中案卷，仔細看了看數字，點頭道：「步人甲、兵器和糧草、營帳均已妥當，若能募到萬人義勇，四路禁軍便就地紮營，日夜操練以拱衛京師。剩餘百姓回京的回京，願意暫時遷往西京或陳留各縣的亦可。岐王昨日已抵達西京任西京留守，洛陽城牆不遜於汴京，這幾日殿下便可揮師東來——」

九娘和張子厚對視一眼，都流露出憂色。趙栩日日皆有飛奴傳書至京中，昨日和今日不知為何卻杳無音信。

趙栩率領著種家軍的騎兵飛速趕往汴京。四個時辰後，眾人停歇下來，見落腳之處竟然是個義莊，心裡不免都怪怪的。

義莊中建有大量磚瓦房屋，每間屋內可容百人，若干長條通鋪上草席乾乾淨淨。屋後更有多排馬廄，還有十多個地窖，其中各色米糧俱全。趙栩的十多個親衛將馬廄旁的乾草堆搬開來，下面隱藏著的地窖中卻都是弩箭、長槍、旁牌等軍備之物。他們循例檢查過兵器的成色，再由義莊屯兵營的小吏陪同，取出四張諸葛連弩和五十匣弩箭備用，各自記錄在案，按下手印。

片刻後，鄰近村莊中便有近百村民推著十多輛太平車趕來，車上裝了上千張還溫熱著的炊餅，最難得的是餅中夾了肉。這些村民手腳麻利，送完炊餅便自行去抱草餵馬，洗刷剔刺，檢查馬蹄鐵，十分在行。

將士們忍不住嘖嘖稱奇，雖然也有兩名斥候提前打點，但怎能做到如此周全？略加探聽，才知道這些村民原先多在軍中做過挑夫甚至義勇，也有在家種田但願意為朝廷出力的，兩年前被徵募為地方上的預備義勇。登記在冊者，凡有徵用，按次論賞，一次五十文。平時一年有四次演練，每次也能領二十文銅錢。若能助軍三次，家中便可免除稅賦一年。因此一有傳召，人人爭先。只他們歇息的義莊，周邊最近的三個村子，便有近四百多人都自願做了預備義勇。

種家軍的兩名副將轉了一圈，對趙栩佩服得五體投地。難怪他們無需糧草也無需輜重。以往行軍，一個士兵，朝廷便需要三個挑夫。若能這般全民皆兵，處處可用，既無需臨時拉壯丁充挑夫，更省下諸多糧餉，行軍速度還極快，大軍豈不所向披靡？

眾將士一個個喜上眉梢地狼吞虎嚥，只等趙栩一聲令下，換馬趕路。

趙栩躺在一張籐床上，正將先前一封九娘的信翻來覆去的看了又看，把上頭那幾句貼心的話咀嚼了無數回，還是覺得甜。

「殿下可有痛感？」方紹樸輕輕碰了碰那幾根銀針。

趙栩側目，點了點頭：「比昨日又痛了些許。」

方紹樸喜形於色：「那就對了。看來最後換的藥管用，殿下腿傷康復在即。殿下，你試著動一動。」

趙栩看了看窗外，淡然道：「還是動不了。」

方紹樸吸了口氣，皺起眉頭，又碰了碰那些銀針，苦惱地道：「奇怪，照理在中京的時候殿下的腿就應該能動了，明明有了痛感，血脈均已暢通——」

趙栩卻打斷了他，從懷裡掏出一封信來：「成墨，今日飛奴就送這一封信回京，你另行準備十多張白紙，安排二十羽，讓牠們一道飛回去找張子厚。」

一旁靜靜站在門口的高似抬起了眼，掃過成墨手中的信，六郎這是疑心上什麼了，為何要派二十羽，還準備了空消息。

「小人去辦這件事。」高似低聲道：「殿下請率眾在此歇息半個時辰，小人跟著飛奴走一段路，去去就回。」

趙栩不動聲色地擺了擺手。成墨趕緊將信遞給高似。

馬廄旁邊的鴿舍中，很快飛出一群鴿子，盤旋了兩圈，展翅往東飛去。一道灰色人影疾如閃電，追蹤而去。

海面上波浪起伏，百多艘雙桅多槳船上的帆被東南風鼓成了道道白色弧線，如海鳥展翅。視線所及，密密麻麻的女真水師船艦已如烏雲一般出現在海天相接之處。

陳太初立於飛虎艦的船頭，他身側的旗兵們手心裡都捏了把汗。看陣勢，女真早有準備，只怕有五六萬水兵來犯。登州、密州整個京東路的水師，也不過只有萬人。敵我懸殊，只怕己方還未激戰就已心生退意。

空中白雲漸漸飄散，只餘輕又薄近乎透明的白紗蔓延在藍天之下。往日海面飛掠來往的海鳥均已不見蹤跡。陳太初慢慢放下手中的千里目，排除雜念心神合一，感受著每一滴水相容相裹，形成腳下這汪洋大海，在深處變成一股非人力可抵抗的極大壓力。他緩緩高舉右手，修長的手指面朝大海緊握成拳，大聲喝道：「起錨——！」

旗號飛揚，最前線的多槳船上呼哨聲不斷，如一條白線，往不遠處的滾滾烏雲逼去。

雙方船上只依稀見到人影時，女真水兵們竟有不少大笑起來，原本還有些擔心自己不諳水性，可對方竟然只派了這麼少這麼小的艦隊前來送死，真是可笑。那領軍的水師將領側頭看向從登州水師叛逃而來之人：「這就是大趙水師？」

那叛將臉上一紅，喃喃道：「百年來，登州雖有水師，卻從未實戰過，恐怕許度是慌了。」

女真將領哈哈大笑起來：「兒郎們，讓這些中原人見識見識我們的箭法，看他們怎麼逃。」

當先一字排開的三十多艘巨艦，見到主將帥艦上的旗號，一聲令下，箭雨密密麻麻射向對面的白帆。

飛虎艦上的旗兵緊張地盯著陳太初。陳太初不動如山，手中千里目拿得極穩。雙方相距超過四百步，女真人已開始發箭，輕敵之心可見一斑。對方船身劈開的波浪，己方微微調整方向的白帆，甚至箭雨先後穿入海水之中的形態，都似一幅畫完整地出現在陳太初腦中。

第二百九十三章

箭雨密集如一片平地起雷的烏雲，直撲向前方的多弩船，因間距過大，團團落入海中。多弩船上大趙將士不由得轟然嗤笑起來。

「再送點——送多點——」海上的水兵比起步兵、騎兵更加狂放，高喊聲響徹雲霄。

女真將領臉漲得通紅，口裡「呸」了一聲。雙方船艦的距離和對駛航行的速度，完全不同於往日平原上騎軍對戰。見這一批超過三千枝箭便白白沉入大海，他眼皮一跳，心急火燎地等對方艦隊進入箭矢射程。

三百步！他剛要大聲喝令，身旁登州水師的叛將低聲提醒道：「將軍，我方逆風，恐怕要再等等。而且我們會先進入對方順風射程，不如先減速列陣舉盾——」

女真將領原本就看不起這叛將的品性，聞言冷笑道：「難道你還怕這百來艘小船能打敗我們？一條船上一百來人，還要划那麼多槳，能有幾隻手射箭？我們女真勇士一直刀山箭雨裡闖，兒郎們你們怕不怕？」

麾下眾軍士精神一震，高喊：「不怕——！」只要打敗眼前的水師，登陸上岸，那中原大地上的金銀珠寶美女財物便都歸他們所有了。

「將軍！四太子再三叮囑——」叛將只能搬出完顏亮來，海上作戰，女真人毫無經驗，這般莽撞輕敵，恐怕不妙。

女真將領哂然道：「四太子固然勇猛，可你們中原人不是說將在外可以不受命？好了好了，你只管看我們怎麼勢如破竹吧。他們那麼小的船，只要我們撞過去，還不人仰船翻？」

海風徐徐，趙軍水師的多槳船越來越近。

陳太初左手持千里目，默默估量著風力和雙方船速，右手猛然上揚，厲聲道：「攻——！」

旗號變幻。每艘多槳船上的弓箭手不過八十人，均是陳太初派人精心挑選的精兵，得令後立刻抱弓抽箭。

近千枝箭矢不約而同地發出尖嘯，順著風勢，撲向女真最前列的艦隊甲板之上。

甲板上猝不及防的女真水兵，不少人中箭倒地，他們一貫勇猛，無人哀嚎，更不見慌亂，自有人上前舉盾，將傷兵運去後艙。

登州叛將急道：「將軍！」

女真將領冷哼了一聲，高聲喊道：「他們只知道射人，怕什麼。快！加速撞沉他們——」不出所料，對方雖然有了天時，卻不懂得利用，光射人不射船，只需片刻雙方接近了，不撞沉他們也能勾住他們的船殺上去。

女真艦隊遭遇了第一場箭攻，已有近百人受傷。船艦紛紛加速，向前方弧線排開的多槳船衝去。

陳太初持千里目的手堅定如磐石，右手再次上揚：「退——！」

多槳船忽地紛紛船帆轉向，船頭在海面劃出流暢的弧線，一刻不停地開始後退，和後方加速逼近的女真艦隊變成了追逐局面。

女真人剛剛持弓待射，不想到對方一觸即退，轉眼又拉開了差距，吃不准這箭會不會又白給，紛紛看向各艦領兵之將。

「追——！」女真主將豪氣萬丈。

雙方你追我逃，始終保持在趙軍射得到女真，女真射不到趙軍的距離。登州叛將眼看前方艦隊逃往黃海，趕緊勸說：「將軍，此處離登州最近，我們無需追趕他們，只要轉向攻下登州——」

女真主將見始終是對方不斷射傷自己的兒郎，可自己近萬枝箭埋葬大海，還沒能射中過對方一人一帆，怒道：「你不知道強行登陸難過上天？不把這些水師先收拾了，到時候上不了岸，還被他們從背後襲擊怎麼辦？」

近兩個時辰過去了，晚霞映紅了海面，眼見前方多槳船越來越慢，女真人大喜，也顧不得六百艘船艦早已深入黃海腹地，箭如雨發，最後十多艘多槳船的船帆中箭，速度更慢了下來。

登州叛將一見前方已是膠州灣一帶，黃島這片灣口極窄，易守難攻，不由得心頭狂跳，立刻勸諫女真主將放棄追逐，轉向登州。

不遠處船帆中箭的多槳船上，幾百大趙水軍紛紛棄艦入水，游向其他船艦。女真主將見獵心喜，一心要將這靈活惱人的艦隊悉數殲滅，傲然道：「若能自膠東上岸，才是大勝，這裡離海州比登州近了一半路程，而且如你所言，趙軍京東路的主力都在防守登州，此地屬密州，守軍肯定空虛。我們要一鼓作氣，拿下膠東！你放心，軍功少不了你的。」

登州叛將有苦說不出，但也覺得他言之有理。京東路大軍的確都在登州和萊州布防，這腹部深處的密州，只有一千多水師，二十多艘船艦，岸上也只有兩千禁軍。女真這六百艘船艦五萬多人，如果拿下膠澳，占據膠州灣黃島一帶，便可直接進攻膠西和密州。

前方已出現膠東的陸地，眼見前方多槳船接回海中的軍士，又猛然加速，顯然要退回港口。女真人士氣高漲，鼓聲大作，船艦紛紛靠攏，往膠州灣駛去。

先一步退回黃島狹長凹陷灣口的飛虎艦上一陣騷動，桅杆上的斥候打出手勢，女真船艦已有入灣的模樣。

陳太初凝目看向遠方燒成一片霞光萬丈的海面，平日來回盤旋的海鳥不見蹤影。他舉起千里目，見己方落水誘敵的軍士已全部上船。狹窄的膠州灣灣口已出現了五艘巨艦，女真的旗幟耀武揚威地飛舞著。

風越來越大了。

「請君入甕。」陳太初唇角微微翹了起來，他選擇黃島設伏，為的就是以密州作餌，加上叛將給出的兵力布防，女真人向來貪婪猛進，定會妄想拿下膠澳。

多槳船船隊看上去亂成一團，像沒頭蒼蠅一般急急想靠上黃島港灣碼頭。遠遠可見那邊海面上正停著二十多艘雙車船、四車船的艦隊，尚未起錨，船上士兵意識到己方登州水師竟然潰敗到了這裡，還帶了來六百多艘敵艦，紛紛手忙腳亂，高聲呼喝起來。

「將軍可見到了？這二十多艘船，可是我們大軍的對手？」女真主將悍然發令：「全速前進，撞沉他們！」

更多的女真船艦湧入灣口。

飛虎艦上的士兵們胸口熱血澎湃，眼睛一瞬不瞬地盯著陳太初身旁的旗兵，等候一聲令下，全面反攻。

陳太初的手依然堅若磐石，不夠多，來的還不夠多。

最前方的女真艦隊已追上了末尾的三艘多槳船，船上伸出無數長鉤，瞬間勾住了窄長的船身，將船猛然拉近。幾十條木板砰然擱在了多槳船的船身上，上百女真士兵居高臨下地從巨艦上沿著木板飛奔殺向多槳船。

趙軍紛紛跳海，卻已有十多人中箭，海水中冒出幾縷血紅，轉眼消失不見。

飛虎艦和岸邊等候進攻的水兵們都急紅了眼，可旗令未出，鼓聲未響，他們只能眼睜睜看著自己的兄弟在海水中拚命躲避長槍、利刃和利箭，隔了兩百步，他們也能看見海水總不斷泛上來的血紅之色。

女真艦隊簇擁在港口，前面的幾十艘已下錨停住，開始獵殺被勾住的落單的多槳船，後方的巨艦減緩了速度，避免撞上前船。

陳太初默然看著幾乎一面倒的屠殺進程。生命的流逝，他此時不能阻止。一刻鐘後，灣口密密麻麻幾百艘船艦擠做一堆，離黃島港口的二十多艘船艦只餘百多步距離，箭矢漫天。

他的右手高高舉起：「戰——！」

桅杆上的斥候和他身邊的旗兵都赤紅了雙目，立刻高高揮舞起手中的旗幟。

戰！血戰！死戰！

藏在飲牛灣裡的十多艘四車船，立刻駛出，從女真艦隊後方飛速逼近。神臂弩上的火箭強弩早已浸透了桐油，隨霞光飛舞而出。火借風勢，風借火勢，最後一排十多艘女真巨艦眨眼間陷入一片火海。

巨艦上的船帆熊熊燃燒起來，慌亂之中女真艦隊要往前避讓，轟然和前船相撞。有燃燒著的帆被撞落，倒在其他船上，立刻又起了一片火海。

黃島港口的雙車船和四車船上，神臂弩赫然顯現，燎原之火轟然在鐵匣子裡燃起。兩名士兵憤然將箭匣裝好，弩手們猛然踩下發射機關。甲板上的帆布揭開，霹靂砲猙獰地對準了前方巨艦。

千枝燃燒著的弩箭撲向停泊在最前面的幾十艘巨艦，巨砲落在甲板上，砸出一個個洞，隨之炸開，大火蔓延。

女真的六百艘船艦，前船想退，退不得，後船要進，進不去。前面是一片火海，後面成了火海一片。噗通跳海之聲不絕，海水被霞光和火光染得通紅，進攻的鼓聲下殺聲大作。

許度的雙手微微發顫，左手的長弓都抖了起來，勝利似乎來得不費吹灰之力。他幾乎不敢相信自己的眼睛，忍不住轉頭看向側前方全速前進的飛虎艦船頭。

那個年輕的將軍如泰山一般側身站立，抱弓引箭，箭如流星，一弦四箭，箭無虛發。

原先佯裝退逃誘敵的多槳船也火速回擊，只留了一半水兵划槳，另一半手持早已備好的長槍，靈活地遊走在困於火海中的女真巨艦周圍，狙殺落海的女真士兵。那些落海的女真軍士，大多不諳水性，只靠著求生本能撲騰著，已被淹得半死，再遇到利刃刺下，多半葬身於海底。

夕陽漸漸落入無邊無際的海面之中，火紅的晚霞燒過，空中的紅色漸漸變成粉紅深紫和藍色，暈染得如夢如幻。膠州灣中卻是修羅地獄，六百餘艘女真巨艦無一倖免，這片海上被火光血色染得通紅。

兩百艘不到的大趙水師艦，逐漸向燒得透透的女真艦隊上放下的逃生小舢板們靠攏，作最後的圍獵。

陳太初冷然看著眼前的屠宰場，手中弓弦不斷輕顫。

趙軍艦上紛紛探出長勾，勾住四處逃散的小舢板，一樣的長木板砰然搭橋，殺紅了眼的趙軍蜂擁攻入。短兵相接，勇者勝。

陳太初已從飛虎艦移上了海舶，如箭般穿梭在巨艦之中，身邊的箭袋已換了九次，舉弓的手已然穩定。

不遠處就是他要獵殺的目標，身穿將服的女真主將正高舉砍刀，一舉將身前的兩名趙軍砍倒。他身後一臉慌亂的明顯是中原人氏，應該就是登州叛將。

「將軍小心！」三四個親衛奮不顧身衝上前格開帶著奔雷之聲的來箭，一人眉心中箭，箭頭自腦後穿出，人頹然落海。

女真主將絕望地看向火海中越來越近的海船，那個射出這等可怕利箭的竟然是個年輕將領，火光染得他面龐發紅。

一弦又是四箭，穿火破空而來。

「游龍箭！是陳家軍，快跳海！」他身後的登州叛將不再猶豫，立刻跳海求一線生機。

海船轟然撞上小舢板。

陳太初已飛身撲上，棄弓持劍，一劍封喉。

海中幾萬人在苦苦掙扎，船身被火燒得嗶剝啵作響，承接這場大戰的海水深處波濤洶湧。

既來之，則殲之。

第二百九十四章

角弓其觩，束矢其搜。戎車孔博，徒御無斁。既克淮夷，孔淑不逆。式固爾猶，淮夷卒獲。

膠州灣的大火尚在無止境地燃燒著，昏暗的天空只有這一片被染成了赤紅。膠澳一帶的漁民們手持魚叉，駕著漁船在海面上幫忙搜捕漏網的女真水兵。有老漁民看著船尾水中漁網兜住的兩個半死不活的敵兵，拿長篙痛痛快快地敲在他們頭頂：「沒淹死算你們走運！」

船上的火把倒映在海面，如星河倒懸。不遠處飛虎艦緩緩游弋著，船首昂然站立著一人。漁船上的眾人興奮起來：「小陳將軍在那裡——！」

陳太初身披戰甲，只取下了頭盔，正仰頭望著夜空，身體中每一處都沉澱下來，歸於真正的平靜，感受著血戰之後的這片天與海。喪生於海裡的女真水兵，恐怕不下於五萬人，受俘的人數方才報上來的只三千有餘。

生與死，少與多，重與輕。蘇昕一人的死，於他陳太初，重於這五萬人嗎？對於這宇宙天地，一人的性命，萬人的性命，萬物的性命，又有什麼生死多少輕重之分？江河之水依然彙聚入他腳下的這片汪洋大海，太陽照常升起落下，月亮一樣圓了又缺，星子依然高懸。

凝視著天上漸漸色淡的圓月，陳太初的意識毫無目的，隨著風隨著水隨著雲在這片海域盤旋，剛剛接受了五萬生靈獻祭的大海深處，不再有先前他感受到的漩渦和巨大的壓力，海底的沙灘綿延起伏著，有七彩繽紛的花樹在水中搖曳著。他亦感受不到任何死去的靈魂，那許多落入海中之人無影無蹤，既無屍首，亦無靈魂，不分趙金。

陳太初任憑意識馳騁，確定自已經此一役後，離天道又跨進了一大步。自幼愛讀的道家經典，一個字一個字變得鮮活，不再是他用來為人處世的準則，也不再是開導自己以及身邊人的工具。宇宙之遼闊，星辰之起滅，海陸之變幻，還有極其渺小的人，從何而來，因何而去？自小他偶有思索過的疑問越來越清晰，越來越探手可及。

觀音院門口那張從車簾後露出的一張笑臉，在晨風中宛如朝露，似乎已變成天上星子。此生不可近。

「太初表哥看起來最溫和可親，其實是最難親近的。」阿妧曾經含著梅子笑嘻嘻地說。她自己又何嘗不是？

「陳太初——！」蘇昕的喊聲帶著倔強，隨風飄蕩而來。

歸根曰靜，靜曰復命。

穆辛夷的大眼眯成了月牙，在空中俯瞰著他。陳太初看著她柔和的笑臉，不由得也笑了起來。

吹了一夜的東南風臨近黎明，已緩緩轉弱，溫柔繾綣地撫弄著少年郎的長髮和朱紅的髮帶，依依不捨。

日後《趙史》記載，膠州灣上六百艘金國巨艦整整燃燒了四天四夜才平息於大海之中。《趙史—列傳》中，陳太初十九歲從鳳州始出征沙場，千里奔襲興慶府和秦鳳路之間，營救兄長陳元初，領兵收復秦州，擊退西夏梁氏大軍，繼而北上中京匡助燕王趙栩四國和談，再轉戰京東路以萬人水師滅金國六萬大軍。戰功彪炳，成為大趙新一代戰神。朝廷上下內外再無外戚掌兵權之類的相關辯論。

七月十六，汴京二府便收到膠州灣大捷的喜訊，剛自南郊平安返回宮中的幼帝趙梣聞訊，高興之餘親自提筆賜表字「開陽」贈與陳太初，大聲讚賞他乃武曲星轉世。

魏氏微微蹙眉，心中不太樂意替太初接恩旨。武曲星又稱寡宿星，六親無緣。當年先帝給陳青賜了表字「漢臣」，也特意避開了武曲一說。

九娘見魏氏神情猶豫，便上前笑道：「官家，娘娘，陛下親賜表字實乃是恩寵無邊。莊子有云：太初有無，無有無名。列子也有云：太初者，氣之始也。臣倒覺得宜將陛下所賜的開陽二字供於心中，以免犯了星宿本名，平日還是叫太初就好。」

趙梣臉一紅，他年紀尚幼，並未顧及這些，趕緊點頭道：「正是正是。這兩個字就留到陳太初加冠的時候用一用。我再好好想上幾個表字送給他。」

向太后舒了一口氣：「只是辛苦太初了，膠澳剛剛打完仗，又要去海州打高麗。魏娘子又少不得要擔驚受怕了。」

魏氏起身行禮道：「謝娘娘體貼。阿魏自嫁給漢臣，便學著忘記害怕二字。不然不知道該怎麼過日子。」

向太后想了想：「你說得也有道理。阿妧，今日前頭可有六郎的信來？」

九娘神色不變，躬身應道：「尚無殿下的來信。」擱在小腹一側的雙拳卻不由自主地從虛握變成了實握。

中元夜一過，明月依然高掛，天狗不見蹤影，大地十分平靜。阮玉郎也毫無動靜。京中宮中各處戒備了一整夜，早間才恢復如常。皇榜宣示天下，百姓為這祥瑞之兆興高采烈，又因女真、高麗、西夏來犯而義憤填膺、群情激昂。兵部一早設營帳募義勇，踴躍應徵者無數。一個時辰便有兩萬義勇在冊，據開封府衙的官吏來報，各縣還有近萬百姓要來護衛京師。

張子厚一接到陳太初的飛奴傳書，就立刻和謝相商議後，命都進奏院派了近百人策馬遊京城，高聲宣唱黃島大捷，尤其將殲滅女真六萬人重複多遍。為的是激勵軍心、穩定民心，更有唱給不知藏在何處的阮玉郎聽。汴京城的外城、內城、皇城此時處處喜氣洋洋。

可是趙栩你在哪裡？為何音信全無？

黃河之水天上來，奔騰到海不復回。

《元和郡縣誌》記載：河中有山，鑿中如槽，束流懸注七十餘尺。石槽長一千步，闊三十步。夏季黃河水量充沛，這號稱十里龍漕的壺口瀑布正水流交衝，素氣雲浮。酈道元在《水經注》中描寫此處：其水尚崩浪萬尋，懸流千丈，渾洪贔怒，鼓若山騰，濬波頹疊。

趙栩盤膝坐於瀑布不遠處的大石上，看眼前巨石臨危，若墜復倚，河水奔騰，咆哮席捲，日光下水氣繚繞泛出七彩瑰麗之色，實乃平生所見最為震撼之景色。

大趙壯麗山河，終他此生，也無法一一踏足，怎容異族韃虜覬覦踐踏？

高似在他身後站立了小半個時辰，一旁的方紹樸再三使眼色給他，這瀑布再雄偉壯觀，看著也不解熱降溫，烈日下再看下去，只怕方紹樸要變成方熟樸了。

高似右手緊握長刀刀柄，身旁弓已上弦，箭袋滿裝，留神警惕著四周。昨日他追蹤飛奴，十里外便見密林中幾十箭齊發，二十羽飛奴無一倖免。他衝入林中，卻只見二十多騎策馬遠遁，看來他們的行蹤已暴露，只是不知是哪一方的人。

趙栩突然開口道：「我樹敵極多，太皇太后、趙棣、阮玉郎、梁氏和完顏氏，人人都欲置我於死地。陳十二替我前往黃龍府，途中多番遇刺，受傷後恐怕已被發現不是真身。」

高似靠近了他兩步，沒有開口。

趙栩側頭看著高似一笑：「如今元初西征夏州，太初遠赴膠東，叔夜在京師，我腿傷還未復原，雖有種家軍這四百多人，但都只能用於沙場，若遇到阮小五那種級別的刺客，便只有你和這十多個親衛能戰了。」

高似瞳孔收縮，手上青筋突出，即便阮玉郎親自來，也絕不可能傷到他。

趙栩卻回頭看向那奔流不息的黃河水，河水咆哮撞石，巨響轟隆不絕。

「若我在此遭襲，高似，你記得帶著他們突圍去汴京，不要再去西京了。」趙栩的聲音穿透巨大水聲，落入高似耳中。

高似猛然一震。難道趙栩懷疑西京有變，還是趙栩另有計謀。

壺口瀑布，下去十里是更為險惡的孟門。自北向南便入同州，自西向東則入晉地。

不遠處傳來如瀑布墜落之聲般轟然的馬蹄聲。高似悚然回頭。

一隊近兩千人的軍隊身穿黑色盔甲，正朝他們疾馳而來。

「迎敵！」高似大喝。來的竟然不是刺客而是軍士，他們手上皆舉弓引箭，明顯是敵非友。但是在這永興軍路和河東路交界之處，哪裡來的上千人的騎兵，還不被地方州縣發覺？

種家軍眾將士以寡敵眾，卻毫無懼色，紛紛上馬抱弓入懷，居高臨下準備迎敵。方紹樸和成墨手足冰涼，這一路來燕王殿下算無遺策，難道他在這裡枯坐了半個時辰就是為了等大敵臨頭？

趙栩冷然的聲音在高似身後響起：「引他們上來，我墜入瀑布後，你們速速撤離，奔赴京城。」

「殿下——!?」

第二百九十五章

出聲的是方紹樸和成墨，兩人一臉驚駭。

「九娘子再三叮囑小人，要照顧好殿下。」成墨急道。

趙栩眸色暗沉，他當然知道以身飼虎，一不小心就會粉身碎骨。他從懷中取出手書和路線圖：「成墨你跟著高似，按這路線圖從韓城繞道趕赴京城。將這封信務必交給九娘。告訴她河東路、河北兩路若有大軍勤王，萬不可信。」

成墨渾身如同被冰水一澆。殿下一路北上已調換了許多河北路的將領，他轉身看看殺氣沖天的來敵，難道不是刺客，竟是自家大趙禁軍？顫聲道：「他們這是反了!?」

高似一把接過信塞入成墨懷裡，只有他返京，無法取信他人，連大內也進不去。他深深看著趙栩，沉聲道：「小人一定將信送到。殿下若躍下瀑布，切勿大力掙扎，順流而下，提氣護住五臟六腑。我們殺出去後，會在十里外的孟門等殿下兩個時辰。」

羽箭破空聲已起，雙方都進入了三百步弓箭射程。

高似不再猶豫，大步往種家軍走去：「成墨，你和方醫官在此等我。」

趙栩將身上道服繫帶解開，靴子也脫了一半，看著捲起袖子也拿起一把朴刀的方紹樸，難得地和顏悅色道：「你別拿刀了，小心砍了自己。等我回到京師後，你記得把那東西給我。」

方紹樸瞪圓了眼：「什麼東西？」

「你畫的那個，寓教於醫的。」趙栩低頭把靴子中的寶劍抽了出來，塞入自己貼身所穿的金絲軟甲之中。圖窮方會匕見，他要看一看究竟還有多少魑魅魍魎。

方紹樸回過神來，想說那份東西自己早就交給九娘了，還是沒敢開口，又好笑又好氣還有點心酸難受，只模糊地應了兩聲嗯，又有點安心，燕王殿下既然這麼說一定有了萬全之策。

山下廝殺聲已蓋過瀑布奔騰之聲。高似帶著四百多種家軍邊戰邊退，很快退至趙栩身前，雙方均有死傷。高似手邊的箭袋已空，長刀揮劈砍撩，近身之戰勢不可擋。

能勝他還是要勝。

不遠處旌旗招展，烏壓壓的步人甲在陽光下閃著光，潮水般的步兵手持長槍正疾步趕來。

趙栩吸了口氣，若不是他刻意停留在此，恐怕一入宜川縣，便會被叛軍所殺。縱然以一敵萬，他們四百人困於亂軍之中也只會無一生還。

一人一騎從騎兵後軍中緩緩步出，彷彿這以命相搏的戰場和他毫無關係。一管紫竹簫輕靠在他唇邊，簫聲嗚咽，英雄遲暮。昔日一曲〈楚漢〉在汴河中秋水上令眾人沉醉不已，今日卻在黃河邊沙場上成了催命之樂。

兩軍漸漸分開，聚攏到雙方主將身邊，剩下的三百多種家軍老兵雙目通紅，他們從青澗城出來，哪想到第一戰就是要和大趙禁軍自相殘殺。

高似接過備用的箭袋，一弦六箭，如流星般射向阮玉郎一人一馬。

四面竹製長旁牌唰地豎起，擋在了阮玉郎馬前。四名持牌騎兵心驚肉跳地看著幾乎全部穿透旁牌的羽箭，尚在顫抖不已。他們雙手發麻，旁牌搖晃欲跌，身後立刻有人躍下馬扶住旁牌，見馬上兩人的頭盔已被利箭射歪，不由得都背上一寒。

阮玉郎放下紫竹簫，凝視著前方大石上端坐著的趙栩，歎道：「這旁牌經過六郎改製，竟能擋住小李廣的全力出手。六郎你真是天縱英才。可惜壯志未酬，便要如這黃河水東流，一去不復返。」

趙栩卻大笑起來：「看來你京師失利，未能裡應外合，只能釜底抽薪，要背上亂臣賊子之名了。」

阮玉郎靜靜地看著他：「你是我侄子，也是難得一見的厲害人物，我便留你全屍，也好讓她死心。」

趙栩擰眉道：「你這麼老了，還這麼癡情，可惜只能付諸東流，也是可憐。河東路晉地禁軍會跟著你造反，難不成還有郭家的人？」元禧太子的生母郭皇后出於代北應州郭氏名門，滿門皆是武將。阮玉郎應是接收了郭家殘留在軍中的勢力。

阮玉郎搖頭，淡然道：「多說無益，你是自裁，還是要死於亂軍之中？」

趙栩身邊眾人憤慨之極，種家軍的副將厲聲喝道：「你們可知道我們是永興軍路種家軍？護衛燕王殿下入京師勤王，你們河東路慶祚軍、威勝軍、平定軍的將軍們和我們種將軍素有往來，怎敢犯上作亂!?」

阮玉郎身邊的一人大喝道：「我們才是勤王軍，奉武宗皇帝遺詔，遵壽春郡王之令入京勤王！

曹氏一脈禍亂大趙宗室，殘害龍子龍孫，有何臉面霸占大位？」

趙栩心中一動，亂臣賊子的名義阮玉郎不肯背，那麼他勤的是什麼王？定然不會是趙梣，難道依然是趙棣？還是趙元永？許多蛛絲馬跡浮現出來。

「阮玉郎——」趙栩放聲喊道。

「勝者為王，敗者為寇，我趙栩計不如人，毫無怨言。你若殺光這些種家軍，自有西軍找你報仇。」趙栩笑道：「但你想要拿我屍首做文章，卻也不能。」

他雙手一撐，便騰空躍起，直往那奔騰不息的壺口瀑布中墜去。道服飛揚，宛如輕雲。河水澎湃兇猛，轉眼吞噬了他。

高似紅著眼大喝一聲：「聽我號令，跟著我衝下去。」他箭無虛發，護著成墨和方紹樸，帶著種家軍向東面山下退去。

阮玉郎領軍追了片刻，見高似依然勇猛無敵，便揮手停軍：「先回壺口，往下游搜索趙栩。死要見屍。」

騎兵逐漸回城，不多時和後面的步兵會合，開始沿著黃河往下游細細搜索，不費什麼功夫，便找到了趙栩方才所穿的道服，還有一隻靴子被河中樹椿掛住，也送到了阮玉郎的面前。阮玉郎卻命令沿途繼續搜尋。

不多時，有人回稟在孟門又和種家軍會戰了一場，看來種家軍也在搜尋趙栩。

「夏季水流湍急，只怕屍體已沉入河灘淤泥之中。」有人謹慎地推測。

阮玉郎垂眸看著險象環生的亂石和飛流洶湧的河水，即便是他，也無法從這裡逃生，何況趙栩還有一條腿廢了。高似會去孟門一帶找尋趙栩，想來也存了極渺茫的希望。

「留兩千人再好好沿岸查探。」阮玉郎柔聲道：「我們先往龍門去。」

他轉頭看了看身後一匹馬上牢牢捆著的一具屍體：「把小五送到河裡去，他最恨趙栩，能和他同歸於盡，也算了結心願。」

阮玉郎看著四個人將阮小五輕輕從岸邊滑入瀑布之中，滔滔黃河水轉眼席捲他而去消失不見。這世上，已經只剩下他趙玨孤零零一個人。他的僕從們都已先他而去，他的仇敵也只剩下高氏一個。他的家人，阮婆婆已心灰意冷不問世事，只有阮眉娘為他搖旗吶喊。

趙栩一入水，甩脫道服和靴子，便屏息提氣，毫不用力對抗，也不立刻出水換氣，想著陳太初先前和他們幾個交流的天人合一，將自己當成這暴虐黃河水，抱元守一，摒除雜念，順流而下。入水前深深吸入的一口氣緩緩送入丹田，如尚在母體中的嬰兒一般，斷絕外息，只在那方寸之地周轉。直至力竭時方以腿蹬水，他望向自己墜河之處，竟然已在百步以外，心中一喜，立刻又深深吸了一口氣，於河水結為一體，遇到那攔路的樹樁巨石，他仗著金絲軟甲護體，舉掌緩衝，順利避開。轉眼已在三里以外。他積聚所有體力，要在被沖到最險惡的孟門前，游上西岸，避開敵方。

高似在孟門和禁軍惡戰一場，不得已退往韓城，遣人往秦州和青澗城報信，再馬不停蹄地沿著趙栩給的路線圖奔向汴京。

第二百九十六章

七月中旬的休沐還未到，京中便接到音信：河東路、河北路三路諸軍集合四萬禁軍進京勤王。

此時陳元初和李穆桃帶領契丹寧邊州一萬重騎兵剛剛攻下夏州，和趙栩失去聯繫的陳元初只能安排飛奴給京中張子厚送信，要調動河東路火山軍、保德軍，以及永安寨駐兵，隨他直搗西夏興慶府。

西夏大軍和回鶻聯軍正日夜不停地進攻秦州一帶，連各村寨也不放過。大趙西軍在陳青率領下嚴守熙州、秦州，戰事進入膠著狀態，所幸戶部糧草調運得當，並無圍城之困。

陳太初率領一萬水師自膠州灣航行至黃海，要強行登陸被高麗人和叛軍占領的海州。叛軍及高麗軍隊已攻占了淮南東路大半區域，正欲進攻徐州。

北方傳來消息：燕王趙栩在黃龍府參加武德郡主和金國四太子大婚時，因武德郡主刺殺四太子一事，燕王被女真人囚為人質的消息也已天下皆知。

京師四方戒嚴，盤查嚴格，每日皇榜皆貼出各地戰事及進展，並宣稱燕王殿下早已改赴永興軍路，不日將返京監國。女真人故意傳出謠言，只因黃島大敗，企圖亂我軍心。百姓皆深信不疑，禁軍士氣高漲，民心亦穩。諸宰執在蘇瞻帶領下每日都在京中巡視一番，以安民心。

深夜裡，皇城南邊的都堂四周更是戒備森嚴，慈寧殿的內侍提著食籃緩緩穿過廣場，驗了腰牌，入了都堂，和惜蘭說了幾句，空手退了出去。

似有甜膩呼聲在她耳邊呢喃，又似乎極其遙遠，嗓音熟悉無比。

「阿妧——阿妧——」

「六郎？」

九娘又驚又喜，和趙栩多日失去聯絡後，她總是心神不寧，卻不能顯於人前，還要再三撫慰陳素、阿予及向太后等人。雖有張子厚時不時說幾句讓她安心的話，但她每夜總輾轉反側睡不著。

趙栩的聲音忽近忽遠，九娘只覺眼前隔著輕霧，看不見也摸不著。

「六郎？六郎！」九娘放聲高呼：「我在這裡，你在哪裡？」每次都是你找到我，終於輪到我找到你了嗎？

轟然如天地崩塌，九娘眼前赫然一片汪洋，她嗆了一口水，眼淚直冒，忙往外吐氣，一串串水泡在眼前升起，隔著水泡，不遠處一人正被捲在漩渦中心，似乎全身無力，長髮如海草糾纏飛散，奇怪的是她看得清那被飛舞的長髮覆蓋著的容顏。

九娘奮力蹬腿划手，撲向他。她被捲入漩渦之中，而他還在水中央。腹中一口氣再也不能支撐，九娘咬著牙拚力伸出手去想抓住他的長髮，他會疼醒的。

可是無論如何也總是差那麼一點點。她力竭，氣盡，卻不肯放棄，胸口劇痛起來。

一隻手抓住了她，將她拉入漩渦中心，平靜無聲，甚至無需呼吸。她被趙栩緊緊擁在懷裡。

九娘抬起頭，趙栩含笑的眼近在咫尺。有一剎那，她錯以為是回到了幼時金明池落水那次。她有許多話要問他，他去哪裡了，為何沒了音訊，他們又怎麼會在水裡。

她剛微微張開嘴，趙栩冰冷的唇倏地已覆在她唇上，渡入了一口氣。九娘想閉上眼又不捨得。

「娘子，娘子。」惜蘭的聲音輕輕響起。

九娘猛然坐了起來，原來方才自己竟伏案做了一場夢。她看看四周，案儿上又多了一疊文書。琉璃燈敞亮，一旁的更漏已殘。那個夢極其清晰，她的心還跳得飛快，胸口還有些憋氣憋太久的疼痛感。

這裡是都堂後閣，經蘇瞻、謝相和張子厚商議，特地給她騰出了小小地方，和前廳隔著一道十六扇素屏，好方便她幕後聽政，也能及時出謀劃策。

九娘見惜蘭已換上了宮女常穿的男式窄袖圓領襴衫，正憂心忡忡地凝視著自己，便微微笑了笑：「不想我竟睡著了。」

「娘子三日三夜未眠，也該憩息片刻了。張理少在屏風外等著。」惜蘭給她遞上一盅鵪子羹：「四主主派人送來的，還溫著呢。」

九娘接過來喝了一口，擱到一旁，笑道：「請張理少進來說話吧。」張子厚又不是外人，無需拘禮。

張子厚步履沉重，繞過素屏，不自覺站定了，靜靜看著長案後的少女。

透過琉璃燈的金色暖光，柔柔地籠罩著九娘，她還是一身男裝女史官服，正襟危坐著在寫字，頭上的黑紗雙腳襆頭已經歪了而不自覺，平白增添了一分俏皮，鴉青的鬢角有些鬆亂。

她太疲倦，竟在這裡伏案入夢了。他勸過她幾回，甚至發脾氣要她回大內好好睡上一宿，可九娘卻執意不肯。宮中向太后也甚依賴她，各司諸事都要派人來問一問，便是孟在安排的宿衛布防，也會每日送到她案前。

人人都知道她是最周全的，看得遠想得深。東一件西一樁，加在一起卻堆積如山。她還要了樞密院和兵部的舊檔在細看。前世阿玞便是因此積勞成疾的，才會遭暗算後醫石無效。可當下局勢，他竟然又無力勸阻，無從勸阻。

他要怎麼告訴她燕王跳入壺口瀑布的事，也許她對天文地理知之甚少，不知道壺口之險，也許她對殿下深信不疑，不會過於憂心他的安危。那他就讓她無需擔心，靜候殿下歸來。若她都知道呢？張子厚躊躇不已。

九娘聽不到腳步聲，抬起頭來，見張子厚神情詭異，想到方才的夢，心中一動，赧然問道：「殿下有消息了嗎？」

張子厚被見她眸中隱有瀲灩水光，心中大慟，低聲道：「高似、成墨和方紹樸回來了，樞密院正在問話——」

九娘猛地站起身，五臟六腑絞在了一起：「殿下呢？」

「殿下於青澗城調用種家軍四百餘騎兵，回京途中於宜川遭阮玉郎率領河東路叛軍狙擊。殿下用計，讓高似、成墨回京報信——」張子厚走至長案前，聲音低沉。
「殿下呢？」一把火灼燒得九娘胸腹疼痛不已，聲音已變了調。
張子厚竭力鎮靜：「殿下另有謀算，自行跳入了黃河。」他雙手有些發顫，想隨時扶住九娘。
九娘卻有些懵懂，躍下了黃河？阮玉郎，河東路叛軍，宜川——
「宜川哪裡？」她輕聲問道。
「壺口，壺口瀑布。」
九娘嗓子口一熱，眼前金星直冒，她瞪著張子厚，一時腦中空空如也。
張子厚伸出手去，又慢慢縮了回來，輕聲道：「高似難敵河東路近萬禁軍，後再戰於孟門，迂迴尋找殿下一日夜未果，聽聞河東路禁軍趕來勤王，才火速返京報信。」無論趙栩是何計策，都沒有理由在這麼關鍵的時刻生死不明音信全無。他一聽成墨所言，就想到殿下故意留了一線生機好穩住京中局勢。壺口瀑布那是什麼樣的地方，誰能從中逃生？只有說成是自己的謀算，才能讓眾人心懷期待。
九娘輕輕坐回椅中，垂首不語，片刻後才抬起頭輕聲問道：「河北兩路要來勤王的禁軍是否也是叛軍？」
張子厚一怔，他方才心神大亂，並未細聽成墨所述的每一句話。但九娘所言有理，河東路禁軍既然已被阮玉郎所控，一同上書勤王的河北東路、河北西路只怕也有問題。
「有勞你去和蘇瞻說。對了，還有福建路、兩浙也需警惕。」九娘轉過頭看向惜蘭：「我先回宮裡歇一歇。」

張子厚點了點頭：「你勿要胡思亂想，殿下智謀過人，他是特意停留在壺口等候阮玉郎的，必有後手。」殿下那麼說，一定也想讓她別太擔心。

九娘唇邊微微勾了勾：「我知道，我信他。」她的心漸漸定了下來，不錯，趙栩如果真的面臨絕路，一定有話要留給她。但成墨、高似返京只為了報信，他就必然有脫身之法。她想不出他怎麼能逃出生天，但她就是信他。她會替他守住汴京，守住家人，等他回來。

他說過的，待他回京，要親手將那白玉牡丹釵插在她髮髻上。

可腳下卻是軟綿綿的使不上力氣。九娘穩了穩自己，對張子厚微微福了一福，帶著惜蘭走出了都堂。

沿途的廊燈、立燈、宮燈，照得皇城入大內這段路亮堂堂的。九娘一步一步，一步一步，越走越快。她信他。他在她就在。她在他也一定在。方才那個夢無端端浮在眼前，趙栩的一言一笑，一雙眼，只有她知道的撒嬌耍賴賣可憐，他的腿傷，他的臂膀，他的溫度，他的一切，潮水般湧上來。

眼淚卻在夜風中悄然迸裂，滾燙鹹澀，從她唇邊滑過。等她緩一緩，等她有力氣了，她再去細細問高似和成墨、方紹樸他們。現在她連問都不敢問，知道得越少，才越能相信他平安無事。

第二百九十七章

自從太皇太后和幾位太妃去了西京，慈寧殿便成了皇宮大內最熱鬧的地方。偏殿裡住著陳素和魏氏兩妯娌，趙淺予也求了向太后，搬來和九娘同住在後閣裡。連著趙栩出事後，也不愛獨自在福寧殿裡起居，因嗓子未好，也歇在向太后這裡，向太后心疼他年幼遭此大劫，又知道他因姜氏心結難解，便索性派人收拾出自己寢殿的暖閣，安置趙栩。加上各人的貼身女官、內侍、宮女，慈寧殿每日進出超過百人，把供奉官、都知和幾位尚宮緊張得不行。孟在倒覺得省心，只需集中大內禁軍防範這一處便可。

九娘回到慈寧殿，見兩側偏殿均已熄了燈火，在陳素院子裡靜靜站了片刻，才慢慢走回後閣。

趙淺予在燈下笨手笨腳地在一件櫻粉肚兜上繡花，見她回來了，便擱下手中物事笑了起來：「方才我讓阿蔡給你送羹去，惜蘭說你太累睡著了，急得我啊。可盼著你回來了，那些事哪有做得完的時候，你可別像哥哥那樣忙起來就沒日沒夜的，弄壞了身子，哥哥定要發脾氣罵你逞能要強了。」

她忙不迭地指揮宮女們：「快去看看淨房裡水還熱不熱，把我那新得的玫瑰花露倒進去，解乏得很。」轉頭再輕聲叮嚀惜蘭：「阿妧腿上擦傷得厲害，別忘記上藥，她今日又少上了一回藥。」

趙淺予想了想，再無其他事，才對著九娘得意地道：「等我哥哥回來，你記得告訴他我把你照顧得可好了。」

九娘凝視著她和趙栩一個模子裡刻出來的桃花眼，正笑眯眯有些調皮又有些撒嬌，忍不住上前緊緊擁住她：「好，我一定告訴他，多謝你這麼照顧我。」

趙淺予一怔，反手也緊緊抱住九娘，隨即咯咯笑了起來，悄悄地道：「原來被這麼大的胸壓著怪舒服的，你還怪她們重，她們可真冤枉。」

九娘見她一臉羨慕和淘氣，不知怎麼心酸得厲害，擰了她的臉一把：「你的臉被擰可不冤枉。」

趙淺予啊呀一聲，逃回榻上，舉起繡綳擋在臉上，卻見九娘已經轉身出了門。

淨房裡水氣彌漫，玫瑰花露的香氣隨水霧蒸騰了一室。九娘將自己埋入水中，閉上眼是趙栩，睜開眼也是趙栩，熱淚融入熱水，往事歷歷在目。

「娘子？」惜蘭擔憂的聲音模糊不清。

九娘浮出水面，水已涼。

「惜蘭，拿衣裳來，我要回都堂去。」所有的擔憂悲傷都埋入水底，九娘眼中堅定無比。他沒有一句話帶給自己，是因為深信她懂他。接下來他要的局面，她替他鋪陳，她替他添柴。

「什麼？」蘇瞻皺起眉頭，他和二府諸宰相均和張子厚一樣的想法，都知趙栩凶多吉少，所謂謀算，不過是讓人留有一絲念想罷了。阮玉郎悍然起兵，自然是因為趙栩清除了他河北路軍中一部分叛將。若是大名府尚在他手中，此時汴京可真是岌岌可危。但孟妧竟然要朝廷昭告天下燕王遇難失蹤，實在匪夷所思。

謝相搖頭道：「不妥，孟女史錯矣，當下四面楚歌，西軍被牽制，陳太初還未能登陸海州，貿然公布燕王殿下失蹤，只會打擊大趙軍民士氣。」

張子厚抿唇不語，靜靜看著素屏。素屏上投著她的身影，她換了窄袖長裙，披帛有一邊拖在了地上。

屏風後九娘的聲音帶有金石之聲：「諸位相公，不公布此訊，何以阻河北路、河東路勤王之師？不公布此訊，如何找出朝中與阮玉郎呼應之人？即便朝廷不公布，坊間這幾日也必有傳言，只會人心大亂。殿下投身壺口，置之死地而後生，正是為了讓阮玉郎肆無忌憚。」

張子厚走上前兩步：「不錯，理當因此昭告天下討伐叛軍。殿下神機妙算，能發現高麗和女真的陰謀，更能說服契丹借兵西征夏州。河東路、河北兩路會有這許多叛軍，那朝中有無別有用心之人？中元節我們用了空城計，讓亂黨叛臣無處使力，一定還有許多人蠢蠢欲動，借此也可一覽無遺。」

謝相和蘇瞻低聲商議起來。忽地都堂外有大理寺急報，兩位胥吏匆匆進來，跪於張子厚面前：「理少，五皇子不見蹤影，開寶寺上下已搜尋了一個時辰——」

張子厚目光如電看向蘇瞻：「看來有人迫不及待了。」

蘇瞻頭皮一麻，幾乎要立刻派人回百家巷看一看張蕊珠在做什麼。

屏風後九娘的聲音傳了出來：「蘇相，張娘子必定也已離府。還請二府速派人替換西京留守，接掌洛陽城防。」趙棣並無根基，唯一可仰仗的人，便是錢太妃和太皇太后。西京宗室雲集，還有兩萬禁軍把守，乘著趙栩出事倒是有一搏之力。

蘇瞻倒吸了一口涼氣：「先帝駕崩，乃阮玉郎主謀。太皇太后絕不會與之聯手。何況無樞密院之令，禁軍又怎會聽令於外戚宗室之流。西京直面河東府，若貿然更換西京留守和守城將領，只怕容易引起譁變。」

九娘輕歎道：「太皇太后早已經不再是以前的女中堯舜了，她恨燕王遠勝阮玉郎，有些人，一輩子也離不開權勢，奪了她的權，比殺了她的兒子甚至比殺了她還要可恨。」

屏風外一片靜默，如此大不韙的話，他們卻無言以駁。

一夜之間，流言四起。

第二日朝廷宣告天下，燕王趙栩受河東路、河北路叛軍襲擊，失蹤於宜川，若有尋到殿下助他回京者，賞萬金，封護國侯。翰林學士院擬檄文，斥三路禁軍受阮玉郎蠱惑叛國，洋洋灑灑近萬言。都進奏院連夜印製邸報發往各路，幾百急腳遞快馬金鈴黃旗，自汴京將邸報、告示和檄文送往各州。

西京洛陽，乃大趙陵寢陪都，仿同東京的外城內城皇城，設有周邊京城、中皇城、內宮城。群山環繞，河渠密布，歷來易守難攻，也是汴京的一道屏障。

太皇太后自中元節車馬勞頓轉來西京後，居於延春殿，錢太妃等人便在鄰近的太清殿住下，侍奉太皇太后。六娘身在洛陽心在汴京，每日留心宮城出入人等，見除了常入宮請安的宗室親王和命婦外，並無軍中將領或朝臣前來覲見，才稍稍安心了一些。孫尚宮以她服侍周到能寬慰太皇太后為名，將她安置在延春殿的暖閣中。

六娘自然明白姜太妃一案後，她已被疑心上了，只要稍加留意，便知道她的女史去過慈寧殿，但太皇太后為何不處置她，卻是她百思不得其解的事。或許是因為爹爹不放心她，特地請旨跟來了西京，太皇太后礙於孟家才容忍下來。

天色漸沉，宮城內各殿都點亮了廊燈和立燈，九里宮城的城牆上，禁軍密布。六娘正謹慎小心地服侍太皇太后用膳，外頭內侍躬身入內稟報，說孟大宣有急事求見太皇太后。

六娘手上的玉匙一顫，不敢抬頭看，只聽見桌上輕輕被敲了兩下，太皇太后的聲音傳來：「宣。」

一旁的錢太妃接過她手上的玉匙笑道：「孟大宣難不成是借著請安來見見阿嬋的？好在娘娘一貫疼愛你，我看著沒瘦。」

六娘微笑著福了一福，退開兩步，靜立於屏風邊，眼皮微抬，留神著四周。

孟存大步入了延春殿，看了女兒一眼，行禮道：「稟娘娘，五皇子趙棣無詔離京，在上東門被禁軍所獲，現岐王殿下已經去了，派人讓臣來請示娘娘，當如何處置。」他頓了一頓，補充道：「河東路勤王之師先鋒軍也已抵達城北徽安門外，嚴都指揮使親自前往迎接。」

六娘眼皮突突跳了起來，為何會是爹爹入宮稟報此事。

玉匙墜地，錢太妃拜伏在太皇太后膝下，顫聲道：「妾身和五郎未曾有過任何信件往來，請娘娘明示。」

六娘一怔，按理錢太妃不是應該苦苦哀求太皇太后下旨允許趙棣入城嗎，為何要急著辯白。

室內沉寂了片刻，太皇太后輕哼了一聲，她行動不便，神志卻一直清楚，此時冷眼看著匍匐在地的錢太妃，心中再次權衡起來。

孟存歎息道：「今日洛陽城中，有晉地行商之人頗多傳言，皆說燕王殿下前幾日墜入了壺口瀑布，生死未卜。此時五皇子前來西京，只怕會引起朝臣非議，娘娘。」

六娘幾疑聽錯，忍不住抬頭望向父親，見他皺眉抿唇面有愁容，心頭大震，趙栩為何會墜入瀑布，不知九娘可知道了此事。

地上又是一聲脆響，卻是太皇太后面前的玉碗墜地。

「傳五郎。」嘶啞的聲音有些斷斷續續，卻很清晰。

六娘心中亂成一團，耳邊傳來父親勸諫的聲音：「娘娘請三思。」

「傳——」太皇太后尖厲的聲音有些瘋狂。

從京中趕來的三位急腳遞正策馬狂奔，離洛陽城尚有六十里路，最後一個驛站近在眼前，已無需換馬。

驛站前的二十多個軍士打扮模樣的人舉起了手中長弓。

趙栩躍下瀑布後，抱元守一，順流而下沒多久，便極力游向西岸，一旦開始和河水對抗，便感受到了黃河咆哮的威力，游出去三分，被沖回兩分，壓力極大，更身不由己被水流拉扯撞上山石，還要有防不勝防突刺出來的木枝，饒是他使出全身解數，上得西岸後已脫力不支，無一處不痛，內外俱傷，坐在泥水之中便抑不住吐出好幾口瘀血。

片刻後，他回頭看看那奔騰肆虐的黃河之水，心中鬥志昂揚，不敢停留，提氣往西疾奔。當務之急，是要找到馬，哪怕是牛車也好，能儘快抵達麟州，恢復和京中音信來往，再想辦法調動麟州楊家將。

他年少逞強，奔出去八里路，見到村莊，心中大喜，直奔不遠處的一輛牛車而去，卻不知道自己渾身泥漿，形貌可怖。

牛車旁正在說話的兩個小娘子見到趙栩奔來，立刻尖叫不已，莊上的漢子婦人都下地去了，尚未回來，其中一個小娘子的祖父聽見孫女尖叫，從院子裡跑了出來，不由分說揮起那趕狼的長棍，劈頭蓋臉地朝趙栩身上打去。

趙栩眉一皺，伸手去格，欲奪過棍棒，卻沒想到他自壺口脫險，實則精疲力竭，全靠一口氣撐到現在，見到牛車和村民，心裡那根弦一鬆，所有被強壓下去的內外傷便席捲全身，結結實實地挨了一棍。

這關東的女子皆膽大，乍被趙栩一嚇，回過神來，隨手抽出趕牛車的鞭子朝趙栩身上招呼，大喊起來：「抓賊抓賊！」

趙栩又吃了幾鞭子，更憂心這叫嚷引來阮玉郎追兵，忽地背後又挨了一記重擊，眼前一黑，竟軟倒在地。

沒死在阮玉郎手下，沒死在壺口瀑布裡，卻不明不白栽倒在這些村民手中？阿妧，你會不會笑我？

趙栩暈倒前啼笑皆非。

第二百九十八章

「不好了，翁翁，胡大哥打死人了。」小娘子慌得不行，看著倒在自己腳邊的泥人，黃土上還有他吐出來的一灘血。

報官？還是不報官？

給了趙栩一悶棍的是半途回村的矮壯年輕村漢，見狀握緊了手中的鋤頭，喃喃道：「死了？打死賊要賠命嗎？不是說他是賊嗎？」

賊？不是賊？

小娘子丟下手中的鞭子，心更慌了：「他——他是賊嗎？」

老漢一聽瞪圓了眼：「不是你喊抓賊的嗎？」

另一個小娘子伸腳踢了踢趙栩，見他一動也不動，回過神想了想，小聲嘀咕起來：「阿芳，他好像沒有要搶要偷什麼。他——好像是在朝我們笑，會不會只是來問路的？」她們只是被他的樣子嚇到了。

老漢見孫女啞口無言，氣得直跺腳，看看四周無人，趕緊蹲下身探了探趙栩的鼻息：「還有氣，沒死，快點抬進去。」

幾個人手忙腳亂地把趙栩抬進院子裡樹下的籐床上，見他赤著腳，渾身黃泥，腳上全是細碎傷口，身上被泥漿糊滿的衣裳古裡古怪的，也不知道如何解開。自覺得魯莽闖禍的胡大郎跑去井邊提了一桶水，朝趙栩身上臉上潑了下去。

趙栩昏沉沉中只覺得一陣清涼，蹙了蹙眉，卻連睜開眼的力氣也沒有，嘴唇翕了翕。

清水沖洗去他臉上泥漿，身上的金絲護甲在日頭下閃閃發光。他身邊圍著的四個人面面相覷。

「天底下有這麼好看的賊嗎？」

「沒有。長這麼好看還用做賊嗎？」胡大郎雖是莊稼漢，倒也明白。

「看起來還是個有錢人家的郎君。」

「很很很有錢吧，這衣裳是不是金子做的？」阿芳眼淚快掉出來了，伸手戳了戳那閃得她眼花的金甲，她這是險些害死了一個這麼好看還這麼有錢的郎君？

「看起來掉進黃河裡了，會不會是被謀財害命的可憐人？」

「不是說部曲護衛見財起了歹心謀害主家也是常有的事？」

兩個小娘子常去縣裡瓦舍看戲，立刻你一句我一句議論起來。

胡大郎嘭地丟下水桶：「我去縣裡請大夫去！再去縣衙認罪，人是我打傷的，我認。」

趙栩耳中嗡嗡響，那「縣衙」二字入耳，雷鳴一般。他竭力睜開眼，太陽血紅血紅，面前人影模糊，但他覺察不到敵意。

「別去——」趙栩手指動了動。

周遭靜了一靜，老漢大喜：「說話了。」

「說別去。」

「會不會害他的人就在縣裡？」

兩個小娘子腦中浮現出許多出戲本子，大膽假設起來：這位郎君一看氣度不凡，雖然剛才很像賊，也許得罪了哪位有權有勢的大官，才被迫跳河求生。那種有權有勢的人通常勾結官府，官官相護，如果去縣裡，說不定就是把肥羊又送入了狼窩。

耳邊紛紛雜雜，趙栩手指在籐床上點了點：「別——」他再也無力開口，又暈厥了過去。

西京宮城廣壽殿，昔日德宗巡幸視朝之地，此時擠滿了西京文武官員，左上首是西京留守岐王，隨後是翰林學士院大學士，宣和殿大學士孟存。右上首站著禁軍都指揮使嚴肅正。

趙棣跪伏於階下，正泣涕交加，顫聲訴說京中中元節後發生的種種。

「妖女孟妧，迷惑太后，勾結外敵暗中陷六弟於死地，假借六弟監國之權，挾幼帝而令天下，干涉二府軍政國事，甚至動輒擾京師十萬民眾，禍國亂政可比武后。蘇相先前不知其陰謀詭計，對其深信不疑，如今後悔莫及，才暗中讓臣趕來西京稟告娘娘。可憐十五弟口不能言，無人可依，還請娘娘顧憐大趙江山天下萬民，扶大廈於將傾，清君側，剷除妖女孟氏，恢復趙氏清明。」

趙棣以額撞地，又從懷中取出書信呈上：「蘇相有信，臣代蘇相向娘娘告罪。朝中眾臣都盼著娘娘返京，以安天下臣民之心。」

文武官員紛紛側目看向孟存。

孟存急忙上前兩步，行禮道：「娘娘，孟氏乃臣的親侄女，自幼心智魯鈍，三歲尚不能言，直至出痘後才蒙神佛庇佑開了竅，七歲便考入孟氏族學女學乙班，更憑捶丸技名震京師。燕王殿下、陳太初均傾心於她，可見她聰慧多智出類拔萃，怎會是妖女？臣聽聞五皇子之妾侍張氏，乃蘇相的外甥女，也是鄙侄女的女學同窗，因小女之因素日有些嫌隙，但殿下何至於要給她安上禍國殃民之罪？我翰林巷孟氏一族雖不顯於天下，卻也不能生受這盆髒水，還請娘娘、岐王殿下明鑒。」

御座上空無一人，臨時掛起的珠簾後，太皇太后正凝神傾聽，眉頭緊皺。

六娘在簾後捧著太皇太后的一應玉冊金寶，眼睛火辣辣地痛，若無爹爹據理力爭，以太皇太后憎恨趙栩的心思，只怕會聽從趙棣所言，即便她如今不能號令群臣，宗室卻深受她影響。趙棣身為皇子，竟如此惡毒地陷害九娘，毀她聲譽，實在卑鄙下流無恥之極。

「傳張氏。」太皇太后看完趙棣呈上的蘇瞻手筆，暗啞的聲音越發嚴厲緊繃。

禁軍都指揮使嚴肅正的目光很嚴肅，落在了孟存的身上。

張蕊珠禮儀無懈可擊，聲音甜美：「妾身自幼蒙大理寺少卿張理少收養，所幸被母舅尋親歸於百家巷蘇府，不忍心眼見養父與舅舅遭妖人矇騙，日後史書該如何記載為國盡忠一輩子的兩位長輩，妾身日夜憂心。那真正的孟氏九娘只怕早已於出痘時魂飛九天，如今不知是何方妖魔占用她軀體。妾身記得熙寧年間也有一位娘子被妖魂占據了身子，說出種種聳人聽聞之事，還言大趙將亡，後被太常寺焚火滅之。敢問孟大學士，孟家老供奉的錢婆婆精通《易經》，數次為孟氏九娘測算後，得出什麼卦？作何解？」

太皇太后擱在扶手上的手猛然一震。

六娘的心別別亂跳。

孟存深深看著張蕊珠，終於垂首道：「無。」

張蕊珠柔聲問：「無卦象抑或是有卦無解？」

「俱無。」孟存的聲音越發低了。

張蕊珠跪地叩首，不再出聲。殿上靜悄悄可聞針落，猛然轟地炸了開來，文武官紛紛交頭接耳。

六娘只聽見自己粗重的呼吸聲，有一把火從心頭燒了起來，眼睛也朦朦朧朧模糊了。

張蕊珠怎麼可能知道她都不知道的事情！她不知道，四娘、七娘定然也不知道。婆婆雖然以往皆聽命於太皇太后，可是她老人家決定捨棄京師南下蘇州，又怎麼會將這樣的家事秘事告訴張蕊珠這樣的外人。

一絲可怕的念頭慢慢浮現。六娘垂眸，竭力穩定著手中的玉盤，裡面的金寶有點滑偏了。

太皇太后的目光掃過身側的六娘，又回到簾外。

向來低調少開口的岐王忽然揚聲道：「臣亦有幾句話要說，神鬼之說，可信，也不可盡信。張氏所言，並無實據，臣和孟氏略有交談，此姝容色過人，胸有丘壑，實無妖魔之態。何況錢女史出身司天世家，若有不妥，早就會稟告朝廷，何須等到今日由張娘子來揭發？請娘娘三思，事關人命和聲名，孟氏一族歷來乃清流士林楷模，深得聖寵，如此妄斷，只怕難以服眾。何況六郎鍾情孟氏，臣也有所聞，在中京六郎親口說過孟氏乃先帝賜婚的燕王妃——」

岐王抬起頭看向簾後，歎道：「國難當頭，內憂外患。臣以為五郎留在娘娘身邊侍奉並無不妥，但孟氏一事，還是等擊退高麗、女真、西夏等強敵後，留待六郎回京後，由禮部太常寺司天監再一同判斷。」

孟存感激地抱拳道：「多謝岐王殿下！」簾後六娘微微轉了轉眼珠，忍住眼中酸澀，不敢失儀落淚。

太皇太后半晌後才道：「孟家是孟家，孟氏是孟氏。」這兩句話說得很吃力，但清清楚楚。殿上也逐漸平靜下來。

都指揮使嚴肅正上前兩步，沉聲道：「娘娘，岐王殿下，下官適才安頓好河東路勤王禁軍先鋒官顧懷山，也有一事極蹊蹺，下官不敢擅自做主，請娘娘和殿下聽顧懷山之言後再行決斷。」

「傳。」

河東路勤王禁軍先鋒官顧懷山一進大殿，急急走了幾步，跪於階下問安，便放聲大哭起來，震得眾人耳中嗡嗡響。

「下官及河東、河北路四萬將士蒙此不白之冤，無處可訴！臣一條命何足惜？顧懷山願就此引頭受刑，嚴指揮使只管帶上顧某的頭顱去京中覆命。只是請娘娘施堯舜之德，放臣麾下赤膽忠心的將士們一條生路。」顧懷山大聲喊道：「他們都是大趙禁軍，是大趙子民，一心捍衛陛下和娘娘，保家衛國的忠勇之士，怎能平白成了叛軍！」

「顧將軍何出此言？」岐王皺眉喝道。

顧懷山滿臉絡腮鬍子上沾滿涕淚，從懷裡取出一張檄文呈上，頭叩得砰砰響：「燕王殿下於宜川壺口瀑布遇害，可憐我河東路兒郎們奉陛下旨意勤王，卻成了謀害燕王圖謀不軌的叛軍。娘娘，殿下，臣斗膽諫言，這朝中有人居心叵測，娘娘不可不防！」

檄文送到珠簾後，不多時，殿上眾臣皆聽到砰的脆響，什麼物事砸碎在地上。

翌日一早，西京洛陽便宣示了太皇太后高氏的懿旨及清君側靖國難的檄文。燕王壺口遇難，幼帝於深宮中被毒害，向太后軟弱無能。妖人假借燕王之名把持朝政，分裂大趙，禍國殃民。今有宰執蘇瞻手書求援，經宗室共商，國難之下，改立先帝五子趙棣為新帝，奉先帝十五子趙栫為太上皇。河東路、河北路四萬禁軍，連同西京洛陽的守城禁軍，共五萬人奔赴汴京。望汴京文武朝臣，各路勤王之師追隨趙氏宗室，匡扶新帝，救出太上皇，收復國土，驅逐韃虜。

「今立先帝五子趙棣為帝，傳承國祚，召臣民歸心，共抗國難。」九娘將信輕輕送到蘇瞻面前：「蘇相手書求援？如今趙棣做了偽帝，蘇相是不是才明白你的好外甥女的謀算？」

第二百九十九章

蘇瞻自從知道張蕊珠一事後，心中已有了種種設想，與蘇老夫人、蘇昉以及二弟蘇矚夫妻也商議了一番，稱自己做好了辭官歸田的打算。老夫人不敢置信，又悲又急又氣又深憂蘇瞻，竟再次病倒不起。蘇瞻衣不解帶連續兩夜和蘇矚一同侍疾，少不得還要寬慰母親。

他官場浮沉近二十年，在這國難當頭時因嫡親的外甥女而折戟沉沙，心中鬱鬱，無人可訴，只和母親感歎張蕊珠自小被張子厚教得心術不正，又將她在女學時曾推九娘落水一事隱晦地說了，母子三人唏噓傷懷了許久。

然而眼下情形沒有最壞只有更壞。

「我從未寫過隻字片語。」蘇瞻冷眼看著面前眉眼間帶了三分凌厲的少女，他早已察覺這個表外甥女待自己毫無晚輩該有的敬意，甚至還有敵意。

張子厚從鼻子裡冷哼了一聲：「我們費盡心思要隔開太皇太后和五皇子，你卻非要把他接回來，好成全你外甥女的一片癡情，如今成全了外甥女婿的皇帝夢，蘇瞻你倒是可以撈個太師做做了。」

雖然九娘推斷趙棣稱帝也在趙栩的謀算之中，張子厚卻將信將疑，把一腔怒火和不忿撒在蘇瞻身上。

「我的字天下人皆可仿。」蘇瞻輕描淡寫地道，並不願和張子厚費唇舌之耗，他朝趙栩和向太后行了一禮：「臣以為，當務之急，正名也。只要天下人見到陛下身體康安，臣等文武百官擁護陛下，自然明白五皇子乃偽帝，民心向背，順手方可行舟。若河東路、河北路三路禁軍沒有了出兵藉口，自然可證實他們乃叛國犯亂之眾。」

趙栩小臉漲得通紅，努力啞著嗓子嗯了一聲，又看向九娘。孟九真是料事如神，她說蘇瞻一定會這麼提議，蘇瞻還真的就這麼提議了。向太后伸手在他背後輕輕拍了拍，點頭道：「蘇卿此言甚是，不如宣幾位相公、鄧卿他們來一同商議。」

九娘歎道：「蘇相，敢問都進奏院的邸報、皇榜、敕書送往大趙的二百州縣，最快需幾日，最慢需幾日？」

蘇瞻神情自若：「遠水的確救不了近火，但開封府和京畿路，一日內就有三十萬百姓可護衛京師。」

九娘搖頭道：「洛陽叛黨乃阮玉郎所控，他篤信人性本惡，故大勢宣揚那些虛假空洞的承諾，意在歸攏民心，再不濟也會讓百姓兩頭不幫默默觀望。」

她清冷的聲音透著寒意：「叛黨宣布，士庶百姓安守其宅其田者，免一年賦稅；隨軍往京師者，免三年賦稅；擒獲京師奸臣佞黨，賞銀百兩。不過，若是解救了蘇相，護送去洛陽，便可賞銀千兩，得封子爵，蔭及子孫。」

張子厚冷笑道：「張某的性命還真是不值錢。」他朝趙栩躬身道：「『救』得陛下和太后『送』去洛陽，也只賞銀三千兩，封子爵。這叛黨如此厚此薄彼，下官實在不明白。」

蘇瞻清冷俊逸的面容上浮現了難得的薄怒：「子厚既然知道這是阮玉郎的計謀，為何要自投羅網，急著攻擊同僚？」

「因為你錯了！」九娘聲音清朗，擲地有聲，「你的蘇體，天下人臨摹者眾。可你的名卻不是人人可以借的，你做的事卻不是誰能代替的。八年前你信錯了人，可憐你妻子和幼子生死離別，青神王氏嫡系就此泯滅。八年後你又信錯了人，放虎歸山，縱容亂臣賊子，兵臨城下。為何你卻始終不肯承認你錯了？如此種種，難道都是他人之過，是你無心之失？」九娘深深看著蘇瞻，早已陌路，可他竟會在親和情上優柔寡斷至此，真是匪夷所思。

蘇瞻被九娘戳中心底最痛之事，眼角泛紅，厲喝道：「孟妧！於公，你乃區區七品女史，擅代燕王行監國攝政之事，因有殿下手書，我等言聽計從，不惜捏造天災勞師動眾。你難道不知道洛陽所指的妖孽迷惑兩宮指的是誰？於私，你母親也要尊稱我一聲表哥，你目無尊長，一派胡言，行不孝不義不仁事，若殿下尚在，又豈能容你如此胡來？」

張子厚勃然大怒，上前兩步，不等殿內人反應過來，已一拳打在了蘇瞻的嘴角：「你罵誰是妖孽？你知不知道她是誰！」

向太后和趙栩霍地都站起了身，可見到張子厚已被九娘拉住，便又猶豫著慢慢坐了回去。向太后定下神來，低聲問道：「蘇卿，可要宣醫官來？」她想到以往楊相公變法前與百官辯論，辯了三個月無人可敵，有那說不過他的御史挽著袖子要衝上去打他，還有陳青也在垂拱殿外打過那背後議論陳素的輕佻官員，可這當朝首相在自己面前被打，她真不知道該如何圓場，側目見趙栩這孩子臉上竟隱隱有高興之色，只能在心裡暗歎幾聲。

九娘拉住張子厚，靜靜地看著蘇瞻唇角溢出的血絲，心如止水：「我是誰又有什麼要緊。但九娘我瞎了眼識人不明倒不假。這事是錯了，錯得厲害。我有錯就認，沒犯過的錯卻不能擔當，不孝不義不仁的罪名我當不起，還給蘇相。」

蘇瞻穩了穩心神，不再和九娘這個小女子計較，輕蔑地斜睨了張子厚一眼：「多年前在碼頭，我打了你一拳，你竟記恨至今。你這行事極端不擇手段的小人行徑，還真如她所言。」

他轉向御座之上，恢復了挺拔如松的身形，溫文爾雅地對向太后行禮道：「臣無妨，謝娘娘關心。請陛下和娘娘勿憂心，即便洛陽叛軍攻城，京師防備森嚴，有近十萬人馬守城，無需杞人憂天。汴京擊退叛黨，進可收復西京，即便守城不利，亦可退守南京應天府。」

張子厚一怔，扭頭看向九娘，忽地哈哈大笑起來：「娘娘，陛下，臣御前失儀，自請罰俸。臣雖只值百兩銀子，也願誓死捍衛京城，等燕王殿下歸來率軍平亂，等西軍擊敗西夏，等陳太初平定淮南路，但棄京師退守應天府的主意，臭不可聞！」

殿外的內侍女史侍衛們，耳聞殿內鬧哄哄，依然目不斜視，不多時，閣門使匆匆出來，去宣召其他幾位相公及各部文武官員了。

兩個時辰後，樞密院和兵部以及禁軍將領們匆匆領命而出。陛下明日一早朝會後要登上宣德樓以正視聽，朝廷內外有條不紊地忙了起來。

第三百章

文德殿早朝後，官家趙楞將在文武百官的簇擁下，登肩輿前往宣德樓。

自洛陽也出了一個皇帝，大趙百多年來頭一回出現一國二帝。京師百姓激憤者有，觀望者也有，那年邁的大多更相信太皇太后，得了官家駕臨宣德樓消息的，一早便都往御街而去。

入了朱雀門，經過州橋時，不少人停下腳步駐足不前，那州橋下西邊關了三個月門的鹿家包子鋪，今日竟重新開了張，門口已排了長長的隊伍，遠遠便聞到那熟悉的鱔魚包子香味。店鋪二樓上高懸的「鹿家包子」嶄新掛旗在初升朝陽下鮮豔奪目。

眼尖的人喊了起來：「看，大門牌匾換了字。」

「忠勇信義——」應聲者眾多。

「是燕王殿下的字。」有士子忍不住仰頭默默描摹那筆筆見鋒的字來。

許多人不由得想起民亂那日暴雨之中被砸的鹿家包子鋪，被打的鹿家掌櫃和娘子，雨水沖走的鮮血，響過風雨聲的咒罵。有人面露慚色低頭疾步而過，更多的人默默在那長龍後排起了隊。

將近午時，宣德樓上響起鞭聲，大樂正示意，城樓下的樂官奏起〈威加四海〉，鼓聲如雷，舞人依樂而行，持干荷戈作猛賁狀，舞姿三變後，鼓盡而止，方退至宣德門前。

皇帝鑾駕已出現在城樓之上。宣德門前廣場上逾萬百姓遙遙見到幼帝身著大朝會才會穿的袞冕，十二串冕旒遮住了官家的面容，二尺二寸的天子之笏舉至下頜。身側是身著皇太后冠服的向太后，還有蘇瞻為首的二府諸位相公以及文武百官齊聚城樓之上，聲勢浩大。

城樓上年幼的皇帝高高舉起了手中玉笏，百官萬民俱屏息以待。烈日極耀眼，連風都停住了一般。司贊高聲唱畢，城樓上下以及廣場上眾人異口同聲高呼：「吾皇萬歲萬歲萬萬歲。」

「洛陽趙棣叛國自立，吾當與萬民堅守汴京，討伐反賊！」趙栩被方紹樸扎了整整半個時辰的銀針，他極力穩定著自己的聲音，雖不算特別響亮，然而終於順順當當地說出完整的一句話來。宣德樓上下一片寂靜，不少擠在廣場最前頭的百姓聽得清清楚楚。

「堅守汴京，討伐反賊！吾皇萬歲、萬歲、萬萬歲——！」張子厚、孟在、鄧宛等主戰派當先跪倒在地，高聲呼喝。早已得到叮囑的禁軍齊聲呼應，響徹雲霄。文武百官見蘇瞻及諸位相公也跪地高呼，立刻跟隨回應。

廣場上即刻爆出雷鳴般的歡呼。

皇帝不曾遇害，蘇相不曾求援，二府和百官都擁護這位年幼的官家。洛陽是造反的偽帝，官家將和萬民同守京師，並討伐反賊。

趙栩輕輕呼出一口氣，眼神不禁瞟向站在張子厚身後一身大理寺胥吏官服的九娘。她正微笑著看著自己，嘴唇微微動了動，似乎還在說那慈寧殿裡的幾句話：陛下做得到，做得好，做得對。一種極其自豪的感覺油然而生。

雖然宣德樓上幼帝亮相並激勵了京師百姓，然而河東路、河北路叛軍高歌猛進，兩日後已攻至鞏義。鞏義守陵軍士不戰而降，親自督戰的趙棣隨即行大祭禮，正式宣告登基，算是彌補了不能告太廟行登基大典的遺憾。

各地傳言紛紛，也有說幼帝乃是叛黨替身，京中叛黨抓住了百官家眷為人質，才有登宣德樓一事。總之那大江南北，遠的還渾然不知消息，近的已完全搞不清孰是孰非，分不出誰才是叛黨，提及叛黨不免問一句：「京師的還是洛陽的？」

隨之在洛陽的太皇太后又下一道懿旨：「孟氏子能執婦禮，宜正位中宮。」宣詔洛陽朝廷的翰林、臺諫、給舍與禮官火速執行，禮儀簡略。岐王雖覺不妥，卻無法阻擋。西京眾宗室一大半已聽說了幼帝安康無恙，而蘇瞻更是洋洋灑灑親自寫了《討洛陽檄文》，號召天下臣民將士討伐洛陽，護衛幼帝正統，但已經擁立了趙棣，上了賊船，想要下船不知道汴京能不能放過他們，皆硬著頭皮附和太皇太后。

「阿嬋，爹爹已決定抗旨不遵，你莫要擔憂。」延春殿的偏殿裡，被太皇太后召來的孟存冷靜地對六娘說道：「家中人大多已在蘇州，只折損我和你娘兩條性命而已，有你婆婆在，太皇太后不會為難你的。你兩個哥哥擅自從蘇州跑回來，你記得讓他們速速逃回蘇州去。」

六娘的兩個眼泡紅腫透亮，聽父親這麼說，反壓下心中悲痛，低聲搖頭道：「爹爹莫出此言，女兒怎能讓爹爹娘親因女兒送命。女兒無論如何也不會做這偽帝之后。只要女兒病去了，爹娘和孟家合族才能保得平安。爹爹快想辦法帶娘離開洛陽，找到哥哥們，一同去汴京見大伯。」

孟存跺腳道：「昨日你娘就已經被宣召入了宮，你竟一點都不知道嗎？」

六娘一怔，連貞娘也沒打聽到這個消息，可見太皇太后早有成算。一邊是大義，一邊是爹娘。太皇太后從將她召入宮中，恐怕就有此意，眼下這等亂世，一旦她嫁給了趙棣，大伯在汴京必然不能再掌兵權，還有阿妧也不可能再嫁給趙栩。

「婆婆呢？」六娘抱著最後一線希望問道。

孟存深深地看著女兒，眼中忽然留下兩行清淚：「阿嬋，爹爹對不起你。」

「爹爹？」

「有一日，你三叔忽地衝到翠微堂說他才是你婆婆親生的兒子，而爹爹我——」孟存聲音低沉哽咽起來：「他說我才是青玉堂阮氏所生的孟氏庶子。」

六娘呆呆地看著父親，渾身冰冷，又火燙起來，耳中嗡嗡響，眼前一片發黑。

「自那以後，老夫人便疏遠了我。因爹爹奉太皇太后詔入宮一事，還罰爹爹跪了家廟。」孟存苦笑起來：「爹爹這大半輩子，最後竟變成了個笑話，早已有離世之心。這些日子只不過為了你們支撐著，最不放心的是你。太皇太后之命，連老夫人也不能違抗，何況是我的阿嬋？好孩子，你勿要多想，更不可心存死志。一切都讓爹爹去扛。只是連累了你娘，爹爹對不起她。」

六娘見父親面色灰敗，目光散亂，趕緊死命扯住他的袖子：「不，不是爹爹的錯，嫡子庶子，不關爹爹事，又有什麼要緊，你切莫灰心。爹爹，女兒不死就是，你千萬要好好照顧娘親。」

孟存苦笑了兩聲，振奮了一些：「皇位之爭，究竟孰是孰非？爹爹不過是一介書生，只知道盡忠聽命而已。聽誰的命？幾十年來，朝廷內外均以太皇太后和先帝為尊，一朝天子一朝臣，可爹爹實在不知道，太皇太后和太后爭權奪利，一個扶持五郎，一個依靠六郎，若是先帝尚在，他是顧念母子親情，還是夫妻之情？爹爹想抽身事外，卻泥足深陷，身不由己。世人也好，汴京也好，甚至你大伯、三叔，我的親兄弟們只怕也已經避我不及，視身在洛陽的我們一家為洪水猛獸了。」

六娘慟哭道：「不會的爹爹，你帶娘回去，帶娘回翰林巷去吧。大伯不會害你們的，阿妧在呢，阿妧也在呢——」

孟存搖頭道：「傻孩子，自從孟家幾十年前牽涉到朝廷爭鬥裡開始，便岌岌可危了。娘娘說得好聽，只要你做了皇后，無論誰贏誰敗，孟家總能立於不敗之地，她也算還清了當年孟家兩位老太爺在宮變中救駕之情，可孟氏一族上下內外各房近千人，承先祖孟軻儒家理念，又怎能貪生怕死，將性命維繫在我愛女一人之身！」

六娘淚眼迷離，看著父親決絕赴死的神情，心中也模糊起來。若趙栩真的在壺口遇難了，京師只靠大伯，就算不遭罷官，怕也難以支撐，如何才能保住阿妧的性命，還有翰林巷那許多老老小小。成王敗寇的道理她自然明白。如果趙栩能歸來，平定洛陽之亂，那麼為趙棣寫下登基詔書及告天下書的爹爹，阿妧可會幫爹爹一把？就算阿妧肯，向太后和朝臣們又怎肯放過爹爹？

孟存微笑著大力掰開六娘的手指，轉身便邁步往外行去。

九娘沉靜地看著眼前的章叔夜：「叔夜可願意去一趟西京洛陽？」

章叔夜堅定地搖頭道：「殿下和陳將軍皆有所託，叔夜不敢擅離職守。我只管守護好娘子你。」

九娘溫言道：「我阿姊待我極好，如今不幸身陷困境，被太皇太后當成工具來牽制孟家，扼制我大伯，更要借此收復天下士子之心，以維護趙棣。我想來想去，只有叔夜你有能耐潛入洛陽宮城，將我六姊救回汴京。」

章叔夜默然不語，彷彿記得當年大樹下那個笑得溫婉的女子，似乎好幾回都見到過她。可是想到趙栩再三叮囑，還有陳太初殷切的目光，章叔夜依然搖了搖頭，沉默不語，如山一般靜靜站立著不動，冷靜地看著九娘。

九娘上前兩步：「你不願去就算了，我這裡還缺一個搬卸石炭的小工，包你吃住，但一個月只能給你七百文錢，你可願意做？」

第三百零一章

章叔夜猛然一震，大雪天慈幼局門口，那個笑得如春日暖陽的女子，這句話刀刻斧鑿一般在他心頭，從未忘懷。

「別說是搬帽子搬石炭，就是搬刀山搬火海你也願意去，也搬得動。」九娘側過頭，笑道：「不是叔夜親口說的嗎？過年前你來我家送桃符，吞吞吐吐了半天就說這一句話，還記得嗎？」

章叔夜喉嚨發乾眼睛發澀，一動不動地看著九娘臉上的笑容，如春風如春花，依稀是他珍藏在心底想都不捨得想的模樣。那年他自動請纓去百家巷蘇府送桃符，在二門外的偏廳裡，夫人親自見了他，還讓他給慈幼局、福田院老老小小們帶新帽子回去，很大的兩個包裹。夫人笑問他可搬得動這許多帽子，他漲紅了臉，許久才說了那句話。

「夫人？」章叔夜胸口劇烈起伏了兩下，立刻拜倒在地。

九娘趕緊伸手扶他起來，笑道：「男兒膝下有黃金，豈可隨意跪拜。叔夜變成這麼有本事的郎君，我高興得很。你不害怕？按洛陽所言，我這樣的人確實算是妖女。」

章叔夜紅著眼圈低聲道：「上天有眼，叔夜高興還來不及，怎麼會怕，但我更不能離開娘子身邊。」

九娘歎道：「生生死死，死死生生，有何可懼？我怕的是未能盡力而為，傷了自己在意的親人，才會抱憾終生。以前我沒能護住自己，傷的是阿昉。如今阿昉也長成了頂天立地的男兒郎，只有身邊這幾個待我極好的人，是我最放心不下的，還請叔夜體諒。我也知道洛陽遠勝那刀山火海，可我無人可託付。」

章叔夜抿唇不語，半晌後才甕聲道：「娘子要叔夜怎麼做？」

九娘慢慢露出了笑容：「你放心，我既託付你，必要保你帶著六姊平安歸來。洛陽宮中有好幾位能幫到你的人……」

趙棣聽聞懿旨，不顧幾位將軍的勸說，只命令他們進攻鄭州，自己帶著人飛速趕回洛陽，至延春殿見太皇太后。

夜已漸深，張蕊珠不顧身邊女史們的勸阻，仍然站立在天和殿廊下，看著那殿門外。她有些恍惚，憤怒和不平早已經慢慢消退，趙棣他總歸會應承太皇太后的，她瞭解他。他待自己再好，也會權衡利弊，何況這也是先生贊成的事，一舉幾得來著，她記不清了。沒有人顧及她想什麼，要用她的時候才會想到她。

有幾隻雀兒倉皇歸巢，啼叫得可憐。張蕊珠在那微顫的樹葉中尋找牠們的蹤影，這洛陽宮城幾十年來無皇帝駕幸，牠們早已將那參天大樹當成了自己的家，只怕是被他們驚嚇到了。可見鳩占鵲巢日子久了，就會把別人的窩當成自己的不放手。

還是晚詞經事多，說的話倒有幾分道理，當年舅舅娶了榮國夫人，得了青神王氏嫡系多年來在清流和文官中的助力，官場上也有賴於她的謀劃，十年也未納過其他女子。那麼趙棣呢？如何才能讓孟嬋毫無恩寵更無子嗣？自己幫了他這許多，還有打斷骨頭連著筋的宰相舅舅，他會不會投向孟家，禮待孟嬋？她費盡心機，難道便這樣為孟嬋做了嫁衣裳？

趙棣下了肩輿，渾身酸痛，他鋌而走險，在輦義刻意生了一場大病，卻一直沒能將養好，又來回奔波折騰，身心俱疲，見到廊下伊人正癡癡看著自己，趙棣心中一熱，疾步上前握住張蕊珠的手：「你站了多久了？別累壞了身子和腹中孩兒。」

兩人攜手進了天和殿後殿，趙棣揮手喝令眾人退下，仔細地打量著張蕊珠，歉然道：「你知道了？」

張蕊珠凝視著他，半晌才柔聲道：「五郎，你應承了？」

趙棣不自覺地看向她微微隆起的小腹上，垂淚道：「應承了。你怪我罷。」

張蕊珠看著他有點亂的髮髻，出了會神，才哽咽道：「妾出身卑微，父母雙亡，連宗譜都無，有姓氏而不得歸，能侍奉郎君，已是天大的福分，從不敢肖想什麼。官家身子還未好透，切勿因妾身費神，當保重龍體才是。」

趙棣不知怎麼說才好，只將她擁入懷中，低聲道：「你明白我的心意就好。」蕊珠如此識大體，他太對不住她，可他自己原來那些暗中聯絡的朝臣們，早已背棄他而去，如今文要靠太皇太后才能號令群臣，武要靠阮玉郎麾下的三路大軍。他只是個傀儡皇帝而已，但不要緊，趙栩死了，太皇太后老了，阮玉郎見不得光，總有一天他能做得了主，再也沒有人能替他做主，他定會好好補償蕊珠。

張蕊珠在他懷中聲音暗啞：「妾一想到五郎你要和別人同床共枕，心都碎了，妾身善妒，妾身有罪！」

趙棣只覺得懷裡人兒不住抽動，不聞哭聲，顯然在極力隱忍著，熱血上湧，低聲在她耳邊道：「珠珠你放心，就算那孟氏做了皇后，我也不會碰她一根頭髮，他日待我根基穩了，找個藉口廢了她便是。」

張蕊珠卻哭得更厲害了。

趙棣便又細細說起她的封號賢妃及一併加封張子厚一事。張蕊珠一怔，隨即明白，孟嬋和她都做了趙棣的后妃，汴京那四面楚歌的朝廷勢必分裂，自有那反對蘇瞻、孟在和張子厚的朝臣們落井下石趁機奪權。

一輛馬車緩緩駛入京兆府東城門，雖然秦州前線戰事不斷，京兆府也剛剛結束了圍城之困，但卻沒有戒嚴，守城軍士也只盯著那些形跡可疑之人。馬車慢悠悠往城北而去，在元旭匹帛鋪前停了下來。

趙栩掀開車簾，跳下車，那打暈他的村漢收了馬鞭轠繩，跟著也跳了下來，將老漢和阿芳扶下車。

「郎君的親戚是開匹帛鋪的？」阿芳嚇了一跳。

趙栩笑著請他們入內歇上兩日再回去，老漢卻執意不肯，扯著孫女返身就要上車：「郎君既然到了，咱們就該回家去，再不回去家裡田都荒廢了。」雖然為了這位郎君將家裡的五頭牛才換了這一匹馬，但孫女惹的禍，傾家蕩產也要擔著。

匹帛鋪的掌櫃見他們占住了店門口，帶著幾個夥計出來，見了趙栩，愣了一愣。燕王於壺口失蹤一事傳遍大江南北，不僅朝廷四處張貼懸賞尋找，元旭匹帛鋪的總掌櫃更是傳令各處留意。他雖沒見過殿下，可眼前這位身穿粗布衫依然姿容絕世，一雙桃花眼似笑非笑。掌櫃的一顆心砰砰亂跳，見趙栩看向自己，身不由己地跪了下去：「殿、殿下？」

趙栩見他如此精明，倒笑了起來：「好眼力，你是京兆府的陳十八？」

掌櫃的大喜，聲音都顫抖不已：「殿下萬福安康！殿下平安歸來，大喜大喜。小人正是元旭匹帛鋪的陳十八，是元初將軍麾下——」

這元旭匹帛鋪向來選在府衙周邊，此時過往路人聽聞燕王平安駕臨京兆府，紛紛圍了上來，倒把那瞠目結舌的老漢等人擠到了一旁。

趙栩走到那老漢身邊，微笑著點了點頭，登上了馬車，轉身對著周圍民眾朗聲道：「本王乃先帝六子栩，被河東路叛軍所迫，帶傷墜入壺口瀑布，幸得這幾位宜川百姓搭救，先前腿傷亦痊癒，可見上蒼有眼。趙棣在這國難當頭之時，蠱惑太皇太后，自立稱帝，有負官家，違背先帝遺旨，這等不忠不孝不仁不義之徒，實乃大趙國賊，當人神共憤。本王從此與趙棣斷兄弟之名，絕骨肉之情，不日便從京兆府領兵東下勤王，討伐逆賊，護衛陛下！」

那掌櫃的立刻帶著夥計們高聲呼喊：「殿下萬福安康！陛下萬歲萬歲萬萬歲！討伐逆賊，護衛陛下！」

議論歡呼驚歎聲中，趙栩躍下馬車大步進了匹帛鋪。到了此時，阮玉郎後招盡出，他也無需隱瞞行蹤和實力了。消息傳得越快越好越廣越好，讓阮玉郎忌憚，讓趙棣無路可退，還有，讓娘親、妹妹還有阿妧放心。

外頭被眾人簇擁著問長問短的三個人，不知所措。臉紅得發燙的阿芳回過神來，大聲回答道：「那一天，我和阿紅給田裡送飯，路過河邊，見到灘上躺著一個人……」

瞟到胡大郎吞得下整個雞蛋的大嘴，還有翁翁不住顫動的白鬍子，阿芳邁出了自己女說書人的光輝生涯第一步。反正打死也不能說是他們打暈了殿下……

第三百零二章

從都堂出來時，廣場上的官員們已散去，殘暑的酷熱還未消，各處燈火通明，宮人軍士內侍各司其職，這大趙朝堂的核心之處肅穆靜謐。

張子厚仰頭看了看不遠處大內的殿閣飛簷，歎息道：「我大趙人才濟濟，卻被這些累贅人耽擱了。當年陳漢臣執掌樞密院時，何來這許多廢話？」

九娘心中沉甸甸的，四個時辰，樞密院方擬定了迎戰洛陽叛軍的計畫，無數爭論反駁各持己見猶豫不決縮頭縮尾。

「紙上談兵，又害怕擔戰敗之責。」九娘不禁也歎息了一聲：「多說多做不如少說少做，少說少做不如不說不做。這是大趙官場歷來的規矩吧，不然張理少你和陳表叔為何被冠上獨斷專行的帽子招人厭恨？」

張理少聽到九娘把自己和陳青相提並論，笑道：「當年陳漢臣還是太尉時，有先帝一力支持，又拳鎮文德殿，腿掃垂拱殿，可謂占盡了天時地利人和。我在樞密院也有諸多掣肘，若遇到戰事，恐怕也比朱相、謝相他們好不到哪裡去。兵部、戶部那兩個尚書都不是軟柿子。」

「說得也是，先前聽六哥說起變法一事，甚是令人嚮往，想必能一掃陳垢，精簡官員，至少能將這四個時辰的爭論縮短不少。」九娘不自覺地又提起了趙栩，這些日子，她已經警醒自己許多回，可不知不覺，無論是在前朝還是後廷，她總會想到趙栩會如何想如何做，他曾經說過什麼，甚至這般脫口而出。

張子厚振奮起來：「不錯，這長夜已經黑了好些時候，也該一掃陰霾見見大日頭了。」他轉頭看著九娘的側臉，不知道她在出什麼神，總和殿下相關吧。暗夜裡月色迷離，兩側廊燈在她秀致臉頰上投下長睫陰影，微微顫動著。

「殿下吉人天相，必會平安歸來。」張子厚想來想去，說了句俗氣的寬慰話，只恨自己舌粲蓮花粲不出什麼貼心的話來。

「對了，章叔夜已經去洛陽了？」張子厚低聲問道，岔開話題興許她會少難過一些。

九娘回過神來，點了點頭：「今日一早就帶人出京了，裡應外合應該能把我六姊救回來。算來我二哥也快從杭州回來了。有表叔在秦州，元初大哥從夏州圍魏救趙，擊敗西夏和回鶻是遲早的事，還有太初他，這兩日應該登陸海州了。」

兩人相視而笑，九娘深信趙栩這些日子沒有音訊是他有意為之，信心滿滿。張子厚卻將憂心忡忡掩飾起來。

趙栩腿傷痊癒瀑布脫險的消息還未傳出永興軍路，汴京先收到了極壞的消息。福建路、兩浙路、江南東路高舉「除奸佞」的大旗，擁護洛陽新帝，奉太皇太后懿旨往汴京而來，福建路水師不日將抵達海州，將和陳太初遭遇。兩浙路和江南東路的叛黨直往淮南西路而來，黃州、舒州、廬州皆已失守。

至此，大趙二十三路烽煙四起，汴京身陷重圍，只有東四路和京西兩路可馳援京師，然而，這六路之中，又有幾分可信，敢不敢讓他們靠近汴京，又成了二府諸位相公頭疼之極的事。草木皆兵之下，似乎人人都可能倒戈向洛陽那邊。

正當朝中和京師百姓都人心惶惶之時，趙栩脫險的消息終於到了汴京。九娘緊緊捏著手中細長的紙條，「平安」兩個字飛揚跳脫，似乎活了過來直撲入她心裡。十幾隻飛奴正急急啄著地上的粟米粒。

看到惜蘭遞上的帕子，九娘才驚覺臉頰上涼涼的，可還是要盯著那兩個字，心頭洶湧激盪得發疼，忍不住輕聲笑道：「我犯傻了，該笑的怎麼倒哭了——」

可她的確想摟住一個人放聲大哭一場，姨娘、慈姑哪怕有一個人在她身邊，也許她早就這麼做了。

慈寧殿裡，陳素眼巴巴地看著向太后手中那張紙，雙目泛紅，低聲一再問九娘：「是六郎寫的嗎？不是誰用來哄我們的？」她雖然不得已做了修道之人，卻放不下一雙兒女，也知道當下京城岌岌可危，若有趙栩的音信能讓臣民們定心不少。

趙淺予又哭又笑著說道：「誰敢拿這哄我們？阿妧說的肯定不會錯。」

九娘笑著搖頭：「是六哥親筆，不會錯的，學他字的人雖多，可哪裡寫得出他的銳氣和靈氣，放心吧。」

向太后將字條遞給趙梣：「祖宗保佑，上天顯靈。」她看向陳素：「不枉你每日誠心祝禱，這下總算一塊大石頭落地了。阿妧你說，六郎這消息要昭告天下還是瞞著？」

「娘娘，洛陽偽帝急著娶我六姊，想來頗多文臣反對趙棣自立。福建、兩浙等四路亮出了造反大旗，這應該是阮玉郎傾其所有的招數了。眼下臣民士氣低迷，正需要六哥平安的消息大鳴大放，既能讓洛陽弄不清真假，也能振奮軍心。想來不出一個月，六哥就能帶著西軍抵達城外。」九娘眼中神采飛揚，趙栩只給了她兩個字，可她明白，他壺口瀑布縱身一躍，要的就是明裡暗裡阮玉郎的勢力全部暴露出來。

天時，趙栩他壺口脫險，上蒼庇佑。地利，女真水師大敗，西軍揮師東來，只要汴京守住城池，便能和陳太初會合，將南北叛軍一網打盡。人和，天下民心維護正統，只要趙梣平安，洛陽篡位之罪名便難以逃脫。

燕王得上天庇佑，自壺口瀑布脫險，現身於永興軍路京兆府鬧市中，宣告與洛陽偽帝趙棣斷絕兄弟骨肉親情，即將率領西軍增援京師平定叛軍。藉由官府和各地商旅的傳播，加上元旭匹帛鋪和軍中刻意宣揚，消息很快便傳遍了中原大地。

樞密院裡對守城一事卻不樂觀，北三路發兵時四萬人，如今已集結了近十萬廂軍。福建水師向來彪悍，兩浙和江南東路也殺來五萬人，一路還會再徵募兵丁。若再有造反叛變的，兩邊只怕夾擊而來的不下於二十萬人。京城禁軍跟隨天波府穆太君和陳青西征，加上不斷支援永興軍路的，陸陸續續已有四萬人，留守的如今只有八九萬人，還包括了中元節後徵募的新兵。

這邊二府及各部又開始爭執，如此惡劣的情勢下，是退往應天府等燕王，還是繼續堅守汴京。二府求穩者眾。應天府的南京留守乃是定王老殿下的次子，三番五次上書請陛下和太后遷往南京，有陳太初領軍的東四路作為屏障，比坐守京城更安全。

張子厚和鄧宛卻有向太后、趙栐的支持，執意堅守不退，以免洛陽士氣高漲，甚至失去民心。

夕陽依依不捨地浸入洛水之中，河面鋪金，倒映著殘陽如血。

阮玉郎負手站在岸邊，修長背影也鑲了一道金邊。

高氏以為趙栩平安的消息是汴京和陳青刻意捏造的，算是最後的負隅頑抗。她在深宮中幾十年，越發自欺欺人了，先前她還真的以為福建路、兩浙和江南東路都是應她所召，倒把她自己感動得老淚縱橫，著實可笑。

趙栩跳入那樣的瀑布裡還能不死？上天庇佑？上天何時帶眼識人過，他爹爹、他，誰被庇佑過？

除了動用軍中力量的時機不妥，以至於不得不又扶持趙棣這個傀儡；除了女真人剛愎自用，竟然敗在陳太初手中，還敗得那麼慘；除了小五不幸遇難，除了中元節大鬧京師裡應外合的戲未能唱成……

不順利的事，他這一生經過太多，沒什麼大不了，總有一條路能走通，能得到他想要到的結果。至少，以他手中的兵力，加上即將抵達的女真和契丹騎兵，汴京無論如何也支撐不到援兵來。何況大趙的那幾個宰相，誰又會相信前去增援的禁軍是不是真的增援。

他的命，荊棘滿路，他也要討回本該屬於他的一切，就是上天反對也沒有用。只可惜，這條路，他只能獨自一人走到底。

壞消息後頭跟著好消息，好消息後又跟著更壞的壞消息。趙栩脫險平安歸來才令人安下心來，生出許多期盼。緊接著傳來的是契丹壽昌帝駕崩，繼位的卻不是皇太孫耶律延熹，而是他的叔叔。個中爭鬥，遠在京師的九娘無法想像，只知道耶律延熹和耶律奧野逃往夏州，要收回當初借給陳元初西征的契丹西京道兵馬，意欲奪回皇位。

斥候急報樞密院，契丹新帝登基後便宣布皇太孫參與的四國和談令契丹蒙羞，理當作廢。剛剛在陳太初手下折損了六萬精兵的女真人，不僅派出使臣參加契丹新帝登基大典，更主動將先前四國和談得來的室韋和烏古部奉還給契丹。因此契丹新帝深得民心，更與金國結盟，鐵騎揮兵南下，劍指真定府和河間府，欲趁火打劫，瓜分大趙國土。

朝中更是悲觀，蘇瞻請求太后和官家認真考慮退守應天府一事，並且詳細在輿圖上做了解釋。契丹宮變，不僅立刻解了西夏梁氏的後顧之憂，更令汴京三面是敵，有圍城之困。

九娘看著眉頭緊蹙不再反駁蘇瞻言語的張子厚，緩緩搖了搖頭，堅定不移地道：「生死乃小事，大節不可棄！京師，乃大趙萬民歸心之處。史上但凡因戰禍遷都者，皆衰落，所謂中興，人丁、國庫、人才皆遠遠不能與盛世相媲美。如今西邊的夏國、北邊契丹和女真，東有高麗來犯，阮玉郎要的就是我們慌亂害怕崩潰，若是給他得了汴京，趙棣告太廟，行大典正式登基，隨之異族四國危害立時可解，那暗中割讓國土之事，只要隱瞞不報，興許幾十年後才有人知曉。成王敗寇一旦刻入百姓心中，趙棣反而成了正統，官家則變成流亡之人，絕不可取。只要官家還留在汴京不走，趙棣就算贏了也是篡位之人。棄京師者棄帝位！」

還有六郎說過，他一定會回汴京的，她不能放棄，只要上下一心，汴京三重城牆，定能守到他歸來。

第三百零三章

這一剎，蘇瞻凝視著九娘熠熠閃光的眸子和決絕赴死的神情，有些恍惚。十五歲的小娘子，哪裡來的這種「士」才會有的膽氣勇氣，他想不出孟建和程氏兩口子如何能教養出她，便是梁老夫人親自養育長大的孟嬋，也是恪守規矩品性溫良的女子。

可眼前的少女，是一把利劍，出鞘的利劍，氣貫長虹，寧為玉碎不為瓦全。像阿玞的性子，從來不知道求全，不知道妥協，不知道退讓。

蘇瞻看到年幼的官家一臉孺慕地看著九娘，就連向太后也挺直了背脊生出豪邁之情，吸了口氣道：「莫非命也，順受其正，是故知命者不立乎岩牆之下。這也是你先祖孟軻之言，一國之政，多國之爭，從來不是只靠流血只靠膽色才行的。我等臣子之性命，微不足道。豈能置官家和娘娘於險地？還有圍城之戰，你可知汴京這十多萬百姓要死多少人？若不是憐憫生靈，愛惜百姓，我大趙又怎會放任燕雲十六州為契丹所占許多年？何況此乃一時權衡之策，利國利民，善莫大焉。你這般危言聳聽，毫不變通，有負燕王殿下所託。」

他無奈地歎息了一聲，自從中元節之後，娘娘和官家越來越聽信九娘的話，加上張子厚和鄧宛這等狂熱派，二府的決策竟然屢遭兩宮駁回，這十多天留中不發的摺子和上書積壓了許多。

「蘇相大約忘了，先祖那話後面還有一句：盡其道而死者，正命也；桎梏死者，非正命也。」九娘朗聲道：「陛下，娘娘，先帝靈柩尚未發引，趙棣前來攻打汴京，有何面目見先帝？汴京臣民又能否隨陛下和娘娘一同退至應天府？若不能，遭棄的臣民會作如何想？」

九娘看著向太后和趙栩道：「娘娘，蘇相所說燕雲之往昔，不正是他日趙棣占領汴京後的情形？士農工商，為何獨獨士為知己者死？皆因農工商所憂心的，一碗飯、一張床和家中老小而已，誰做皇帝，換什麼朝代，又有什麼干係？可不戰而逃，天下士子必共同唾棄我大趙朝廷。民心會向著誰不言而喻。四國入侵，七路謀反，除了東四路和西軍，南方各路至今只有上書沒有發兵，皆因存了觀望之心，怕丟了那份從龍之功。陛下和娘娘又能和諸位擅長權衡之策的臣子們在應天府支撐多久？待那趙棣登基，必然減免賦稅，大赦天下，謀反者可加官進爵甚至得封王侯，觀望者也能平安無事繼續領俸祿，即便是我孟家，也可仰仗六姊的偽皇后一位繼續簪纓世家書香門第的榮耀。可陛下和娘娘將何去何從？入瑤華宮修道、開寶寺出家，抑或被軟禁於深宮殿閣之中？請陛下和娘娘決斷。」

如此振聾發聵的言語，近乎大逆不道。可趙栩兩眼閃閃發光，走下御座，徑直到了九娘身邊行了一禮：「多謝先生，吾受教了。」

七路叛軍從西北和南方逼近汴京，各地戰事如火如荼。趙栩每日早朝後便往太廟祭拜。禮部改於八月初一在南郊請謚，八月十五奏告及讀謚冊於福寧殿。京師百姓見皇帝太后和朝廷毫無棄城之意，雖有不少人避往鄉下親戚家去，更多人義憤填膺摩拳擦掌，要給來犯的叛軍好看。

各大瓦舍勾欄的說書人戲班子，紛紛獻上諸多話本子，有的演「王師平四海，聖帝懲奸佞」，罵那趙棣枉為先帝之子卻勾結異族圖謀篡位，不惜驚擾先帝，不忠不孝不悌竟然還有臉自立稱帝，歎太皇太后老眼昏花晚節不保，一世英名付諸東流。也有演「燕王救駕」的，把那壺口瀑布脫險，領兵擊敗叛軍演得氣勢磅礴，慷慨激昂，最後燕王腳踏五彩祥雲降落城頭，跪拜年幼的官家，更引得士庶百姓擊節叫好。還有演「叛逆篡位賣國土，英雄誓死護正統」的，將趙棣要割讓的州縣都說得有鼻子有眼，把汴京四美文武雙全表現得淋漓盡致，奈何要找到演四美的著實困難，四個人倒有三個乃是女伶人扮。

汴京城白日熙熙攘攘，夜間鼓樂不斷，不像待戰之城，倒似那灶上的熱水一般，熱氣騰騰。

各部緊鑼密鼓準備打持久的守城之戰，剛剛才從黃龍府逃回來的孟建回到汴京，還沒來得及到御史臺衙門報到，便被吏部一紙文書派去了戶部做老本行。翰林巷除了各房守屋子的僕婦雜役，幾乎是空府一座。三房的程氏帶著七娘、林氏也都南下蘇州去了，偏偏蘇州就在造反起事的兩浙路，如今南北斷了音訊，也不見有僕從來信。宮裡的孟在和九娘知道他歸來，也只送來書信一封，簡短說了說近日發生的要事，請他勿憂心，帶領部曲守好家裡即可。

孟建長吁短歎地去了兩日衙門，忙得不可開交，這日回到翰林巷，卻見角門旁停了一溜的車馬，不少僕婦部曲正從馬車上往下搬運許多大箱子。一旁在傘下叉著腰挺著微微隆起的小腹的娘子，卻是程氏。

看到孟建傻乎乎地站在門口呆呆看著自己，程氏瞪了他一眼：「看什麼看？沒看過有身孕的女子嗎？」

林氏捧著托盤從角門裡匆匆出來，竟沒留意到孟建，只大聲道：「娘子喝杯茶先，莫要中了暑氣，明日還要進宮覲見娘娘呢。咿，郎君回來了？」

孟建奔上前，不敢置信地摸了摸程氏的小腹：「幾時有的？幾個月了？怎麼不曾寫信告訴我？」

轉而他連連跺足，看看周圍的僕婦，壓低了聲音道：「你們回來做什麼！京城馬上就要打仗了！」

程氏扶著他的手臂慢慢上了肩輿，看了看天：「天要下雨，娘要嫁人，你攔得住？到處在打仗。咱們的娘倒不要嫁人，就要返京，做媳婦的能怎麼辦？」她沒好氣地道：「你不知道兩浙路造反了嗎？杭州太守不肯謀反，帶著一些禁軍和叛軍打仗，血流成河。要不是二郎特地繞道蘇州把我們接回來，我們恐怕就要在蘇州等著被燒殺擄掠了。」

孟建目瞪口呆，心慌得不行，喃喃問道：「九郎、十郎、十一郎呢？還有阿姍在哪裡？都回來了嗎？你們明日就去應天府躲一躲。」

程氏歎道：「六月裡，眉州來信說我娘身子不好了，我那時候胎相不穩，便讓七娘去眉州略盡心意。你那兩個寶貝兒子，耐不住被大郎天天拘在族學裡念書，死乞白賴地也要跟著去拜見外婆外翁，我想著他們三個一路上好有個照應，便讓梅姑帶著他們去了。十一郎擔心阿妧，跟著回來了。」她歎了口氣：「躲能躲到哪裡？娘說得對，亂世裡，哪裡都不太平，蘇州至少有大郎安排得還算妥當，這邊孟氏一族老的老，小的小……娘還是放心不下。」

最放心不下的還是阿嬋，程氏這話沒說出口。

到了翠微堂，梁老夫人略有疲乏之色，正和杜氏在細細詢問二房為何都去了洛陽一事，見到孟建、程氏等人來了，倒精神一振，受了他們的禮，仔細端詳了孟建一番：「三郎清減了不少，聽說你跟著燕王殿下一路北上，做了驚天動地的大事，真是祖宗保佑，家門有幸。」

孟建在左上首坐定後，心裡頗有些不自在，只笑著謙虛了幾句，又挖空心思把兩位兄長的現狀說了。梁老夫人見他對阿嬋和阿妧所知甚少，因入宮覲見的摺子一入城就已經遞上去了，倒也不著急。

聽了孟建小心翼翼地提起躲避戰禍的話，梁老夫人摩挲著手中的數珠，淡然笑道：「我孟家豈有貪生怕死和附和篡位逆黨之人。太皇太后病得厲害，被人蒙蔽或挾持也不奇怪，可那人要利用我孫女和我孟氏千年來的清白名聲，卻萬萬不能。」

她看向杜氏：「阿程是沒法子被迫跟著回了汴京，你呢？」

向來溫和少語的杜氏笑道：「郎君和兒子都在這裡，我一介婦人怕什麼？娘莫非忘了，媳婦還有兩把壓箱底的寶劍能唬人呢。」

程氏笑道：「大嫂可別小氣，記得分給我一把。我眉州阿程也不是好欺負的。那些個強盜想要闖門搶錢，就拚個你死我活。」

孟建低聲道：「錢財身外之物，哪有性命重要？」

湘妃竹簾掀起，九娘笑道：「娘護的不是錢財，而是臉面，是聲譽，是尊嚴，是大義。阿妧拜見婆婆、爹爹、娘親、大伯娘。」身後是一身戎裝的孟在和孟彥弼。

行完一圈禮，九娘笑盈盈看向程氏身後眼淚汪汪的林氏和十一郎：「姨娘見了我淚汪汪，可是因為今夏不曾吃過阿妧的冰碗？你看看十一弟，往日捧著冰碗不撒手的都笑眯眯的呢。」

堂上眾人不禁都笑了起來，連孟在都扯了扯嘴角，溫柔的眼神落在妻子身上。十一郎上前給九娘行了禮，千言萬語只在九姊安康四個字中。

「唉，也不過小別了兩個多月，可在這亂世之中，舉家能團聚，也是好事。」梁老夫人歎道：「只可惜二郎、阿呂和阿嬋……」

「婆婆放心，六姊很快就能回來了。」九娘柔聲道，突然得知老夫人、大伯娘和程氏竟然跟著二哥一同歸來，她心中感慨萬千，孟氏一族，能享譽百年，在世家大族中首屈一指，憑藉的就是婦孺也有這口氣。而青神王氏的泯滅，既是偶然，更是必然，怨不得天。

梁老夫人眼睛一亮，又酸澀得不行，她只從各方公布的消息中，大抵已推斷出那最壞的可能，實在不能任由孟存走上歧路，更不能陷孟氏一族成為篡位亂黨一派，這才毅然決絕返京。

眼前兒子媳婦們，孫子孫女們，一張張笑臉，齊心協力，沒有一個貪生怕死之輩，還有程氏腹中來年即將降生的孟氏胎兒。

梁老夫人沉聲道：「我孟氏一族，當追隨皇帝，誓死守家衛國，天子腳下，死得其所。你們，可會害怕？」

翠微堂裡男男女女站起身齊齊大聲答道：「不怕——！」

廊下的鳥籠裡，各色珍禽無聊了幾個月，被這喊聲嚇得在籠子裡撲騰亂飛，啼叫吟唱不斷，企圖壓過屋裡的聲音。院子裡的僕婦們也都挺直了腰身。

汴京城到了晚間，各大世家便聽說了，翰林巷孟府的梁老夫人攜女眷和孫輩們特地趕回京師保家衛國。宮中向太后也派了尚宮親往孟府傳口諭，召郡夫人梁氏、夫人杜氏入宮覲見，更因孟氏九娘賢淑，封其母程氏為正三品護國夫人，一併覲見。

這一夜，眉州阿程摸著自己的「球」，對孟建深有心得地感歎道：「誰說非要生個嫡子呢，兒子不見得強過女兒。我這輩子，靠郎君沒靠出個誥命，靠兒子更盼不著，還是多虧了阿妧哪。」

想到自己竟然一躍成為孟府誥命最高之人，正三品，夫人，還有封號，天要下雨，娘要發達，擋也擋不住啊。實在睡不著，實在不能怪她。

第三百零四章

木樨院裡程氏高興得睡不著，空置了許久的聽香閣淨房裡，林氏卻撲在浴桶邊上嚎啕大哭著，哭兩聲又伸手去拍惜蘭幾下，因不敢使上力氣，更覺得難受委屈：「你這是怎麼照顧小娘子的！她腿上這麼大片大片的傷疤，哪裡好得透。原來跟豆腐似的，現在像豆腐渣了——」

慈姑和玉簪也都氣囔囔地瞪著惜蘭。

九娘噗嗤笑出聲來，霧氣氤氳中，嬌豔粉嫩的臉龐上水光淋淋：「豆腐渣我也愛吃，和草魚頭一起，加點筍絲用薮辣油和豆瓣醬炒香了一起燉，最後撒點芫荽，啊呀，我好些日子沒下廚了，要不明日午間就吃這個吧。」

林氏淚水還掛在臉上，聽得嚮往不已，身不由己地點了點頭：「那裡頭的豆腐渣實在好吃——不對啊，小娘子，奴說的豆腐渣——」

慈姑趕緊拉了拉林氏：「不是吃的。」

九娘不顧慈姑又憐惜又責怪的眼神，趕緊笑眯眯地道：「那我明日讓玉簪給你多送一小碗，你悄悄地別告訴十一郎。姨娘，他臉上怎麼長了好幾顆痘子，得吃清淡些。對了，玉簪，記得讓廚下的林嫂子把魚頭裡的黑膜刮乾淨。」

林氏在腦子裡轉了十八個彎，眼睛在慈姑和玉簪臉上轉了轉，瞪大眼拍了拍水面：「小娘子！你別看著左邊右邊說些不搭邊的。奴說的豆腐渣，是你這大腿上的傷疤，日後成親了怎麼辦？你不知道那個封家的小娘子從洞房裡被連夜送回娘家退親的事嗎？」

九娘吐了吐舌頭：「連吃的和十一弟都岔不開話，真是士別三日當刮目相待，難怪連阮玉郎都栽在姨娘和錢婆婆手裡。對了，姨娘可曾受傷？」

林氏一怔，眉頭豎了起來，大哭道：「小娘子真是的，奴這廂為你操心擔心，你怎麼自己一點都不放在心上啊。皮肉傷成這樣，嫁不出去怎麼辦？」

九娘見這樣都不能讓她分神，只能笑著低聲道：「姨娘放心，他才不會嫌棄這個——」話未說完，自己臉上一陣燥熱，乾脆沉入水底，烏黑長髮在水中散開飛舞，櫻唇微翹，玉齒稍露，隨即一串晶瑩的泡泡從水中咕嚕嚕冒起。

林氏呆呆地看著浴桶裡面，又抬頭看向惜蘭：「他？他是誰？」她約莫猜到了，又怕自己魯鈍猜錯。

惜蘭悄悄伸手比了個六字，點了點頭，唇角也不禁彎了起來。若是殿下聽到九娘子這般說，不知道會有多高興。

四更的梆子沿著第一甜水巷從北往南而去，木樨院裡因為高興而睡不著的女人，又多了一個。

翌日，梁老夫人率領媳婦孫女一同入宮覲見向太后。

向太后也不見外，特地將魏氏和陳素也請到了慈寧殿正殿。魏氏和陳素見到杜氏，十分高興，問及蘇州孟氏一族以及孟彥卿所作所為，眾人不由得又唏噓感歎江南路兩浙路之事。

梁老夫人柔聲寬慰向太后：「太皇太后想來是為阮玉郎和五皇子挾持了，無論如何，她都不會容忍阮玉郎插手大趙朝廷之事，何況娘娘這幾十年來和太皇太后相處和睦，娘娘勿過於憂心，只要京師一日不淪陷，太皇太后便能安然無恙。」

向太后不禁哽咽起來：「娘娘待我，視如己出。自從她柔儀殿中了那毒，便迷了心智，又中風了好幾回，如今身陷洛陽，為叛黨所利用。娘娘她定痛不欲生，只是連累了你家二郎和六娘，趙棣如此不擇手段，真是無恥之極。」

梁老夫人和杜氏、程氏趕緊站起來躬身道：「多謝娘娘掛念，孟氏感恩。」

眾人說完國事又說起家事，因魏氏十月臨盆，程氏腹中胎兒要來年二月才出生，向太后笑道：「這兩個孩子倒像是約好了來的，巧得很。若是一男一女，日後你們倒可親上加親了。」

程氏自入了慈寧殿一直只微笑不說話，生怕管不住嘴說錯話，丟了孟家的臉，也丟了九娘的臉，聽到這句，實在忍不住，微微欠身笑道：「娘娘，魏嫂子懷的肯定是個小娘子，臣妾原來一心盼著生個兒子，可這肚子裡八成也是個女兒。」

殿上的人都一怔，向太后皺了皺眉，只覺得委屈了九娘，便有些後悔那誥命給得太早了。

程氏笑道：「其實像阿妧這般的好女兒，妾身巴不得多生幾個。只是人老了，有這心沒這力，老天爺都不免笑話妾身，替妾身害臊了。妾身只好盼著阿妧早日出嫁，能生個外孫子給妾身抱一抱。」

魏氏原本心裡一跳，聽程氏這般插科打諢，聲音還有些顫抖，倒把向太后這隨口的指婚給糊弄了過去，不由得讚賞地看了程氏幾眼。

向太后目光落在程氏身上，笑了起來：「你倒是個有意思的人兒，看來阿妧這說俏皮話的本事像你。」

梁老夫人接口道：「若是阿妧明年能懷上，這兩歲的姨母抱著滿月的侄女吃滿月酒，也是稀奇事。」

九娘不知道話題怎麼就落在了自己頭上，見向太后、陳素和趙淺予都一副心中有數理所當然的模樣看著自己，平日俐落的舌頭打起了結，臉上一紅：「婆婆和娘親今日一早就喝醉了不成？」

眾人都大笑起來，只有魏氏心中喟歎了好幾聲。

臨近午時，向太后留孟府一眾女眷在宮中，賜宴。一頓飯還沒吃完，趙梣樂滋滋地跑了過來，喜形於色：「六哥率領西軍大敗西夏和回鶻聯軍，殲敵八萬，俘兩萬，十萬西軍已經在趕回汴京的路上了。」

眾人哪裡還有心思吃飯，趕緊起來給官家行禮問安。向太后便吩咐撤了宴，轉回慈寧殿說話。

趙栩在京兆府兩日，只選出三千騎兵，卻並未直接奔赴汴京，反而採用義莊轉運的方式，從京兆府只用了一日便抵達鳳翔府。在鳳翔府換馬後又增調三千騎兵，疾馳近四百里路，又是僅用了兩天便到了渭州。跟著六千重騎急速插向蘭州東南方向西夏和回鶻聯軍的大營。

聯軍大營，暗夜中燈籠高掛，火把極多。營帳密密麻麻，不見邊際，幾乎和遠處山巒融為一體。

趙栩及六千重騎的馬蹄上全都包上了厚厚的棉絮，疾奔之中，只感覺到大地顫慄，卻不聞急促蹄聲。眾將士見到那營帳之多，都有些疑心，只憑己方這區區幾千人，能否全身而退。但想到趙栩一路所言，不由得都振奮起來，跟隨燕王殿下，何懼生死！

趙栩毫無退卻猶豫之心，雙腿一夾，馬速更快，他從懷中取出長管，右手高揮。

半暗半明的夜空中驟然開出燦爛的煙花，殿前司的專用信號。

六千大趙重騎立刻齊齊點燃了手中的火箭，黑煙蓬地爆出來，石油的臭味立刻彌漫開來。馬快，弓滿，箭如流星飛撲向三百步以外的營帳。周邊一排的營帳立刻熊熊燃燒起來，營帳的柵欄也燒了起來。

眨眼間，趙栩已衝到了壕溝之前，對面已亂成一片，救火的取水本就不易，好不容易提來的水，澆上去，油隨水走，火隨油飛，立刻燒得更加肆無忌憚。零星已有箭矢飛過來。

「架橋！」趙栩大喝道。

他身後的六百軍士，每六個人一組，立刻將手中一人高的長旁牌橫了過來，兩頭的掛鉤一靠，結成超長的旁牌，奮力投擲進壕溝，壓在了壕溝裡藏著的那些守營工事上，那些粗長的木刺竟穿不過連精鐵箭頭也能擋住的竹質旁牌。

趙栩身先士卒，一提韁繩，直衝了過去。那被火焚燒著的柵欄，在鐵騎重重一擊之下，頹然倒下，後面箭樓上的士兵，眼睜睜看著這群如狼似虎的重騎兵，手持他們看都沒看到過的超長朴刀，幾下便砍倒了箭樓的四根立柱。而他們的箭，根本射不到被旁牌掩護著的趙軍。

殺聲震天，屍橫遍野。

中軍大營裡的梁氏才上了馬，趙栩已帶著六千重騎憑藉手中比長槍還長了一尺的超長朴刀，如砍瓜切菜般，從東營口殺到了王帳兩百多步外。遙遙看到王帳的金頂，趙栩厲聲喝道：「結陣！放箭！」他再次揚手，又一道信號，璀璨地開在了被火海映紅的天空中，宛如翠綠的墨菊。

那等眾將士過了壕溝，才收回旁牌的六百人立刻策馬上前，以趙栩為中心，高舉旁牌，圍出一道弧形城牆。

身後每一百人一班的重騎立刻往煙花下疾馳而來，途中掛刀，摘弓，反手拔箭，點火，上弦。

墨菊開時，前方兩百步是王帳，火箭焚之。

趙栩的話，每一句，都只說一遍，可他們每個人，在心底默默念了上百遍。

幾千枝火箭帶著濃煙和惡臭，撲向金頂王帳。梁氏胯下馬兒受驚立起，竟將她摔下馬來。

「太后！——」

驚呼聲不斷。

「大趙王師已至，西夏梁氏受死！」不遠處傳來極整齊的吼聲，震天動地。

與此同時，聯軍大營的正面也受到了陳青率領的三萬重騎襲擊。一片火海之中，睡眼惺忪的西夏和回鶻軍士還沒來得及搞清楚究竟有多少趙軍來偷營，已在密集箭雨中倒下許多。

三萬重騎按煙花信號行事，首次使用超長朴刀的軍士們憋足了勁，跟隨在陳青身後奮勇殺敵，見到墨菊信號，皆直奔王帳而去。

誰也沒料到戰事到來得比所有人預想得都更快，而敗的那一方更料不到會敗得這麼快這麼慘。兵敗如山倒。西軍勢如破竹攻入蘭州，回鶻撤軍，梁氏率餘下的十萬眾退向西涼府。

同夜，耶律延熹和耶律奧野率領契丹西京道的五萬鐵騎，會合了夏州陳元初、李穆桃所借的人馬，也未曾如傳言中殺回中京道奪回皇位，反而日夜不停地奔襲興慶府。

興慶府近百黨項貴族，大開城門，迎興平長公主李穆桃歸來，遵李穆桃為「攝政長公主」，廢梁太后執掌朝政及軍國大事之權，派遣使者再次向大趙求和。

「蘭州大捷」是大趙騎軍首次顯示出令人難以相信的行軍速度，是大趙攻營戰最為經典的一戰，也是超長朴刀、石油火箭第一次在戰場上露面。

經次一役，最新登上「戰神」寶座的陳太初，又被民眾喜新厭舊地拋在了腦後。戰神燕王趙栩，率領十萬西軍精銳，其中有五萬重騎軍，正以日行一百五十里的神速往京師勤王。

有那消息靈通的，眼見近萬重騎兵先鋒軍馬不停蹄地捲過太行山下，人人還牽著一匹空馬，見不到什麼輜重糧草車，只怕這先鋒軍依然能日行三百里。那朱紅的「趙」字大旗在夕陽下獵獵飄過。

蘭州到洛陽，一千二百里路。趙栩一馬當先，一路往東。

阿妧，我回來了。

而這時的洛陽宮城裡，正在準備一場倉促簡陋的帝后大婚。

第三百零五章

蘭州大捷的消息對於洛陽而言，無疑是高歌猛進時遭到的一記重擊。也因此，太皇太后不顧宗室各位親王和禮部的質疑，下旨立即舉辦帝后大婚儀式，將孟存一家和六娘安置於宮城南邊的郡王府裡，一天內便要行罷六禮❶。

禮部官員欲哭無淚，巧婦難為無米之炊，洛陽新建的禮部衙門還不到一個月，連件像樣的褘衣都趕不出來，只能徵集了兩百多位繡娘，將岐王妃的深青色大禮服上加繡了五彩翟紋，可惜連十二等的翟也集不齊，十二重行最後變成了九重行。大小花釵各十二枝的兩博鬢、九龍四鳳冠更不可能憑空變出來，太皇太后便將自己受皇后冊封時所用的鳳冠賜給了六娘，一併又賜下了白玉雙佩、雙大綬、三小綬，以及玉環、青襪等等。

孫尚宮親自登門宣旨賜寶，呂氏不敢露出愁苦神色，卻怎麼也擠不出一絲笑意，帶著六娘心驚膽顫地謝了恩旨，那沉甸甸的鳳冠太沉，她險些沒接住。孫尚宮意味深長地看著六娘道：「他日回到京中，梁老夫人定會高興得很，當年娘娘重情重義，一諾聯姻，言出必行。孟家的榮耀，都繫於娘子一身了。娘子的賢良淑德是娘娘和先帝一早就看中的，日後往景靈宮行廟見禮，先帝也會很是欣慰。」

六娘垂下眼眸，福了一福，心中酸澀難當，不再言語。婆婆回到汴京了，一定很不放心自己，更不會願意自己做這個篡位皇帝的皇后。想到婆婆，六娘眼中淚珠滾來滾去。

夜裡回到房中，陌生的屋子，連帳幔顏色都是古怪的深紫色，不知道是那位郡王妃的喜好，看起來妖異又混沌。六娘在羅漢榻上，只覺得連手邊小几的式樣都太過繁複花哨。

「我好生想念綠綺閣。」六娘咬了咬唇，那句想念婆婆和阿妧說不出來，終伏在小几上抽噎起來。金盞、銀甌和貞娘趕緊圍著她說起寬慰的話。

貞娘將尚宮們給的禮儀冊子打了開來：「老奴讀給娘子聽罷，明日三更宮裡就要來人了——」

六娘的肩頭顫動得更厲害了，嗚咽著嘶聲道：「好貞娘，你莫要說了。」

呂氏進了屋，環顧了一圈，溫和地讓貞娘帶著眾人退到院子裡去守著，坐到六娘身邊，替她拭了淚，握住她的一雙手，又將女兒摟入懷中，母女兩個抱頭哭了一會。哭完了，呂氏紅著眼眶將那大婚之夜的事含糊其辭地說了，又將那避火的圖和瓷器悄悄塞給六娘，才哭著回正院去了。

渾渾噩噩的，六娘躺在床上，看著那外室留著的一豆燈火，照得裡間有些昏黃，那紫色的帳幔

❶六禮：中國自古嫁娶儀式，至周朝集禮儀大成，制定了「婚嫁六禮」，分別是「納采」：男方請媒人至女方家提親；「問名」：女方將生辰八字交予媒人帶回，以確認是否門當戶對或有無相剋相沖；「納吉」：問名若屬吉兆，男方即請媒人帶薄禮至女方家確認婚事，謂之小定；「納成」：俗稱大聘或完聘，即是接受聘金的儀式，男方選定吉日到女方家舉行訂婚大禮；「請期」：俗稱擇日，由男方家選定婚期大喜之日，並請求女方家的同意；「親迎」：就是迎親，男方至女方家迎娶完婚。

更顯得詭異。瓷枕上一片濡濕，她眼角有些火辣辣的痛，淚水止也止不住。

窗子咯噔輕輕響了一下，六娘猛然坐了起來，害怕裡夾雜著一絲期待。她小心翼翼地走到窗口，冷不防窗子突然開了，她嚇得剛要驚呼，就被一隻大手捂住了嘴。

「章叔夜奉九娘子之命來救你。得罪了。」章叔夜警惕地看了看四周，輕鬆縱身躍入窗內，放開六娘，將窗子復又關起，朝六娘笑了笑。

六娘見暗室裡這高大的年輕人一口白牙閃了閃，立刻想起來當年大樹下和陳太初比劍的那人，還有隨陳青出征的那個青年，牙齒很白，笑起來十分忠厚可親。

「阿玧——」六娘喃喃道。

章叔夜取出兩條粗布寬帶：「我背你走。府外和城中都有人接應，你放心。快的話明晚我們便能抵達汴京。」

六娘心中激盪，卻搖頭道：「你快走吧，我不能走。我走了我爹娘便活不成了。」

章叔夜將布帶在胸口交叉綁好，笑著抬起頭：「當然要一起走。上來吧。」

六娘眼睛一亮，又黯淡下來，看了看外間猶豫道：「那貞娘還有我的女使們——？」

「顧不得她們了。」章叔夜口氣中並無不耐煩：「抱歉。」

外間的腳步聲極輕，章叔夜暗歎一聲，已拔出朴刀，無奈地道：「你閉上眼。」

房門卻未開，外頭一把柔和的嗓子輕聲道：「娘子勿要掛念我們。快些走吧。」

六娘眼中的淚又決了堤，看看房門，那一豆燈火將三個人影投在槅扇門上，她們正不停地點頭。

章叔夜刀交左手，輕聲喝道：「快！」他側耳傾聽前院人聲果然響了起來，進來時幾乎見不到什麼人防守，零星十來個內侍和兩三隊巡邏的禁軍，果不其然早有埋伏。

六娘咬牙搖頭道：「你快走吧，別白白送了性命。告訴阿妧，別顧念我了。」

兵刃聲漸近，利箭破空之聲，瓦片碎裂的聲音傳來，屋頂的人已在激戰。章叔夜輕輕將窗子推開一條縫，見院子中火把四起，近百禁軍湧了進來。以他的身手，自然能全身而退，但還要帶著六娘和孟存夫妻兩個，卻難上加難。

章叔夜神色自若，轉頭抱拳道：「我會一直留在洛陽，直到救出你。宮中見。」他不走窗口，飛身上了桌子，躍上橫樑，朴刀刀光閃現，屋頂豁啦啦破開一個大洞，一條人影沖天而起。

「走──！」章叔夜手下如瀑布般劈出一片刀光，擊落箭矢，大聲喝道。

各個院子裡數十條黑影躥上牆頭，往府外撤去。

不知被誰一掌擊昏的孟存悠悠醒來，才發現自己身在二門外的花園裡，暗夜裡纍纍的紫藤花淡淡泛著微光，花架下背著他站著一個男子。孟存啊呀一聲，四處看看喊了起來：「阿嬋呢？阿嬋──！」

花樹下，那人轉過身來，一張陌生又熟悉的面容，帶著比紫藤花色還淡的笑容。

孟存一驚：「怎麼是你？」

阮玉郎伸手，併指如剪，一枝垂掛的紫薇樹枝脆生生地折斷了，一些碎花飄落下來，隱入阮玉郎腳下。

「其實殺人如折枝，最容易不過，可守在你這裡的禁軍們竟這般草包，一人也未能殺死。」阮玉郎笑了笑，美目流轉：「表弟，險些做不成國丈了，可生你那愛生事的小侄女的氣？」

孟存四處看了看，有些緊張地壓低了聲音道：「你要我做的我都已經做了，你還要怎麼樣？」

紫薇花在阮玉郎掌心被撚成了屑，他揚了揚眉笑道：「怎麼，聽說西夏敗退，你便也心生退意了？那人要帶你走，你想將錯就錯回轉汴京去？」

孟存一怔，漲紅了臉：「我沒來得及喊人就被打暈了——」

阮玉郎似乎聽到什麼最可笑的事似的，扶住身側的紫薇花樹，笑得牽動了胸口的舊傷，咳了兩聲，肩頭染上了好些淡紫色。他長歎一聲：「孟仲然，我答應你的可有一件事未做成的？」

孟存深深吸了口氣，輕輕搖了搖頭。

「禮部和西京國子監都已經開始將《孟子》列為必讀的經文，帝后大婚後，你便要去國子監傳授你孟家先賢的經義。待攻下汴京，趙棣自會下旨休養生息、減免、賦稅、選拔人才，親自前往鄒縣祭祀亞聖孟軻，奉孟軻為亞聖，建亞聖廟。從此大趙摒棄百家，獨尊儒術，儒術中又以孔孟為首，百年之後，人人只記得你孟仲然將孔孟之道推至朝堂之上，誰是皇帝又有什麼干係？」阮玉郎悠悠地轉過頭看向孟存身後遊廊：「好阿嬋，我阮玉郎說得可有道理？」

孟存猛然回過頭，廊下的燈不知何時熄了，昏暗中兩個人影定定地站在那裡，一動不動。

六娘手腳麻木，動彈不得，她第一次見到阮玉郎，是有六七分和趙栩相似，卻透著和那深紫色帷幔一樣的詭異妖豔。可她再熟悉不過的爹爹，卻變得如此陌生。爹爹對自己說的那許多慷慨激昂寧死不屈的話語，難道都是騙自己的不成。

孟存衝過來兩步。六娘立刻後退了兩步，拔足飛奔起來。

章叔夜！你在哪裡？

快回去告訴阿妧，告訴婆婆，爹爹已經不是爹爹了。是不是阿妧和婆婆已經猜到了？婆婆才會趕回京師，阿妧才讓章叔夜來帶他們回汴京。她錯了，她剛才應該毫不猶豫跟著章叔夜逃走的。

呂氏追了女兒兩步，掉過頭來，看著丈夫不知所措地大哭起來：「郎君！你這是為何？」

孟存頹然地一動不動，雙目泛紅。

阮玉郎輕輕擊掌。兩道矮小瘦弱的身影，從黑夜中飛出，直射六娘身後。

「阿嬋——！」呂氏慘呼起來。

六娘猛然回過頭，已吃了一掌，眼前一黑，連金星都不曾看見，便慢慢軟了下去。

阮玉郎淡淡地道：「給她熏香吧，明日聽話就好。無論我成敗如何，有她在，你孟仲然的性命總安然無恙。」

呂氏提裙踉踉蹌蹌奔向六娘，大哭起來，將對阮玉郎的畏懼之心全拋之腦後，也將丈夫拋在了身後。幾十步外的參天大樹上，隱藏在葳蕤樹葉中的章叔夜握緊了手中一根樹枝，刺刺的。

九娘子說了，若是孟存不對勁，就只要救回孟嬋一人即可。

帝后大婚，洛陽倒也喜氣洋洋，萬人空巷，盼著一睹盛況。不斷有使者飛馬回宮城報信：「皇后升輿出二門——」

不一會再高唱：「皇后升車出大門——」

鼓樂齊鳴，迎親使、副使及群臣簇擁著皇后車駕，直奔五鳳樓城門，百官和宗室都振作起精神來，畢竟孟氏一族的聲譽甚隆，宗室中不少親王也知道這位孟皇后，乃先帝和太皇太后早早就選定的皇后。更多人盼著因孟家和陳家的關係，能使燕王黨和洛陽化干戈為玉帛。

冗長的禮儀並未因那四不像的冊、寶和皇后褘衣而減免多少，拜、再拜，百官和宗室們輾轉在太極殿、鸞和門之間，最後才至含光殿觀禮。趙棣和六娘並肩坐於榻上，禮畢後趙棣立刻站起身來去換常服，眼風瞥到六娘，見她有些神情呆滯，心中更是不快。怕是聽說趙栩打贏了西夏，她更加不情願做這個皇后吧。

一路服侍六娘的，不是她的貼身女使金盞、銀甌，而是太皇太后身邊的尚宮和尚寢。她們見皇后一整日都有些呆滯，也無人敢亂想，見官家去換常服了，便也請皇后釋禮服入幄。不多時，又有女史捧了銀盞進來，餵皇后喝了些湯水。

六娘神志清楚，卻手腳無力，只能由著人攙扶行禮，看起來只比常人慢了一些，卻很符合皇后的威儀。一日下來，人已經麻木了。聞到那味道怪怪的湯水，拚命想扭開頭，卻只能如木偶班被餵了好幾口，昏昏沉沉的，連手指都動不了。

眼看著趙棣大步進來，只穿了白色中單，六娘眼睛眨巴了眨巴，那藥的藥性雖烈，連眼淚也擠不出來。趙棣見六娘已換了寢衣躺在了床上眼巴巴地看著自己，冷笑了一聲，大馬金刀地坐在床沿，看著尚寢女官們放下重重帷帳，才轉過身來，輕聲道：「孟氏，我讓你做了皇后，便只有這個名分是你的，其他的就不要貪心了。」

六娘連反應都慢了許多，還沒完全明白過來，見趙棣忽地站起身來，大力推著床搖晃起來，連著那外間五六重的帷帳都晃個不停，他口中還發出奇怪的悶哼聲。

趙棣如此這般了一會，看也不看六娘一眼。一盞茶後，外間孫尚宮溫柔的聲音響了起來：「陛下，還請保重龍體愛惜皇后。」

趙棣鬆了一口氣，放開了床沿，見六娘眼睛還眨巴眨巴看著自己，一句話都無也無任何動作，便又坐了下來，湊到她耳邊輕聲道：「若是你想要恩寵子嗣，去找娘娘告狀，我擔心娘娘讓人查驗你身子。若是你不說，我便不用這個。」

六娘看著他手中取了一根玉勢，似乎要除去自己的中衣，一身冷汗出不來，使出吃奶的力氣才搖了搖頭。趙棣仔細打量著一聲不吭的六娘，眼睛倒是瞪得很大，約莫是嚇傻了。他伸手抽出六娘的元帕，掏出一個小玉瓶，朝上灑了不少雞血，嫌棄地看了看，才放聲喊道：「來人——」

翌日一早，皇后孟氏依禮朝見太皇太后、皇太妃錢氏等人。

太皇太后見她行動緩慢，倒笑了。

大婚後的趙棣隨即又奔赴鄭州，要搶在趙栩抵達洛陽之前攻下汴京。機不可失，失不再來。

第三百零六章

大趙開朝百年來，如今內亂外鬥，戰火已燒半壁江山。女真和契丹聯軍一路南下，因有河東路和河北兩路的叛軍裡應外合，勢如破竹地拿下了真定府、河間府。他們一路燒殺擄掠無惡不作，鐵騎捲過之處，燒盡沿途州縣糧庫內的糧草。壯丁不肯被征為挑夫，皆性命難保。粟米的焦味混雜著血腥味，數里之外都能聞到。百姓號哭奔走，家破人亡，大名府以北生靈塗炭，村鎮全空。在這月黑妖星現，雲紅戰火燃之時，誰人不痛？

汴京皇城西南的都堂中，二府宰執們、樞密院官員及兵部、戶部各部尚書郎中、禁軍將領們齊聚一堂，聽著蘇瞻的話，視線都落在沉默如山的孟在身上。軍中論資歷論戰績，孟在足以服眾，當統領京城禁軍護衛京師。然因洛陽偽帝冊封孟氏女為皇后，朝中要求孟在辭官者甚眾。

蘇瞻手持厚厚一沓的摺子，皺眉對御史中丞鄧宛道：「清平你素來剛正不阿，怎會由得他們胡謅？若因孟氏女要連累伯易，那是否要因偽帝而累及燕王殿下和陛下，因太皇太后而累及太后？這些是我下令扣在中書省的，有何不妥？」

堂上群臣竊竊私語起來，立刻便有人出來彈劾蘇瞻一言堂，把持軍國大事，欺上瞞下，有害社稷。

鄧宛朗聲：「諸公且慢。蘇相並無這等罪狀，不可亂戴帽子。」他轉向蘇瞻道：「蘇相言重了，歷來臺諫有諫言便需上書。上陳下達，缺一不可。情理法理上該如何決策，那是二府各位相公和官家、娘娘當顧慮的。刑部和禮部、太常寺等各處的這許多上書，可見朝臣們均心有顧忌，堵不如疏，若你我一手強行蓋著，只怕日後禍患無窮。」

張子厚大步踏入都堂，朗聲道：「為君既不易，為臣良獨難。忠信事不顯，乃有見疑患。若要這般顧忌疑心，這朝堂上諸位恐怕都要掛印辭官才是。」

眾人都頭皮一麻，這位出名的「麻煩人」今日竟晚了許多，只怕又要舌戰群儒力壓群臣，再看他身邊穿男式女史官服的少女，秋水盈盈，笑意明媚，手上捧著厚厚一卷像畫卷似的物事。

張子厚甩了甩寬袖：「如因沾親帶故便要摘了孟都點檢的官帽，張某是萬萬不肯的。那趙棣封原永嘉郡夫人張氏為賢妃，諸位拿下孟伯易，是否跟著就要收拾張某和蘇和重了？我是偽帝賢妃的養父，蘇和重是她嫡親的舅舅。對，那國子監呂祭酒乃是孟皇后的親翁翁，自然也是要返鄉養老的。還是把我們通通牽連下獄？」

鄧宛挑了挑眉毛，笑意一閃而過，看來張子厚越發老辣了，沒有這樣的刀子嘴，也降服不了這些多心眼鑽在針尖裡的朝臣。

張子厚旁若無人，高聲道：「啊呀，對了，那陳孟兩家乃是姻親，陳漢臣、陳元初、陳太初是不是也得摘了他們的帥印？不如這般算了，你們直接將汴京獻給叛黨，將蘇家、張家、孟家、陳家一網打盡，這從龍之功得來全不費功夫。」他朝那些想要爭辯的幾位朝臣啐了一口：「打仗你們不會，保家衛國你們不懂，偏像那蠢豬一般，處處給叛黨做幫手，尸位素餐就是說的你們這等衣冠什麼來著，張某恥於和你們做同僚！」

他劈頭蓋臉地罵出市井之言來，不少人漲紅了臉，卻想不出更厲害的話罵還張子厚。鄧宛攤手道：「諸位可聽到了，鄧某覺得張理少所言極是。還請諸位不要再糾纏於孟伯易一事了。」

張子厚一甩寬袖，換了張溫和面孔，轉頭對九娘道：「孟女史，還是先將陛下親自盯了一整夜的好東西拿出來吧。」

九娘微笑著將畫卷送到孟在面前：「奉陛下旨意，翰林畫院連夜照將軍指點畫了這張戰事圖，只是不知道對不對，還請大將軍指點。陛下說了，怕有謬誤，特派了五六位畫師在外頭候著。」

孟在接過畫卷，掛到平日放輿圖的立屏上，落目在畫上，沉靜如他也不由得微微一頓。他在樞密院也擔任過簽事，因此昨日官家問及天下戰事時，他便耐心作了講解分析，卻沒想到一夜之間九娘便安排出了此圖，真是處處可見她心思敏捷、行事周全。

孟在站到一側，對著擁到臺階前的群臣說道：「諸位，這些城樓標誌，乃大趙軍事重地，兵家必爭，已落入叛黨和敵國之手的，皆為紅色。」

群臣見汴京周圍密密麻麻皆是紅色城樓，不由得都倒吸了一口涼氣，他們雖然心中都知道得七七八八，可如此直觀地看見京城之困，依然觸目驚心，尤其是北方，只剩下大名府一帶及鶴壁一帶連接京東西路的仍有幾個綠色城樓。再看到西邊遼闊疆域上永興軍路和秦鳳路一片皆綠，眾人又都略安心了些，不少人後怕地想到若是早幾天畫這圖，便是大趙江山一片紅了。

孟在指了指那紅紅綠綠帶著箭頭的粗線：「紅色，乃敵軍路線。綠色乃我大趙將士路線。諸位可見，這指向西涼的，乃陳漢臣所率的十萬西軍，正在追擊梁氏。」

刑部尚書開口問道：「伯易，為何從興慶府會有一道綠線出來？」

孟在坦然道：「陳元初和耶律延熹兄妹助西夏興平長公主拿下興慶府後，未做停留，連同長公主調動的興慶府守城的五千鐵鷂子，已回西京道，攻向中京道。這是大趙、契丹皇太孫、西夏長公主的三方聯軍，意欲擊破契丹和女真的聯軍，圍魏救趙，緩解汴京的危機。」

他點了點圖上的海州、蘇州、江寧府、揚州一帶道：「諸位可見，陳太初率領淮南東路和京東路的禁軍，再次以少勝多，收復了海州，正往京師方向趕來，將從背後攻擊高麗軍隊。兩浙路和江南路的三路叛軍，已占領了這十八州，眼下在蘇州和江寧府遇阻。」

張子厚聽著孟在的聲音提到蘇州微微暗啞了下去，便上前兩步，朗聲補充道：「蘇州彈丸之地，守城禁軍不過五千人，卻已抵抗兩萬叛軍三日三夜。孟伯易長子孟彥卿，率領江南三千士子投筆從戎，在蘇州太守錢潤寬麾下奮勇殺敵。孟氏一族，入軍營者已有一百二十七男丁。這等讀書人，頭可拋，血可流，才是我大趙士子的風骨！才是真正的君子！」

九娘心情激盪，感激地看著張子厚，他說得太好，全是她想說的。張子厚臉上微微一熱，轉開了眼，見不少人臉露慚色，才收了口：「還請孟將軍釋疑，大名府乃汴京北面的最後一道防線，可守得住？能守多少天？」

孟在吸了口氣：「新任的大名府權知府已將甕城外壕溝加寬六丈，開了三個城門讓難民進城。

鶴壁集的糧倉在燕王殿下整頓後，守得嚴實，叛軍急著南下，派了幾千人不斷騷擾，皆被鶴壁官民擊退。陳太初調遣了青州、袞州的一萬禁軍增援，為的是守住鶴壁集這條糧道，北可通大名府，西可達京兆府。如此一來，東西貫通，大名府必能守住。」

他手指從秦州那根綠線上劃過：「燕王殿下帶領的一萬先鋒軍已至京兆府，很快將會和叛軍遭遇。」孟在的目光冰冷，掃過階下群臣：「孟某之見，叛軍必將極盡全力進犯京師，不是今夜便是明日。諸位若有能替代孟某守城之人，只管推薦。」

堂上一片靜默，幾息後便炸開了：「什麼？今夜——！」

蘇瞻也吃了一驚，見張子厚和九娘皆神色如常，心裡湧起一股說不出的滋味，沉聲問孟在道：「伯易為何不早說？如今城門尚大開，軍民還不知戰況——」

張子厚道：「和重勿擔心，中元節其實就已經部署好了京師周邊的防務，事到當頭再抱佛腳，只會引發京師百姓恐慌而已。」

話雖如此，樞密院的官員們已亂成一團。

九娘默默看著眼前大趙朝堂的亂相，心緒卻飄到了趙栩身上。六郎何時歸來？天就要亮了，但還要熬過最黑的一刻。她看向身邊的孟在和張子厚，又見蘇瞻和謝相正在極力穩定各部官員的情緒，而鄧宛、趙昪皆專注地看著那戰事圖，神情堅毅。

亂世見人心。

翰林巷孟府忙而不亂，部曲們在外院和四周圍牆下巡邏著，內宅的僕婦婆子們都換上了窄袖短衣，廚房裡磨刀霍霍。

杜氏腰配長劍，一身騎裝，往日總帶著溫和笑意的臉上多了殺伐決斷的氣勢，她帶著貼身的四個女使和十來個僕婦在各院巡視，又吩咐屋頂防火的油布夜裡要再取下來浸透水。

進了木樨院，杜氏不禁笑了起來：「我家的護國夫人這是要上山打虎不成？」

程氏一直緊繃著，見到杜氏才鬆了一口氣，拍了拍案几上杜氏送給她的那柄劍：「人人背後都說我是母大蟲，我這也是給自己壯壯膽子。倒是我家阿林，定能打兩隻鳥下來，不過約莫也是為了烤著吃。」

房內站了兩排從二門調過來的身強體壯的僕婦，聞言都強忍著笑意，看向程氏身邊的林氏。

林氏紮著布頭巾，繫著襻膊，穿了一身村婦下田的短衣和褲子，腰間還插了一把從花農那裡討來的割草刀，見眾人都在笑自己，她挺了挺原本已極偉岸的胸，瞪大眼道：「九娘子說過，保不准京裡有壞人盯著咱們家，沒說有什麼壞鳥。奴連個彈弓都沒有，也打不到鳥。」

程氏笑得抱住腹部道：「我家阿林不再是草包了，倒變成了活寶。」

杜氏也笑盈盈地接過茶盞，柔聲道：「你家阿林是個寶才對，阿林，記得好生照顧你家夫人。」

林氏用力點點頭：「奴明白。九娘子說過，守得雲開能見到月亮。」

堂上又是一片笑聲。

當夜，叛軍先鋒一萬餘人開始衝擊陳橋北的禁軍營。京中有些流民打扮的人企圖在陳橋門鬧事，皆被早有準備的開封府衙役鎖了個正著。二更天時，有近千義勇奉命在各街巷敲鑼打鼓宣布：

京城保衛戰開始了。

外城各角樓上濃煙滾滾，在被火把照亮的天空中格外顯眼。皇城的六十四處巡邏所再次檢查緊閉的皇城城門，嚴禁閒雜人等靠近。

夜半汴京，大街小巷中盡是禁軍、廂軍和義勇以及開封府的衙役。西城陳府的大門口燈籠高掛，府中雖然一個主人都無，但陳家部曲們身披軟甲嚴陣以待，角弓已上弦，箭袋已滿矢。陳管家眉頭微皺，看著不遠處從鄰家走出來的少年。

他左手高舉火把，右手握著一柄劍，一步一步，走得堅定又沉穩，火光映照著猶帶稚氣的劍眉星目，不再驚疑不定，不再義憤填膺，冷靜自信，倒像幾分剛從大名府軍營中歸來的陳太初。

「秦大郎？」陳管家溫和地問：「今夜極兇險，快些回家照顧爹娘。」這孩子十分了得，在武舉中很引人注目，他也聽些舊日軍中同僚說過有將軍已看中了這孩子，要收做親衛。

秦幼安舉了舉右手中的劍：「陳伯，這是陳將軍送給我的劍，用來殺敵最合適不過。」他笑了笑，挺直了背：「我敢殺敵，也會殺敵。不管魏娘子在不在府裡，還請讓幼安盡一份力。若有宵小再敢來，正好祭劍。」

陳伯眼光落在他手中的劍上，不錯，自從陳青學武，便用的這把青城山出的寶劍，他陪著陳青幾十年，連他被發配去秦州時也一路跟著，這劍在他包袱裡包了三個月。

昔日那膽怯退縮的秦家郎君，從家中追了出來：「幼安——幼安！」不少街坊也打開了大門，這條並不寬的巷子裡敞亮起來。

陳伯歎了口氣，難得天下父母心。

秦幼安的爹爹奮力奔近了，舉起手上的角弓和箭袋，有些喘：「幼安，你忘了林教頭送給你的弓箭。」

後面的街坊鄰里有人大笑著喊道：「大郎！你這小子，說好一起替陳將軍守家的，怎麼一聲不吭自己偷偷來了？把弟兄們都忘了，該罰你十八杯！」

一片哄然大笑中，陳伯和陳家的部曲們緊握兵器，說不出話來。

秦幼安笑著登上臺階，站到陳伯身旁，高舉長劍喊道：「有敵來犯，當如何——？」

「打——！」

「殺——！」

眾鄰里高呼，也舉起了手中的鋤頭、菜刀，還有兩把被埋在院子裡終於得見天日的朴刀，鈍鈍的刀鋒暗黑無光，在一片農具廚具中格外威武。

州橋鹿家包子鋪前，也擠滿了聽到鑼鼓聲前來幫忙的百姓。各大夜市的攤販們有條不紊地收拾著自家的物什，不住向熱心幫忙的人道謝。

「奴家這鍋油不收！」吳家炸螃蟹的吳娘子尖利的聲音響了起來，卻不是往日罵人連一兩文錢也要少給，「留著澆那叛軍一頭一臉，不死也麻子。」

鹿娘子笑得手中的蒸籠都掉在了地上，立時被不認識的食客撿了起來。一旁有熟客笑道：「鹿娘子你的蒸鍋也能殺敵，千萬留著。」

鹿娘子眯起眼：「說得好，留著。客人們請先回吧，待官家打敗了叛軍，各位再來，鹿家包子三天不收錢！奴請客！」

櫃檯後的鹿掌櫃算盤啪地也掉在了地上，請客？三天？這是什麼鬼？

熟客生客們哈哈大笑，也有人湊熱鬧：「今日不吃了，帶走，還能當暗器砸那幫狗賊呢。」

「小心肉包子打狗有去無回！」

皇城慈寧殿中，趙栩正用盡全力地要拉開自己的小弓，九娘在一旁鼓勵著他。向太后精神奕奕地換了一身騎裝，手中竟持了一杆偃月刀，足足一丈有餘，刀鋒閃閃。

趙栩驚呼一聲，扔下小弓：「娘娘！你會耍刀？」

向太后慈愛地牽起趙栩的手：「十五郎莫怕，有老身護著你，護著先帝靈柩。」她笑著看向九娘：「阿妧倒不吃驚？」

「娘娘乃太宗朝的使相向太師曾孫女，青州節度使向國公的掌上明珠，當年向太師可是跟隨太宗遠征燕雲十六州的猛將，一柄偃月刀攻下燕州，娘娘家學淵源，阿妧欽佩得五體投地。」九娘是真心佩服，她從來未見過這般英姿颯爽的向太后。

向太后使勁掄了掄手中偃月刀，刀鋒過處，半片帷帳落下了地，跟著砰地一聲，那偃月刀也落了地。

眾人目瞪口呆，不敢出聲。向太后苦笑道：「當年還在家裡時，我還能揮上三下，如今竟拿也拿不動了。來人，將刀擱到我邊上。若有叛黨殺進來，老身撞上去便是。」

九娘和兩位尚宮合力將偃月刀抬了起來，才知道這刀極重，見趙栩眼眶紅了，她趕緊道：「娘娘，陛下能拉開他的弓了，該陛下守護娘娘才是。」

趙栩咬著牙取過小弓，拚盡全力地拉了一個滿開：「娘娘！看我——！」

九娘和幾位尚宮齊聲喝彩，向太后含淚笑道：「十五郎真是了不起！」

孟在和張子厚在外頭等候通報，聽到裡頭的笑聲喝彩聲，不由得對視了一眼，面色凝重，恐怕她們還不知道今夜將有多兇險。

第三百零七章

趙栩見到孟在和張子厚來了，又緊張又興奮，握著自己的小弓不放：「孟卿，我能滿開此弓了！」

孟在板正肅謹的臉上有了些微的笑意：「臣賀喜陛下。」

張子厚行禮道：「官家，宮中一個月來不斷清洗出可疑之人，阮玉郎的人所剩無幾，但忠於太皇太后的大有人在，為防萬一，還請官家和娘娘轉往福寧殿，便於禁軍守衛。」

向太后身邊的尚宮請示：「是否需要將真人、四主主和魏娘子請過來？」趙栩大眼眨了眨：「當然要，還要把哥哥姊姊們都接到福寧殿來。」向太后欣慰地點了點頭。

九娘上前柔聲道：「娘娘，為防有心人利用姜太妃脅迫娘娘和陛下，不如把姜太妃也挪至福寧殿。」

向太后看了趙栩一眼，見小皇帝的眼眶鼻頭已經紅了，便輕輕點了點頭，不欲多提：「阿妧呢，你便不要去都堂了，還是隨我們留在福寧殿。」

九娘福了一福，微笑道：「臣懇請陛下和娘娘恩准，允臣回翰林巷陪伴祖母和爹娘。」

張子厚沉聲道：「九娘你欲以身犯險，誘阮玉郎黨羽出來，但你身邊連章叔夜都不在，只有禁軍和部曲，萬一——」他反對了幾回都沒有用，只能說出九娘的打算，好讓官家和太后阻止她這般冒險。

孟在垂下眸子，他自然明白九娘的意思，她放心不下家中只有孟建一個，更是為了大局才會這麼決定。阮玉郎和太皇太后，為了能要脅趙栩，若有黨羽留在京中，肯定會全力拿下陳素和九娘。若是九娘離宮，不僅能打亂敵方計畫，分散敵人，還能將內城外城潛伏著的亂黨引出來。

趙栩立刻大聲反對：「你家裡都是老人女人，你回去更危險，還是留在宮中好。」

向太后卻點頭道：「陛下尚知憐惜兄姊，阿妧掛念祖母爹娘，也是應該的。阿妧，你安心回去照顧家裡人。有伯易在，宮中無恙。」

剛入殿的陳素、趙淺予和魏氏聽言，都依依不捨，再三叮囑九娘要當心。張子厚抿唇不語，他是無家之人，無牽無掛，唯獨只有她一個放心不下。她要做什麼，他陪著就是，傾大理寺之力也要護住她。

眾人到了福寧殿，一一安頓好。九娘行禮拜別。向太后微笑道：「梁老夫人此時北歸，孟氏一族那許多郎君投筆從戎，老身甚是感念，你孟家的老供奉被太皇太后宣入宮中，如今也該隨你一同回去守護孟氏一族。」

錢婆婆從殿外慢慢走了進來，微微有些佝僂，給官家、太后見了禮，便走到九娘身後站定，雙眸落在身前少女纖細的腰上，想起以前在家廟見到這孩子打人，唇角不禁微微一翹。

九娘眼眶微紅，錢婆婆能傷了阮玉郎，當今世上，只怕除了高似無人是她的對手。向太后不但允許她回翰林巷，還特意派錢婆婆保護她，愛護之心無需言表。

九娘帶著孟在調撥的五百禁軍精銳連夜趕回翰林巷，孟府上下又驚又喜。早就背了弓佩了劍的十一郎亦步亦趨地跟著九娘回到聽香閣，心裡高興，嘴上卻埋怨：「你不留在官家身邊，回來給我添麻煩做什麼，真是的。不過你放心，我如今能射五十步以外呢。」

林氏連連點頭稱是，看到站在一旁的錢婆婆，立刻規規矩矩地行了個禮：「謝謝錢供奉上回救了奴。大恩大德，奴這輩子一定要報答。」

錢婆婆聽她沒說下輩子做牛做馬報答救命之恩，倒確實是個實心眼，便眯起眼點了點頭。

換了一身騎裝的九娘將魏氏給自己的袖弩取了出來，揚眉笑道：「士別三日，阿姊我可全靠你了。」

十一郎搶過袖弩左看右看，沮喪地道：「還是我靠著你算了。你這麼個厲害玩意從哪裡得來的？」

幾個人在聽香閣說了會話，程氏派人來傳話，說陳家來了上百部曲，還帶來不少陳家的街坊鄰里。原來魏氏見九娘執意要回翰林巷，特地命陳家部曲全部趕來翰林巷護衛九娘。

九娘親自出了二門，見到陳管家，大大方方地道了謝，見他身邊站著的少年，眉眼間的神采十分熟悉，卻又不是陳家三郎、四郎，知道他就是那位後起之秀秦幼安後，又各自見了禮。

這邊剛剛安頓好陳家趕來的兩百多號人，那邊惜蘭帶著蘇昉和蘇家眾人也進了東角門。

蘇老夫人在翠微堂落了座，歎道：「多謝老姊姊想得周到，把我和媳婦還有孩子們接來，和重兄弟兩個也好安心辦差。」

梁老夫人笑道：「都是姻親，無需客氣。也是娘娘和陛下的恩德，派了這許多禁軍，漢臣家的部曲也都在，人多力大好辦事，我家許久沒打過葉子牌和馬吊了，今日倒能湊上兩桌。」

堂上眾人都笑了起來，兵臨城下的壓力似乎也不那麼大了。九娘看著正和十一郎低聲說話的蘇昉，心裡也安定了許多。

翰林巷孟府所有的灶都升起了火，粥香順著晨風在黎明曙光裡慢慢飄散。

翌日午間，樞密院收到軍報，燕王趙栩率領的先鋒軍，前日在河中府遭遇了河東路叛軍以及繞道太原府南下的女真、契丹騎兵共計三萬人，再次強行突破，以少勝多，殺敵三千七百餘人，俘四千五百餘，得契丹馬一千多匹，現已趕向洛陽平叛。河中府，離洛陽只有五百多里路了。

都進奏院來不及印製這好消息，趕緊派了差役帶著唱榜人，沿著各條大路宣揚。京中軍民紛紛喜上眉梢。

陳橋北的禁軍已擊退了叛軍十多次的攻擊，收到喜報後士氣大振。

剛剛安紮好營帳的趙棣大軍卻人心浮動起來，燕王竟厲害到這等地步，難以想像。河東路和河北兩路的禁軍雖然從未和女真、契丹打過仗，卻深知對方騎兵騎射極佳，用的兵器也比大趙禁軍騎兵的要重，卻在河中府以多攻少一敗塗地。

趙棣皺眉看向幾位將軍：「汴京城牆高且厚，如今先鋒軍連陳橋都攻不下來，還不知道幾時能入城，不如速速趕回洛陽去。萬一洛陽落入趙栩之手，如何是好？」他對趙栩忌憚已久，若是丟了洛陽又攻不下汴京，兩頭沒著落更糟糕。

帳外一個童子輕手輕腳進來，對著上首的趙棣行了大禮：「陛下，郎君擔憂河中府戰事令陛下心生退意，請陛下在中軍大帳靜候佳音，明日五更天，封丘門、新酸棗門必定打開，大軍可長驅直入。陛下必能登上宣德樓，昭告天下。」

趙棣一怔，看向兩旁的十多位將領，見眾人都一頭霧水的樣子，不由得問道：「先生人在何處？吾好幾日未見到先生了。」

童子躬身稟告：「郎君已在汴京皇城內帷幄運籌。」

趙棣心中一驚，臉上卻不禁露出一絲笑意：「那先生可說過洛陽之危如何解？」

童子又行了一禮：「郎君有言：天機不可洩露，請陛下安心、放心。」

帳中不少將領幕僚都跟著勸說趙棣打消回轉洛陽的念頭。趙棣長歎了兩聲，掩面作勢大哭道：「你等只知道拿下京師，可娘娘、太妃、皇后、賢妃還有吾那未出世的皇子，皆在洛陽，叫吾如何能安心呢？此時不歸，只恐天下人要指著吾脊梁罵無情無義、不孝不仁了。」

外頭又通報洛陽來使。眾將見趙棣好不容易被說服了，萬一來使帶著太皇太后的懿旨，倒真是陷入了難進難退的困境。

閤門使入了大帳，果然便宣讀了太皇太后的口諭：「趙栩倡狂，洛陽危急，五郎速歸。」又獻上皇后的親筆信一封。

趙棣這才真的急得哭了起來，再展開六娘的信，見六娘勸他早日上書，歸順朝廷，趙氏宗室齊心協力擊退外敵，她身為妻子，必會有難同當，好生照顧他。氣得連眼淚都止住了。趙棣在眾將面前含淚道：「吾處境之難，眾卿可見到了？」

幾位大將上前和那閣門使說了半天，將他打發回洛陽傳信，確保明日若不能攻下京師，便回師洛陽對戰趙栩。

那閣門使臨行前想了又想，又上前行禮道：「陛下，張賢妃有一句話要小人務必帶到。」

趙棣精神一振：「為何此時才說？快說。」

閣門使眉頭抖了兩抖，壓低了聲音道：「賢妃說，請陛下萬勿顧念洛陽，縱使洛陽陷落，有皇后在，燕王也不可能將太皇太后和她們這些嫂子如何。但只要陛下攻入汴京，只需拿住陳真人和孟九娘，燕王必會屈服。」

趙棣眼中淚撲簌撲簌落了下來：「蕊珠她！」不自覺地將袖中六娘的信揉成了一團。

廢棄了一些日子的瑤華宮，還有小半邊尚未修繕便再也無人來管，散亂著的幾塊青磚，被夕陽擁著，還有些熱熱的，薄薄的一層金色似乎游離在青磚上方，若即若離地變幻著深淺和明暗。

阮玉郎的手指從磚上輕輕劃過，視線落在生母住過、陳素也住過的正房，木門是新換的，看得出工匠的心很定，黑漆漆得油光發亮，沒有一絲線痕。

一牆之隔的金水門人聲鼎沸，商販早已不再擺攤，喊著要幫忙守城的人倒有一堆。開封府和兵部的人都在募兵，下起十三歲，上至六十三歲，只要是男丁都通通收下。

汴京守城守成這樣，的確出乎他意料，可惜到了明日，一切還是枉然。

一小撮青色粉末從阮玉郎手心中輕輕飄下，落在被挖開的黃土上，第二個守城夜就要來了。

第三百零八章

這一夜，紮營於汴京城北的數萬叛軍，只出動了兩三千騎兵不斷騷擾城北的守城禁軍。遵孟在之命，一萬多守城禁軍堅守營寨不出，神臂弩和各種石砲輕易地便能擊潰來犯之敵，叛軍連壕溝都接近不了，反而傷了一兩百人馬。只等再守幾日，燕王殿下的大軍便能攻下洛陽。

蘇瞻於三更時分才從皇城回到百家巷，進了門才想起來阿昉派人送過信，說孟家把他們全部接去翰林巷了，有禁軍護衛更安全一些。二門的婆子見他回來了，趕緊掏出鑰匙將門打開。

園子裡黑漆漆的，身邊隨從提高了燈籠，樹葉婆娑的黑影在昏暗的燈光下一叢一叢，蘇瞻驀然覺得有些失落。不遠處正院各房的輪廓在黑夜中依稀如巨獸蹲立，沉默無語。曾幾何時，後宅正院的立燈廊燈總是徹夜不熄，是阿玞定下的規矩，這樣無論他幾時歸來，總是亮堂堂的，總有人等著他。即便後來她不再等他，也還是會留著燈。

蘇瞻在園子裡站了片刻，天上無月，高空中薄紗般的雲慢騰騰地從城東往城西去了。

「十七娘她們呢？」雖然知道蘇昉是絕不會帶著王瓔姊妹去翰林巷的，蘇瞻還是忍不住問了一聲。

二門的婆子怔了怔，才明白郎君在問自己，趕緊躬身答道：「稟郎君，娘子還住在佛堂裡，還有青神的那位病了好些天了，有兩個侍女在照料著。二娘子隨著老夫人和大郎去了翰林巷孟家。」

蘇瞻心中輕歎了一聲，往西面小佛堂走去。

小佛堂裡還亮著一豆燈火，小小的院子裡並未雜草叢生，院門口的一叢修竹也剛剛修剪過。蘇瞻在廊下站了片刻才推開槅扇門。

佛龕上並無佛像，地上的蒲團被人摳得破破爛爛的，王瓔抱著一個女童撲蝶牡丹團花瓷枕正坐在羅漢榻上，口中喃喃自語著什麼，臉色因長年不見太陽蒼白得近乎透明，髮髻整齊，身上半舊不新的丁香色褙子在燈光下給她平添了幾分幽怨秀美。

兩個壯壯的僕婦守在一邊，看到蘇瞻來了，上前施禮問安。

蘇瞻摒退僕婦，靜靜看了王瓔許久，慢慢走過去，在羅漢榻另一側坐了下來，看著那空蕩蕩的佛龕，忽地開口道：「有個小娘子，和你九姊極像。」

王瓔的手指抽搐了一下，將懷中的瓷枕抱得更緊。

蘇瞻這段日子千頭萬緒，心中亂糟糟的，說了這一句後，才驚覺自己心不定的一直是這一件事。宮中相處得多了，他經常疑心那個反駁自己說服群臣的孟妧，像是阿玞轉世的。就算根據阿昉所述，箚記所載，世上又有什麼人能模仿阿玞的神韻模仿得那般像？但她看自己的眼神——蘇瞻伸手輕輕撫了撫額，他大概是魔怔了，只怕張子厚也這麼覺得，才對她千依百順吧，張子厚是早就入魔了。

屋內靜悄悄的，只有燈火微微顫動，帶著一地昏黃也不住暈開。

蘇瞻長歎了一聲，站起身來：「你是二娘的生母，家裡也無人虧待你，便這樣吧。」他再痛恨她，可因為二娘，總要保她一個平安無恙。

王瓔的視線落在蘇瞻的背上。她當然是個瘋子，早在當年第一眼看到他的時候，她就瘋了，無時無刻不想著他不念著他，做夢也都是他。

槅扇門輕輕開了，外頭的燈籠被提了起來。

「其實是你害死她的。」王瓔森冷的聲音在蘇瞻背後響了起來。

「害死她的不是我，是你。」那聲音帶著幸災樂禍，又說了一句。

蘇瞻深深吸了一口氣，輕輕將槅扇門攏上，她果真是瘋了。

書房裡極亮堂，甚至讓人覺得有點熱。小廚房的湯水也跟著送了進來，想來是母親去孟府前特意叮囑過的。捧起湯盅，蘇瞻胸口的煩悶略散了一些。

廊下傳來隨從們呵斥的聲音，還有兵器出鞘之聲。蘇瞻立刻放下手中湯盅，摘下牆上的長劍，還未及拔劍，門已經開了。

一個修長身影斜倚在門上，輕笑道：「蘇郎風姿一如往日，玉郎嫉妒已久，終能一敘，此生無憾矣。」

阮玉郎!?

蘇瞻的頭皮發麻，整個人幾乎不能動彈，他身為宰執之首，朝廷也派有兩百多禁軍前來守護，家中部曲也有一百多人，阮玉郎竟如入無人之境，要殺自己豈不易如反掌。

阮玉郎看了看廊下東倒西歪的部曲隨從們，歎了口氣：「我只是來和蘇郎你說幾句話，放心，我不殺人。」

蘇瞻將劍輕輕擱下，一甩公服的寬袖，冷笑道：「我蘇和重並不怕死。」

阮玉郎輕笑起來，桃花眼眯成一線，反手將門關了，閒庭信步般在書房中來回踱了一圈，見到那書架上的盒子，視線逗留了片刻，看向蘇瞻道：「玉郎是來勸蘇郎歸順趙棣的。」

不等蘇瞻開口，阮玉郎已伸手取下那盒子：「也不能叫勸，要脅而已。用的是這汴京城十餘萬的性命來要脅你。蘇瞻蘇和重，你待如何取捨？」

雙魚玉墜，裂痕如舊，靜靜地躺在盒底，溫潤光澤未變，只是久不近人，失去了水光和靈氣。

蘇瞻沉聲道：「先放下你手中之物再說。」

阮玉郎卻將玉墜取了出來納入懷中，笑盈盈地把盒子塞在了蘇瞻手中：「這雙魚玉墜是我祖母郭皇后的陪嫁之物，後來分別賜給了我兩位表姑母。阿玞當年要嫁給你時，姑母讓我將她手中的玉墜送去青神當作賀禮。阿玞既然不在了，理當完璧歸趙，蘇郎不會見怪吧。這盒子還是當年我挑的，留給你便是。」

蘇瞻雙目赤紅，抱著那盒子，嘶聲喝道：「胡言亂語，你害死我妻，還要搶奪她的遺物，無恥之極！」

阮玉郎揚了揚眉頭，唇角更彎：「她不死，你又怎能另娶如花美眷生下雪玉可愛的女兒？你該謝我才是。這些兒女情長男女之事都是一場空，和重難道不在意這汴京城的十幾萬條性命了？」

蘇瞻深深吸了口氣，強迫自己冷靜下來，坐回書案後，拿起一卷書：「你要殺我容易，要我降，萬萬不能。何況燕王河中府大勝，這汴京城如鐵桶一般，滿城百姓的性命，不勞你費心。」

阮玉郎懶懶地靠到羅漢榻上，兩手枕在腦後，長腿擱在案几上頭，感歎道：「萬民如螻蟻，水火皆可滅。」

蘇瞻的瞳孔不自覺地收縮了一下，京中為防止亂黨縱火，各處望火樓倍加警惕。但聽阮玉郎的口氣……

阮玉郎側過頭，看著邊上的漏刻，快四更了。

「四更了，先送趙栩一件大禮罷。」

蘇瞻猛然一驚，聽到自己的聲音暗啞無力：「你瘋了！」他幾步奔至西窗，推開窗戶。

地面似乎驟然震動了起來，轟然的巨響聲，跟著是劈里啪啦的炸開。遠處火光沖天，濃密的黑煙竄至半空，聚攏似一朵黑雲。

兵部軍械所的火藥庫。大趙軍用霹靂砲的霹靂火、流火彈，還有宮中節慶所用的煙花炮竹，更有御前火藥作秘藏的大量火藥。明明有重兵把守，怎會竟毀於一旦？潛火鑼鼓聲急劇響遍全城。

蘇瞻猛然回頭，水火皆可滅。如果這就是阮玉郎所說的火，那麼水呢？他的心猛然揪了起來。盛夏雨季，黃河之水滔滔！

阮玉郎微笑著退至門口：「和重這麼聰明，不如帶著群臣降了吧。眼下，我要去送給趙栩第二份大禮了。」

不等外面投鼠忌器的禁軍有所動作，他已飄然遠去。

「來人，備馬入宮——」蘇瞻嘶啞的聲音高喊起來。黃河堤壩，汴京水門，阮玉郎究竟要從何處下手？還來不來得及？

這一剎那，蘇瞻從未如此厭惡過孟妧，更氣自己未能全力說服向太后和官家退守應天府，十萬民眾，三千朝臣，如今被置於阮玉郎這個喪心病狂的瘋子刀刃之下，陷於水火交加的危險之中。

守住一座死去的京城有用麼！

第三百零九章

地面的震動和隨之而來的爆炸巨響，令廣知堂的一溜槅扇門輕顫不止。堂上的九娘和張子厚正在調配後日各部各司人手，立刻奔出門外，金水門方向的濃煙和火光遙遙可見。

張子厚的心沉了下去，低聲道：「軍械所裡有御前火藥作，只怕是火藥庫被毀了。」

九娘心中除了痛惜焦急更多的是憤慨：「兵部有奸細！」

張子厚點頭道：「防不勝防，蔡黨餘孽、阮玉郎暗中收買降服之人，還有忠於太皇太后的一派，這兩日再不作亂就來不及了。」

最後一搏，雙方皆拚盡全力。

軍械所就在金水門邊上，離瑤華宮很近，若是陳素還未遷入宮中，只怕會被阮玉郎手到擒來。九娘手臂上起了一層雞皮疙瘩，渾身發冷：「你快回宮裡去！阮玉郎要從瑤華宮入宮犯上！」

張子厚一怔：「你大伯在宮裡——」

「金水河！」九娘頓足道：「軍械所的火藥庫爆炸，內城金水門的城門和水門一定會開，只要會水，就可從金水河沿河游至禁中後苑！」後苑歷來少防備。如今重兵都集中在福寧殿一帶和都堂一帶，那邊更是空虛。加上爆炸一事，亂中更無人留意後苑。

張子厚深深看著她，點了點頭，忽地伸出手，想拍拍她的臂膀或肩頭，卻不知所措地停在半空中，想說什麼還是說不出口。他還是不敢。

九娘看著他有些突出的顴骨和凹陷下去的眼窩，心中一酸，伸手握住了張子厚的手，他的手骨節分明，涼涼的有一層薄汗：「你放心，有錢婆婆在，我沒事的。你也要當心。」

張子厚點了點頭：「我去了。」

赴湯蹈火，余在所不辭。

軍械所大火還未撲滅，金水門的城門和水門大開，往來的潛水官兵、義勇和幫忙救火救人的百姓亂成一團。開封府的官吏嗓子都喊啞了，幾十處受爆炸波及的民房坍塌，大火延燒過去，衙役和街坊們拚命從磚瓦木頭下挖人，要搶在大火燒到之前救出人來。不少人被那濃煙熏得劇烈咳嗽，也有身上不慎起火的人拔足飛奔跳入金水河中，又再爬起來奔回火場幫忙。

宮中很快來了御醫院的醫官，將沾了水的濕布四處分發給靠近火場的潛火兵。這批火藥有不少為了研製中的毒煙霹靂炮和毒煙蒺藜球準備的，毒性很大。

張子厚剛抵達東華門，就有大理寺胥吏追上來稟報，外城內城多處發生騷亂，大相國寺、建隆觀雖有防備，也已被亂民所占，他們在自己身上澆淋火油，手持火把，要與寺廟道觀同焚。寺廟和道觀的和尚、道士為了保住寺廟和道觀，都極力阻止大理寺和開封府的駐守官差出手。還有近百這樣的死士，正往州橋和御街衝去。

「理那些糊塗蟲做什麼？傳令下去，一概當場火箭射殺，用鐵網網了棄入汴河！這等喪心病狂的畜生，就該挫骨揚灰，永世不得超生！」張子厚馬上厲聲喝道：「若有一人靠近了宣德門和翰林巷，你們提頭來見！」

半個時辰後，已有不少人闖入了翰林巷。從過雲閣的頂樓看下去，孟府兩邊對著第一甜水巷、第二甜水巷的圍牆上，弓箭班的近百將士正弓矢連發，架到圍牆上的木梯剛靠近圍牆，便被圍牆內的部曲們用鐵叉叉開。二門圍牆四周，部曲和粗壯僕婦均嚴陣以待。各院的院落裡也站滿了人。翰林巷裡孟氏族人和街坊鄰里正手持棍棒菜刀板凳和亂黨戰作一團。

第一甜水巷觀音院的飛簷頂上，微亮的晨光裡一人衣袂飛揚。阮玉郎負手看著滿目瘡痍的京城，視線轉向過雲閣，不禁微笑起來。中元節的戲沒唱成，晚了大半個月再唱又何妨。是生是死，數十萬人，皆由他翻雲覆雨隨心所欲而定。烈火焚盡一切罪與罰，再由他親手開闢新天地，何等暢快！

九娘在樓頂看了片刻，凝視西北皇城方向，皇城中也有幾處起火，看方位是東邊的御膳和北邊的後苑。再看百家巷好幾處也冒出了濃煙，九娘想到王瓔還在蘇府，不由得暗歎了一聲。

蘇昉眉頭微蹙，看那煙起處，確實像是蘇府。

「我爹爹興許會一個人在家裡。我要回去看看。」蘇昉毫不猶豫轉身急走。錢婆婆悄無聲息地讓開了路。

「阿昉——！」九娘急道：「那許多禁衛和部曲只護衛你爹爹一人，不用擔心。」

蘇昉卻不回頭，只朗聲應道：「他是我父親，我是他兒子！」

九娘大急，我是你娘！你也是我兒子！

蘇昉咚咚咚下樓去，卻撞上從下而上的惜蘭，停住了腳。

惜蘭顧不得蘇昉，手捧著一隻翅膀擦傷的飛奴，衝上頂樓喊道：「宮中怕有急變，張理少飛奴傳書！」

九娘接過飛奴，展開紙卷。蘇昉疾步回了樓上。

兩人低頭細讀，張子厚的簪花小楷密密麻麻，字跡極小，很是潦草，有幾處油斑和水漬，沒有血跡。

自凌晨起，宮中不少禁軍出現腹瀉肚痛渾身無力的症狀，疑似飲水中毒。臨近四更時，有內侍和皇城司的人作亂，禁軍將士早有準備，四處鎮壓。後苑卻從金水河潛入近百女真、契丹的高手，突破禁軍防線，襲擊福寧殿，孟在率領帶御器械和他們激戰時，向太后身邊的尚宮和供奉官驟然發難，制住了娘娘和官家。陳素和魏氏均受了輕傷。

娘娘和官家被制後，依然同聲命令禁軍無需顧及他們，只管剿滅亂黨。孟在護衛著公主皇子們還有陳真人、魏娘子退守往垂拱殿。魏娘子腹痛不已。蘇瞻提出阮玉郎可能會損毀滑州黃河大壩，引黃河水淹沒汴京等地，目前垂拱殿眾臣正在爭論是否開城門議和，以換官家、娘娘及滿城百姓性命無憂一事。

紙條最末一句話卻是方紹樸的字跡：別急，七月生八月死。九娘心中稍定，有方紹樸在，魏氏即便早產，也有個倚仗，若如方紹樸所言，七個月時早產多半能母子平安。她眼下若趕往宮中，只怕正合了阮玉郎的心意。

「阿昉，你即刻帶著錢婆婆和惜蘭去宮裡，無論如何要保住表孀大小平安！還有千萬說服你爹爹，絕不可開城門議和。一則趙棣絕不敢擔上弒母殺弟之名；二則阮玉郎若用洪水威脅眾臣，即便開了城門投降，他也未必不洩黃河之水。」九娘不再猶豫，看向蘇昉。

蘇昉取過紙卷，又看了一遍，猶疑不決。先前在阿妧和父親之間，他還是選擇了父親。可要現在父親已在宮裡，要他帶走錢婆婆，只留下阿妧在這裡，他怎麼也不放心。何況父親又怎麼會同意投降……

九娘深深吸了口氣，劈手將蘇昉手中的紙卷揉成一團，棄於地上厲喝道：「你若再三心二意，不如不學！」轉而又彎腰撿起紙卷攤了開來，看著他柔聲道：「阿昉不急，慢慢來，我看這一橫寫得很平，比我初學時的蟹爬好多了。」

蘇昉心中一片混沌，又有一線清明，眼中卻逐漸模糊起來。他三歲握筆練字，坐不定，父親歸來後發了脾氣，可娘卻沒有夫唱婦隨，反而如此安慰他。可稚兒也有脾氣，他偏偏不願意練父親天下聞名的蘇體，而寫一手母親擅長的衛夫人簪花小楷。這樣的往事瑣事，是母親回來了嗎？

「書香最香，太陽香最暖，青草香最甜。」九娘含淚微笑道：「可怎麼也比不上我家阿昉的奶香味。阿昉知道嗎？你剛生下來那幾個月，拉的臭臭也是香的。」她瞪大眼，怕他不信：「真的，我湊近了聞過，金黃色的，有點麥香味，一點也不臭。」

錢婆婆輕歎著轉頭看向皇城方向，默念了一句：癡兒。

蘇昉嘶聲輕呼：「娘——？是你嗎？」眼前究竟是阿妧，還是母親？他分不清楚，涕淚交加落在衣襟上，他顧不上。

九娘淚眼婆娑地抬起頭，伸出雙手替蘇昉正了正髮髻上的玉冠：「我家阿昉長成了頂天立地的男兒郎，娘高興得很。婦孺遭擄，城池將傾，江山有難，你爹爹此時決不能行權衡之計妥協退讓。阿昉，你替娘去力挽狂瀾可好？」

蘇昉捉住九娘的雙手，埋首其中抽泣起來，哽咽道：「好——」

九娘輕輕撫摸著蘇昉的面孔，自重生以來想過千百次，卻未料到是在這樣的時刻能親近阿昉。

「婆婆，阿妧求你護住他。」九娘殷切地看著錢婆婆道。

錢婆婆歎了口氣：「惜蘭，把你身上的銅錢都賞給老婆子罷。」

蘇昉拭了淚，沉聲道：「城在人在，城毀人亡，蘇家絕無苟活之人，我這就去。」

朝陽自東方冉冉升起，將翠微堂的碧綠琉璃瓦鋪就一層軟金。打鬥聲，呼救聲，不遠處的烈火，還有那金碧輝煌的皇城，一切那麼近那麼遠。九娘目送著蘇昉匆匆遠去的身影，拭乾淚，往翠微堂走去。

觀音院的屋頂上，已不見人影。

第三百一十章

曙光乍現，亂成一團的第一甜水巷中，聽不到往日打更的梆子聲，但昔日一早出來擺攤的攤販們卻都到了，他們帶著傢伙，和街坊百姓一起人人爭先，看見亂黨就打。

「滾出甜水巷——！」

「滾出觀音院，滾出翰林巷！」

這裡是他們維持生計的地方，這裡是他們的街巷，有他們熟悉的街坊鄰里，這裡是他們的汴京！

熬藥湯的婆婆在牆角端著小杌子喊：「大郎，打那穿黑衣裳的畜生，用力打！」凌娘子家的漢子舉著長條硬凳，紅著眼砸在一個要砍藥婆婆兒子的大漢背上，硬凳斷裂成兩半，他自己手臂上卻挨了別人一刀。幸虧有禁軍的長槍立刻刺穿那人，救了他。凌娘子哽咽著擱下扁擔要去扶他，卻被自家漢子一把推開，掄起扁擔，又跟著禁軍衝了上去。

孟府的角門倏地開了。孟家的管事大聲喊道：「街坊們快請退後！弓箭手來了——！」

喘著粗氣的攤販和街坊鄰里大喜，趕緊退往牆角。

秦幼安躍上牆頭，抱弓，滿開，箭如閃電，將一個手中刀有血的大漢射殺當場。

孟府牆頭上四十多個禁軍弓箭班軍士和陳家部曲跟著箭如雨下。

北面忽地傳來「轟」的幾聲巨響，地面又震了幾下，巷子中牆頭上的眾人均是一呆，身不由己向北方張望。

新酸棗門、封丘門方向冒出了滾滾濃煙。亂黨中有人高呼：「城破了！大軍已到，快歸順——！」

話未說完，一箭自那人口中入腦後出。

秦幼安咬牙高聲喊道：「人在城在！誰願隨我殺個痛快？」

陳家部曲均是沙場血戰過的，聞言都跟著大聲喊了起來：「殺一個夠本，殺了兩個賺翻——」

新酸棗門和封丘門的城牆均被炸開了好幾處大洞，新酸棗門的城門吱吱呀呀支撐了片刻後終於轟然倒塌。城外等候著的叛軍一見，不顧箭雨石砲，重騎軍一馬當先，近五萬叛軍潮水般全力衝向城北禁軍大營，欲趁此機會突破外城。

急報每一刻鐘便從外城角樓送入皇城之中，然而垂拱殿上也已經亂作一團。新酸棗門和封丘門被破，真是雪上加霜，而望眼欲穿的燕王大軍卻遲遲不至。甚至有些四品官員趁亂欲悄悄退出皇城，回家看顧家小。蘇瞻、謝相、趙昪和鄧宛等人竭力恢復往日朝堂秩序，卻已很難壓得住這惶惶眾人心。

垂拱殿的後閣之中，魏氏疼暈躺在羅漢榻上。陳素滿臉是淚，緊緊握著她的手，低聲喃喃地不斷重複著：「大嫂，你沒事的。方醫官說了你和孩子都不會有事的——」

方紹樸接過趙淺予遞過來的銀針，見她抖得厲害，趕緊說道：「沒——沒事。我，我說沒、沒事就沒、沒事！」

趙淺予用力點了點頭，說不出話來，也哭不出來，方才陳素和魏氏為了護著她都被匕首刺傷。無論如何，她不能哭。阿妧說過，高興的時候能哭，傷心的時候也能哭，可是害怕的時候不能哭，對著敵人的時候不能哭，不然只會親者痛仇者快。

方紹樸幾針下去，魏氏悠悠醒來，沒受傷的手立刻放在了自己隆起的小腹上，絞痛得厲害，孩子突然用力踹了她一腳。魏氏的手幾乎能包住那突出來的小腳丫，秀致的臉上不由得露出一絲笑意：「她沒事。」和腹中的疼痛比起來，手臂上的傷她完全沒感覺。

陳素的心原本揪得極緊，猛然一鬆，空落落的，氣也喘不過來，趕緊站了起來：「我去看看穩婆來了沒有，阿予，你陪著你舅母。」

趙淺予接過魏氏那隻受了傷的手，輕輕撫摸著：「舅母別怕，方醫官最厲害的，什麼都會，你放心，說不定今日我們就能見到妹妹了。」

方紹樸抬頭大聲道：「快去喊穩婆，破水了！」

魏氏這才後知後覺地感到一股熱流沖了出來，沿著大腿蔓延開來。她咬了咬牙，忍痛曲起雙腿。這是漢臣和自己的第五個孩子，無論如何，她也要好好生下她來。

嬌嬌，若是咱們有個女兒，定是個小嬌嬌。

我想看看嬌嬌你小時候的樣子，咱們總得生一個女孩兒才對。

等我回來，你在，我在。

陳青的一句句，似乎就在耳邊回響著。

魏氏臉色蒼白，一手死死捏住了趙淺予的手，滿頭大汗咬著牙喊了一聲：「別讓我暈過去！」

方紹樸趕緊將一根細細軟木放入她口中給她咬著：「好，穩婆再不來，請恕紹樸無禮了。」他是沒有男女之分的，但只怕魏氏她們不能接受。生死關頭他也只好不管不顧了。她要暈過去，沒法使力氣，孩子便容易悶死腹中。

魏氏疼得後牙槽都咬出了血，只拚力點頭道：「幫我——！」

陳素一出後閣，就遇到了禁軍的副將正在跟孟在說新酸棗門和封丘門被炸開的事。

孟在低聲安排了幾句，抬頭見陳素站在廊下，方才肩頭的傷口似乎還未包紮，便走了過來，伸手將她身上的道衣撕下一幅來，幾下便替她包住了傷口，低聲道：「沒事，很快會好的。」

陳素呆呆地站在原地，看著眉頭都未皺一下的孟在。這樣的場景似乎幾十年前也發生過。兄長被判黥字發配秦州充軍，消息送到家中，表哥也是這般說，沒事，很快會好的。

她再無知，也知道兩個城門被破是什麼意思，時日無多。她無論如何也不會任叛黨擒住自己去要脅六郎。那根端頭極利的銀簪早就在她胸口溫熱著。

陳素忽地扯住孟在的袖子，低聲道：「表哥？」

孟在一怔，陳素的神情，宛如當年他送她入宮時，她又害怕又強忍著害怕，想依靠他卻無可依靠的模樣，令人心疼之極。

「你進殿前司的那年清明節，在後苑薔薇架下，都怪我喝醉了，才對不住表嫂。」陳素的眼中籠上輕霧，耳根發燙。那件事她一直心中有愧，也許她只是做了一場夢，她也吃不准究竟是夢還是真。但孟在一直待她和六郎格外不同，若沒有他暗中護著，六郎和阿予如何能平安長大。她無端惹上了高似那樣的魔星，不想孟在也有什麼誤會。六郎的的確確是先帝之子，她記得清楚，那夜之後她的小日子就來了，後來才有了六郎。

孟在的眉頭皺了起來：「我進殿前司的那年清明節？」太過遙遠的事，但是陳素的話他不明白，後苑薔薇架，喝醉，對不起杜氏？孟在下意識地說道：「那日我不在宮裡——」他心頭猛然一跳，後面的話竟再也說不出口。

朝陽猛地跳出垂拱殿的屋脊，落在陳素的眼中，刺得她兩眼發疼，還未來得及有任何反應，女史欣喜的聲音響了起來：「穩婆來了，快！快些！」

陳素費力地轉過頭，看向那拎著裙裾小步跑過來的穩婆和醫女，還有好幾位捧著熱水布匹的宮女。

他說什麼了？他不在宮裡……

陳素勉力擠出一個笑容：「沒事了。我進去了。」她急急轉身要奔回後閣之中，踉踉蹌蹌的幾乎摔了一跤。

孟在伸出手，卻扶了個空。她飛起的菱形萬字紋道衣裙裾，像受了驚的蝴蝶，匆匆遠去。後閣內隱隱傳出魏氏悶悶的吃痛之聲。

一個時辰後，趙棣叛軍攻入了來不及堵上的新酸棗門。孟在傳下軍令：北城門守軍退至蔡市橋，寸土必爭，街巷必戰。外城東城守軍和內城北城、東城守軍即刻增援。二府卻跟著又傳令：放棄外城，緊閉內城所有城門，收回孟在指揮京師禁軍的軍權。

各營禁軍有的堅決聽孟在軍令，將叛軍引入各街巷苦戰。也有聽令二府的，撤出守地，退往內城。

垂拱殿中，群臣已停下了爭論不休的勁頭，木然地看著上首的幾位宰執，縱然有治國之才，但在兵刀之下，又有什麼用。此時能倚仗的，只有京中禁軍了。

偏殿裡蘇瞻看著蘇昉，怒道：「退回內城而已，怎麼會是投降？你棄祖母不顧，便是來和我說這種廢話？在你心中，爹爹便如此不堪嗎？」

第三百一十一章

蘇昉很少見到父親的怒容，在他印象裡，娘親離世後，他有過短暫的失態的悲傷，翁翁去世他丁憂時，也有過壯志未酬的落寞，即使王瓔惡行被揭發出來，父親也不曾這般憤怒過。

「二府竟然棄外城五萬百姓和兩萬禁軍不顧，為何不索性直接開城投降歸順？」蘇昉冷笑著問道。

即使在偏殿內，他們也能聽到外頭亂糟糟的一片。疾步奔跑的聲音，盔甲、兵器相碰的聲音，呼喊聲，卻好像一道無形的屏障，將父子倆和外面的世界隔了開來。

蘇瞻看著兒子焦灼的眼神和激憤的神情，深深吸了口氣：「城破在即，皇帝太后被亂黨所挾，朝臣如無頭蒼蠅，若不是二府及張子厚、鄧宛等人還在力撐，只怕立刻開城歸順的會占了大半。不放棄外城，五萬百姓、兩萬禁軍不免血流成河。這是二府不得已的決定，何況還要和福寧殿內的亂黨交涉——」

他猛然停了下來，自己為何莫名地要對阿昉解釋這些軍政大事……

蘇昉眼中有什麼一瞬間破裂開來，臉上流露出悲愴之色，他朗聲道：「父親！七萬軍民，瞬間遭朝廷遺棄於兵刀之下，該何去何從？歸順趙棣，內城和皇城如甕中之鱉。抵抗趙棣，同樣血流成河。兒子求父親下令，絕不放棄外城，把軍權交還孟將軍。陛下和娘娘尚且不顧生死，身為臣民何足惜！理當上下一心讓叛軍寸步難行！城中有人有糧，定能堅持到六郎大軍抵達！」

蘇瞻沉默了片刻，阿昉年方十九，還是血性少年，他平日再溫和，骨子裡還是有著他母親那種寧折不彎的性子。蘇瞻伸手拍了拍蘇昉的肩頭：「燕王還未抵達洛陽，怎能及時趕回？」

他沉痛地道：「萬不得已時，爹爹的聲譽難道要比這數十萬軍民的性命更重嗎？難道非要雞蛋碰石頭？退讓，有時只是一種權衡之策，能換來短暫的喘息，再做圖謀。」

蘇昉眼中酸澀難當，忍不住吼道：「十餘萬軍民，我從百家巷到翰林巷，沒見多少怕死之人，賣包子的鹿氏夫妻，賣餛飩的凌氏夫妻，甚至賣藥湯的老婆婆，都在奮力抵抗亂黨！可在垂拱殿，在這裡，百餘朝中官員，除了鄧中丞和張理少，竟再無不怕死的人！將責任推到陛下和娘娘的安危身上，便可保住自己的性命嗎？這不是權衡，是懦弱，是貪生，是怕死！」

「啪」的一聲脆響。

蘇昉偏過去的半邊臉有點發麻，隨即才感到不久前埋在「娘親」溫柔雙手中的臉頰變得火辣辣的。

蘇瞻的手也有些發麻。看著蘇昉半邊臉上浮起的三根指印，他心裡也疼得厲害。

「回翰林巷去，」蘇瞻儘量溫和地道，「照顧好你祖母和你二嬸，還有你妹妹。」

蘇昉慢慢回正了頭，不自覺地抬起了下巴，揚起了眉：「多謝爹爹的教誨。兒子不回。昉答應了九娘，要守到魏表嬸生產。」

蘇瞻壓住火氣，沉聲道：「寬之，你不要再糊塗了。若不是孟妧一再蠱惑陛下和娘娘，朝廷早就退至應天府。你應承她什麼！阮玉郎若是再擄走了她，燕王只怕為了她一個人會放棄陛下和娘娘，還有京師軍民。」

蘇昉胸口如被澆了一桶滾燙的油，燙得他太陽穴急急跳，他想大吼出聲告訴父親那句話，可他恥於說出口。

蘇瞻看了蘇昉一眼，無奈地拂袖而去。身後似乎傳來一句呢喃。

「……配不上她——」

誰配不上誰？孟妧配不上燕王？那是自然的。他沒有多餘的時間去管這些了。

臨近午時，內城景龍門告破。西外城和北外城均被叛軍掃過。叛軍和亂黨鑼鼓喧囂，喊著歸順平安，可金水河的河水依然被染成了血紅。

翰林巷的禁軍和孟家、陳家、蘇家的部曲們以秦幼安為首，擊退了近五百多亂黨，屍體在第一甜水巷、第二甜水巷和翰林巷的牆角邊密密麻麻堆著，曾經一片嬌紅的薔薇，只餘下幾根翠綠藤蔓還頑強地攀附在牆頭。孟府黑漆大門上的鮮血有的已經乾涸，車馬處前更是血跡斑斑。趕來援助的百姓越來越多，亂黨終於只剩下三十餘人，倉皇逃竄。

阮玉郎從過雲閣樓頂冷眼往下看，看不到九娘究竟在哪個屋子裡，也看不出有錢氏婆子動過手的痕跡。外牆上持弓的那個少年，竟然頗通兵法，弓箭、長兵器、短兵器排列調配得當。火攻無用，這許多人竟連孟家的圍牆都突破不了。只可惜他的人手遲遲不到，不然也不至於拖到現在。

眼看著景龍門方向的角樓上燃起了大火，阮玉郎皺了皺眉，照理說女真、契丹聯軍今晨開始鑿挖黃河堤壩，以夏季黃河充沛奔騰之勢，早該倒灌進開封城。這精妙絕倫的決河灌汴之計，不僅能斷了鶴壁運糧之道，截斷趙栩東下之路，更能掃平汴京防守。洪水中趙棣不幸「遇難」，不少北三路裡蔡佑的人馬也會被清洗掉，借此便滅了洛陽偽帝和汴京幼帝兩路，更能拖延住女真、契丹騎兵南下的時機。只等他多年養在回鶻的大軍迂迴而至，會合了東南和北三路的人馬，再由趙元永出面重整河山，一舉降服各路叛軍，會合東四路，共同驅逐高麗、女真和契丹，萬眾歸心，趙栩和陳青有通天之策也無能無力。

可是這翰林巷雖然位於開封東城，地勢頗高，卻又難免被淹。他卻不能看著這小狐狸被淹死。他要的，從來都逃不掉，躲不開，擋不住。

不遠處，數十條黑色身影從觀音院的屋頂急掠而至，幾息便越過了孟府的外牆，弓箭手和禁軍的長槍根本阻止不了他們。

來了，阮玉郎輕笑一聲，袍袖鼓脹，午時的陽光下，他如白鶴展翅，從過雲閣上躍下，先往孟家的家廟裡掠去。家廟附近驚呼聲不斷，卻無人攔得住他。

九娘一手持袖弩，一手緊握短劍，和惜蘭兩個人藏身於她東暖閣的私庫中。四周門窗下，藏有張子厚的那些倭國武士們和宮中帶出來的四位貼身女史。其他所有女眷都被安置在綠綺閣之中，翠微堂裡也藏了近百精兵，九娘特意嚴禁女使和侍女們走動。只有留守內宅的部曲和僕婦們往來各院落巡邏，萬一有人攻入，一時也發現不了女眷們所在之處。

有急急的腳步聲傳來。門後和窗下的人都屏息以待。

「九娘子？」怯怯的聲音，卻是林氏的。

惜蘭氣得不行，這時候還亂走，若有人高處窺伺，豈不洩露了娘子的藏身之處。

九娘比了個手勢，收起手中劍。門輕輕開了一條縫，林氏躡手躡腳地走了進來，見到九娘才舒了一口氣，小心翼翼地道：「奴害怕得緊，還是跟在娘子身邊好一些。」

九娘看著她手中緊握的鐮刀，鼻子一酸：「姨娘是不放心，特地來護著阿妧的嗎？」

林氏臉一紅，低聲嘀咕道：「慈姑也說奴是個有福氣的，上回那人不就被奴騙到了嗎……」

九娘一怔，明白過來她竟有替代自己的意圖，不由得上前緊緊抱住林氏，低聲喊了一聲：「娘！」

林氏一僵，將鐮刀舉得遠遠的，不知所措地說不出話來，又想哭又想笑。

不多時，兵器碰撞聲和呼喝追趕聲越來越近。九娘聽得見秦幼安的怒斥之聲十分尖厲。她立刻將林氏推到一旁的大木箱子後頭：「藏好！」

再轉過頭來，九娘決然對惜蘭道：「記住我的話！」

惜蘭握緊手中劍，輕輕點了點頭。娘子寧可死在她劍下，也不願被阮玉郎所擒。

「我不殺你，你不是我的對手，退開罷。」阮玉郎看著秦幼安笑道。這孩子倒倔強，一路追過來，日後若能為他所用，倒可替代陳青。

秦幼安咬著牙再次撲上，喝道：「你不殺我，我要殺你！」他只希望裡面九娘能聽見自己的呼聲，或逃或躲，拖得一時是一時。

阮玉郎大笑起來：「你殺得了我嗎？」

笑聲未畢，東邊女牆上有厲嘯聲破空而起。

一弦六箭，疾如閃電，力透重石。小李廣飛蝗箭！

「我殺得了你，你信不信？」

意氣風發張揚恣意的聲音，只比高似的箭慢了一瞬。

第三百一十二章

羽箭來勢如電，阮玉郎只聽風聲心已一沉。

他得到的消息是女真和契丹人繞過鶴壁，將趙栩的先鋒軍拖在了陝州，不料短短幾日，趙栩竟已悄聲無息趕回汴京。他是孤身來援，還是人馬齊至？

當下是竭盡全力趁機擊殺趙栩，還是立刻退走應變再做打算？

阮玉郎寬袖如出岫輕雲，將箭攏於其中，嗤的兩聲，仍有兩箭穿透鼓脹的寬袖，射向他肋下，袖子如洩了氣的皮球，捲著另外幾箭驟然下垂。阮玉郎右手紫竹簫叮叮兩聲擊打在那兩箭的箭頭上，牽動胸口舊傷，虎口發麻。箭氣依然刺破他肋下衣裳和油皮，一陣火辣辣刺痛。

趙栩笑聲未絕，劍光已到，直奔阮玉郎咽喉，毫無防守，竟是以命換命同歸於盡的打法。

阮玉郎記得他的劍削鐵如泥，倏地後退，撞入身後人群中，腳尖點地，鬼魅般從眾人間隙中飄忽不定。進或退？在他腦海裡比他的身法變幻得更快。

趙栩劍光如瀑，緊追不捨，遇劍斷劍，遇刀斷刀，遇人刺人，他下手狠辣無比，面上卻始終似笑非笑，見阮玉郎突至女牆牆角，十步外便是庫房靠著女牆的東窗，他下手更狠，口中高聲喊道：

「阿妧，遠離東窗——」

庫房裡，九娘腦中一片空白。

他來了，終於來了。他從來都不會丟下她，他說過讓她在汴京等他回來，就一定會回來。

「好。」她嘴唇輕啟，卻聽不到聲音，臉頰上兩行熱淚滾滾而下，但一直吊著的那口氣，她還不敢鬆。

九娘被惜蘭推到最西頭的書架後頭，握著短劍的指關節發白，劍尖不斷輕顫。她拚命咬著唇不發出喊聲，怕一來阮玉郎狗急跳牆，更怕令趙栩分心。

惜蘭一把奪過九娘手中的袖弩，對準了東窗。

阮玉郎冷哼一聲，紫竹簫交於左手，反手敲在趙栩刺向自己後心的劍身上，將之彈開，借力前衝，已到了東窗外。

趙栩長嘯一聲，借著劍身彈起，直撩向阮玉郎後頸。

阮玉郎朝窗內撲了進去，頭上玉冠粉碎，一頭烏黑長髮披落下來，小半落在趙栩劍刃上，無聲斷裂，散落在窗裡窗外。

窗裡的眾部曲卻不迎反避。惜蘭大驚，剛要扣動袖弩機關。

一聲清嘯自庫房內響起，鳳鳴九天，震得眾人耳中嗡嗡響。一杆銀槍蛟龍出海，幻出萬千槍影，阮玉郎看起來仿似是自己撲上去的。

陳家槍！

阮玉郎來不及想這是陳元初還是陳太初，生死關頭全身道服都鼓脹起來如風帆。

槍尖正中左胸心口，入內三寸，便滑至左肩，險些將阮玉郎釘在窗櫺上。

阮玉郎悶哼一聲，右胸舊傷附近，「突」地露出一小截劍尖，卻是趙栩的劍。

銀槍入肉破骨，攪了一圈，倏地拔了出去，一蓬血雨激射而出。

陳太初厲喝道：「以血還血！」

他手中長槍一抖，槍尖紅纓開出血一般耀眼的花，再次刺向阮玉郎的心口。

趙栩大喜，手中劍卻一輕。阮玉郎臨危不亂，遭受兩番重創依然極速側過身子，躲過銀槍，硬生生將自己從劍上拔了出來。

噗噗幾聲輕響，東窗被一股惡臭黑煙籠罩。

「小心毒煙蒺藜球——！」高似刀光如海，劈開那些刺向趙栩身後的黑衣人。

「郎君快走——」十幾個黑衣人奮不顧身地撲向趙栩。

屋頂一聲巨響，木屑、碎瓦紛紛落下。阮玉郎一掌拍在庫房的烏瓦上，口中鮮血直溢，身上道服再次鼓脹到極限。

陳太初閉氣躍上屋頂，緊追不捨的銀槍一槍將膨脹的道服戳得凹陷進去，卻未能刺穿道服。再一眨眼，道服倏地落下，捲住了槍尖。只穿著素白中衣的阮玉郎金蟬脫殼，已在十多步以外，即將越過外牆落入第一甜水巷那邊。

「槍給我！弓來——」趙栩到了陳太初身後，轉頭向院落中的高似大喝道。

「劍給我！」陳太初手中槍閃電般脫手，從肋下急射向後。趙栩手中劍倒遞入陳太初手中，立刻接住即將落地的銀槍槍桿。兩人默契無比，似練過幾千遍這般配合。

高似毫不猶豫，摘下背上半人高的長弓擲向趙栩。陳太初一個側身，劍光如水銀洩地，將追上屋頂攻向趙栩的三個黑衣人逼回地面。

趙栩將長弓插入瓦面，橫槍為箭，滿開弓弦。

金槍發出尖銳的破空聲，離弦出籠，直撲外牆牆頭的阮玉郎後背。

院中爭鬥的人不禁都暫停了下來，目不轉睛地盯著那飛射而出的金槍。

聽不見聲音，只見槍桿在明晃晃的日光下不住顫動，牆頭那素白的背影瞬間凝固不動，慢慢搖了兩搖，墜入了第一甜水巷。

「中了——！」禁軍和部曲們高聲歡呼起來。

「郎君——！」黑衣人們悲呼著，如瘋虎惡狼般撲向趙栩和陳太初，也有七八個人躍上女牆企圖去救阮玉郎。

陳太初卻更快，只留下一句「你守我追」便已過了女牆。

趙栩手中長弓劈掛絞刺，衝回院中下令：「殺無赦。」

少了阮玉郎，多出趙栩和高似兩人，庫房內的張家部曲們一擁而出。院落裡的兵器聲怒喝悶哼慘呼不斷，一刻鐘便勝負已分。

趙栩環顧四周，禁軍和部曲們正在搜尋四周和檢查地上的黑衣人屍首。庫房的木門依然緊緊關閉著。他將手中長弓擲還給高似，大步走向庫房。

手掌按到木門上，木頭光潤溫熱。方才在院子中能高呼出口的「阿妧」，這時卻在唇齒間徘徊不前。

他還未推開門，門已經被人從裡面打開。

趙栩一怔，極相似的兩張臉，自己心神激盪下險些認錯了人，幸好沒有莽撞。

林氏眼淚汪汪地還驚魂未定，趕緊退了兩步和惜蘭一起行禮：「殿下萬福金安。」

趙栩輕聲道：「免禮。」視線卻已越過她們和一眾女史們，落在了九娘身上，唇角已彎了起來。

惜蘭趕緊拉著林氏帶著女史們從趙栩身側退避了出去，輕輕帶上門，退到院落之中。

空落落的庫房之中，外邊的嘈雜聲清清楚楚。趙栩卻覺得什麼也聽不到。日光從破了的屋頂斜斜漏了下來，書架的陰影將九娘的小臉遮去了一半。她一動也不動地靠著書架，正看著門口的自己。

九娘往前邁了一步，長睫在日光下微微顫動，空氣中漂浮著的灰塵在她如玉小臉前游離不定。

「我回來了。」趙栩柔聲道，忍不住輕輕吹了一口氣，想把那些灰塵趕走。

九娘被他這突然而來的一口氣吹得眼睫眨了幾下，已被趙栩擁入懷中。她伸出發麻的雙臂，緊緊摟住他。她不捨得說話，一個字也不捨得說。

趙栩的下巴被喜鵲登梅釵擦了一下，火辣辣的。熟悉的淡淡馨香，柔順的髮絲貼服在他下頷處，她的手臂摟著他，越來越用力，他都有點喘不過氣來。怎麼這麼心滿意足呢。

「我家阿妧力氣真大。」趙栩笑著咳了兩聲：「我喜歡得很，再抱緊些。」

九娘不禁破涕為笑，手臂就鬆了一些，卻被趙栩摟得更緊。

「不許鬆開。再緊些。」耳語呢喃，萬般柔情。

「好。」九娘低聲應道，再次也摟緊了他。

第三百一十三章

破了個大洞的庫房屋頂十分狼狽。一地窗櫺瓦礫的碎片中，偶爾有髮絲被夏末輕風吹起，飄到院落中的花椒樹上或東倒西歪的葡萄架中，消失不見。

最後一批屍體也被搬運了出去，有人在撿各處散落的箭矢，小院子裡漸漸清靜下來。

「吱呀」一聲。趙栩牽著九娘的手並肩出了門。

陳太初靜靜站在葡萄架的竹支架邊，正低著頭擦拭銀槍槍頭上的鮮血，聽到門開聲，他抬起頭，陽光照在六郎和阿妧身上，一雙人兒比肩而立，笑得比日光更耀眼。

一剎那，陳太初有些出神。眼圈還紅著的阿妧，會因為六郎笑得這般燦爛，也只會因為他才流淚吧。

趙栩笑著走上前：「太初你倒比我早到。」

陳太初舉了舉手中銀槍：「沒找到阮玉郎的屍體，可惜。」

「窮寇莫追。」趙栩和九娘異口同聲道。

陳太初看看趙栩，又看看九娘，三個人不禁相視而笑。

九娘細細端詳了陳太初一番，確認他沒有受傷，趕緊告訴他們：「你們都是孤身返京的？快去宮裡，宮中陛下和娘娘受制，表嬸怕是要生了。」

陳太初卻並不焦急，反安慰九娘道：「不要緊，我爹爹應該在宮裡。」

九娘又驚又喜，看著他們兩個：「怎麼會——？」陳青不正在幾千里以外追擊西夏敗軍嗎？

趙栩點頭道：「放心，舅舅和我一起回來的，早就入宮了。」他看著瞪圓了眼的九娘笑了起來：「舅舅帶著一萬陳家軍重騎兵，從郭橋鎮入京，正準備關門打狗。」

明修棧道，暗渡陳倉，人人都懂，卻不是人人都用得好。都以為陳青率軍追擊西夏梁氏，卻不知陳青悄聲無息地帶著精銳重騎從蘭州入永興軍路，經龍門往王屋山，再沿著濟源、懷州、河陰、陽武，晝伏夜行，會合了趙栩，正趕上趙棣已攻入汴京，索性將趙棣退路切斷。

陳太初看著手中銀槍笑道：「可惜我這不是打狗棍。」

趙栩笑了起來：「走，趙棣恐怕已登上了宣德樓，阿妧可要隨我們入宮？接了十五郎一起去打狗。」阮玉郎連受重創，但難說他瀕死之前會否再殺個回馬槍，他不放心。

陳太初見九娘面露猶疑，銀槍閃出三朵槍花：「你不會連累我們。有我和六郎在，天下間誰也傷不了你。」

九娘看著陽光下這兩個意氣風發的郎君，想到宮中的阿昉，不由得熱血沸騰地道：「走！」

豺虎鬚擒攫，狐狸敢頡頏。汴京好兒郎，千古姓名香。

陳青帶著三十多親衛自西華門入宮，宮中禁軍士氣大振，隨他從皇儀門夾道衝往福寧殿。快出夾道時，依稀聽到一牆之隔垂拱殿的後閣傳來女子壓抑的哭聲和嘶聲。

眾人都腳下一慢，東牆內應該就是陳將軍的妻子和妹妹，還有他未出生的孩子……

陳青卻反而加快了速度，聲音沉穩如舊：「示威——！」

眾人一愣，轉瞬齊齊高聲呼喊：「陳青在此——！陳青在此——！陳青在此——！」

牆那邊雜七雜八的聲音驟然停止，隨即有尖叫聲，笑聲，歡呼聲，響亮的哭聲一起爆發出來。

陳青的身影已沒入福寧殿的宮牆之中。

嬌嬌還是那樣，再痛也忍著不肯出聲，方才那嗚嗚哭的，是阿予。他還能聽見有人在安慰阿予，有銀盆和鐵器的碰撞聲，還有蒼老的聲音在給嬌嬌鼓勁。

他已經來了。他要她知道，她在，他在。

後閣屏風外，趙淺予滿臉眼淚鼻涕地扯住蘇昉的袖子：「是我舅舅來了嗎？是不是？你聽見了嗎？」

蘇昉側耳聽著屏風裡的動靜，點頭道：「是的，你舅舅來了，放心。」這才想起來掏出帕子替她擦了擦臉：「你舅舅來了，六郎肯定很快就到。你去裡面看一看吧。興許你娘和你舅母沒聽到，告訴她們好讓她們安心。」

見趙淺予愣了愣還沒回過神來，蘇昉柔聲道：「要笑著去說才好。」帕子已不能再用了，再美的小娘子，鼻涕也不會比常人美上多少。

趙淺予用力點點頭，順手撈起蘇昉的手臂，在他臂膀上蹭乾臉上黏糊糊的地方，跑著進了屏風裡。

蘇昉鬆了一口氣，低頭看著自己臂膀上的濡濕和黏糊，沉甸甸的心也輕鬆了一點。陳青既至，六郎不遠了，狂瀾將挽，大廈得扶。縱然父親在自己心中越來越模糊不清和遙不可及，但阿妧一定能安然無恙。有失也有得，母親這次回來，還會再離開他嗎？

眼前屏風上的山水起了煙霧，一葉扁舟，那獨釣寒江雪的漁翁背影也模糊起來。

趙淺予努力笑著，跑進了屏風後，卻見魏氏身下一片血紅，錢婆婆一隻手似乎伸入了她肚子裡。來不及驚呼，方紹樸一把捂住了趙淺予的嘴：「別驚了產婦。」

魏氏骨架纖細，產道一直不能全開，羊水早就沒了，腹中胎兒有窒息之危，偏偏孩子還未足月，依然腳朝下，頭朝上。他只能豁出去，讓錢婆婆伸手進去將胎位撥正，自己用銀針吊著魏氏的精神。方才外頭傳來「陳青在此」的喊聲，不知真假，魏氏倒又來了力氣。

錢婆婆吐出一口氣來：「正了。」上天有好生之德，這孩子命也好。

方紹樸立刻鬆開趙淺予，拔出五根極長的金針迅速扎入魏氏的穴道裡。

「頭——！」趙淺予一聲驚呼。

錢婆婆看著方紹樸朝自己點了點頭，立刻一掌擊在魏氏腹部，嬰兒被一股大力壓了出來，落在錢婆婆另一隻手上，滿身血汙，眼睛緊閉，也沒有聲音，手腳只顫抖了幾下就無力地垂落下去。

陳素緊握住魏氏的手，喜極而泣：「生了！生了！」

魏氏卻已疼暈了過去。

一旁的穩婆從驚嚇中醒悟過來，趕緊拿剪刀剪斷臍帶，喊道：「千金萬福，千金萬福，是位小娘子，恭喜恭喜。」再接過嬰兒將她倒拎著，照例拍了幾下小屁股，依然聽不見她啼哭，又慌了神，看看給魏氏止血的醫女，又看向無所不能的方醫官。

方紹樸接過孩子，摳開她的小嘴，掏出一團汙物，再輕輕按壓她的胸口，不幾下，嬰兒嗆咳了幾聲，哇哇大哭起來，月份不足，中氣卻十足。

趙淺予又哭又笑道：「活的，活的。」她湊到方紹樸身邊，見他手中小嬰兒只比他雙手大了一些，閉著眼哭得聲嘶力竭手腳亂動，趕緊伸出手指碰了碰她那極小的手，輕聲哄道：「小五不哭，阿姊在這裡。乖，不哭哦。你爹娘都在，你姑母也在，還有你四個哥哥很快就回來，天底下再沒有比你更得寵的小娘子了，你要笑才對啊。」

興許是她聲音舒緩動聽，興許是她手指溫熱柔軟，小嬰兒無意識地緊緊揪住了趙淺予的一根手指，再也不肯鬆手，哭聲也漸漸平息。

蘇昉在屏風外聽到嬰兒啼哭聲，往屏風方向走了兩步，又停了下來，心裡酸酸軟軟。又等了一刻鐘，見錢婆婆抱著一個小包裹走了出來，身邊趙淺予寸步不離。

「阿昉哥哥來看看小五——」趙淺予側過身。

蘇昉見她一根手指被包裹中的嬰兒捏在手裡，不由得也笑了：「她喜歡你。」

趙淺予笑得極開心：「是的，我也喜歡她。你看她多漂亮，鼻子那麼挺，像我，眼睛將來也很大，像我——」

蘇昉不記得妹妹二娘出生時是什麼樣子，他當時甚至不在府裡。第一次看到剛出生的嬰兒，他忍不住小心翼翼地碰了碰她另一隻小拳頭。

那麼軟，那麼細嫩，令他心悸，然後心都化了。

小拳頭動了動，伸出小手指來，握住了蘇昉的手指頭，同樣拽緊了就不放。

趙淺予瞪圓了眼：「阿昉哥哥，小五也喜歡你！」

蘇昉沒想到小小的嬰兒力氣還不小，小心翼翼地舉著自己的手，笑道：「我也喜歡小五。你看她多漂亮，鼻子像阿予，眼睛以後也會像阿予……」她臉一紅，蘇昉說的這些話怎麼聽起來像是在誇她……

錢婆婆托著小小包裹，眨了眨不昏花的老眼：「郎君誇完了嗎？」

蘇昉一愣，臉上一熱。他和趙淺予將錢婆婆夾在中間，面面相覷。

門口一個高大的身影遮住了日光。

「舅舅——！」趙淺予紅著臉喊了起來。

第三百一十四章

趙楞的頭從陳青身後探了出來，緊緊拽著陳青的衣角，小臉還很蒼白，看著趙淺予強笑著問：「四姊，那是個什麼寶貝？」

陳青眼睛一直盯著錢婆婆懷裡的小小包裹，伸手牽了趙楞往前走：「陛下，那個寶貝是臣的第五個孩子。」他大手掌心都是繭子，語氣卻甚是溫和，步子也邁得小。

蘇昉趕緊從小五的小手中拔出手指，躬身向驚魂未定的趙楞和向太后行了禮：「草民蘇昉恭賀陛下和娘娘能脫離險境。」他看向陳青微笑道：「表嬸雖然早產，所幸母女平安。」

趙楞眼睛一亮，鬆開陳青的手：「你快去抱抱她。」他轉身緊緊靠在向太后身邊，輕聲問：「大娘娘，我能抱抱她嗎？」

向太后摟著他在羅漢榻上坐了下來，閉了閉眼，打了個寒顫，稍定下神來，見趙楞經此生死巨變竟毫無膽怯之意，她不禁摟緊了趙楞，哽咽道：「十五郎也做哥哥了，自然能抱的，只是你要小心一些——」

陳青小心翼翼地接過小五，見她稀疏的胎毛柔軟地耷拉著，眼睛緊閉，有些不高興的樣子。他只抱過剛出生的元初，跟個蚱蜢似的不停扭動，力氣也大。可掌中的小寶貝極輕極軟極弱，如疲憊的蝴蝶或初萌的新芽，他面臨千軍萬馬時也沒這麼害怕，生怕自己不小心弄疼了她。

陳青不禁低頭親了親小五的額頭，粗糙的鬍茬扎得小五猛地睜開眼，鬆開了趙淺予的手指，胡亂揮舞，放聲大哭，險些從陳青手裡掙脫下來。趙淺予氣得不行：「舅舅！你的鬍子弄疼她了！快抱好。」

陳青大笑起來，將小五直接放入趙淺予懷裡：「去，你帶妹妹給陛下看上一看。我去看你舅母。」他無暇顧及禮數，直奔屏風後。

屏風後早已收拾乾淨。陳素看見兄長來了，喜極而泣：「哥哥！大嫂剛醒。」

方紹樸趕緊帶著一應宮女、內侍、藥僮、醫女識相地退了出去。陳素猶豫了一下，也悄悄走出了屏風，回過頭，見兄嫂眼裡只有彼此，心裡既高興又難過。大哥回來了，六郎一定也很快就到。一根針倏地戳在她心頭，疼得她眉頭都皺了起來。

屏風外大亂後難得的平靜，其樂融融。趙栩正緊張地托著小五問錢婆婆：「她動了怎麼辦？她會不會不舒服？我這樣抱對嗎？」

小五離開娘胎，只喝了點宮裡的羊奶，又費力氣哭了一回，小臉往那絲布上靠了靠，懶懶地看了趙栩一眼，又睡著了。

趙栩高興得很，得意地看向趙淺予：「她喜歡我抱呢。」

趙淺予冷哼了一聲：「喜歡，誰敢不喜歡官家你呢。」

趙栩躲開錢婆婆的手，極小心地抱著小五坐回羅漢榻上，不捨得放下來，就這麼僵在那裡。

趙淺予拉了拉蘇昉的袖子：「阿昉哥哥，我們等著看十五郎的小胳膊能撐多久。哼，十五郎，你可別硬撐，摔著了小五我舅舅會很生氣。」

趙梣頭也不抬，注視著小五長長的睫毛覆蓋在她近乎透明的眼瞼肌膚上，留意到她耳後有一塊青色的胎記。怎麼會有這麼小的小人兒呢，好像在他手裡就很安心的樣子，看了他一眼就睡著了。掌上明珠原來便是這種感覺。

向太后凝視著趙梣，一瞬間，她感覺到，趙梣長大了。

屏風裡魏氏微微側過頭，看著一臉鬍茬的丈夫，微微笑了起來。

陳青坐在榻邊，看著魏氏秀致的小臉上無一絲血色，伸出手替她攏了攏鬢邊還濕著的髮絲。

「嬌嬌。」他柔聲喚她的閨中愛稱，「不哭，傷眼睛。」

魏氏眨了眨眼睛，陳青的拇指滑過她眼下和眼角，放到自己口中含了一下，笑道：「甜的。」

魏氏嘶啞著嗔笑道：「胡說。」

陳青笑著低頭親了親她的唇：「你嘗嘗。」他不敢用力抱她，怕弄疼她。

魏氏抬起手，掌心從他刺刺的鬍茬上滑過，無力地勾住丈夫的脖頸，眼淚怎麼也止不住。

屏風邊一聲低呼，一片壓抑著的輕笑聲。陳青依依不捨地在妻子唇上啄了啄，才轉過頭來。

一群小兒女正停在屏風邊，趙淺予捂住嘴瞪大眼，蘇昉轉過頭看著屏風上的水紋，非禮勿視。

方紹樸也轉過身盯著那漁翁輕聲道：「願者上鉤願者上鉤。」

趙栩卻輕靠在屏風架上，對微微笑的九娘眨了眨眼，頗有些懊惱，沒想到自己輸給舅舅了，方才在庫房裡竟不曾一親芳澤。

陳太初抱著幼妹，垂首注視著懷中睡得不太安穩的小人兒，唇角微翹。也好，以後家中會被爹娘噁心壞的終於不只是他們幾兄弟了。

九娘白了趙栩一眼，他想什麼自己為何都明白呢，真是平添羞惱。她見魏氏紅了臉閉上眼扭過頭去，陳青卻坦蕩蕩什麼也不曾發生似的，不由得笑著走上前去：「恭喜表叔表嬸平安相見，心想事成。這位小表妹真是小福星呢。」

陳青握緊妻子的手，笑道：「心想事成倒不錯。太初，快把你妹妹抱過來。」

陳太初將妹妹如珠似寶地捧到父母跟前，輕輕放在魏氏身側，跪在腳踏上柔聲道：「妹妹睡著了，爹爹你說話輕些。」

陳青眉頭一揚，站起身問趙栩：「外面眼下如何了？」

「阮玉郎重傷而逃，趙棣和叛軍已通暢無阻地進了御街。黃河水既然還未到汴京，陳十六他們應該擋住了掘壩的敵軍。」趙栩轉身看了看外頭的漏刻：「舅舅留在這裡陪舅母和表妹吧。孟在已經將人手都調過去了，我和太初護送官家前往即可。」

陳青點頭道：「你們小心。我們返京時擊潰的女真和契丹那三千多騎，未能掘破黃河堤壩，恐怕這兩日就會南下。還有不少硬仗要打。」

陳太初正和魏氏說著貼心話，聽到父親的話，輕輕拍了拍妹妹的襁褓，站了起來：「我今夜就要趕去應天府，高麗和福建路叛黨明日就會抵達應天府。」

陳青凝視著兒子，忽地伸手摸了摸陳太初的髮髻：「你們兄弟四個，都很好。待你收復淮南那一片，回來可以行冠禮了。」

不等陳太初應答，陳青又拍了拍他的胳膊：「你們愛護妹妹也要和打仗一樣膽大心細，知道嗎？」

看著陳太初臉上怪異的神情，趙栩笑道：「六郎得令！」

蘇昉看著他們，胸口酸酸脹脹的，陳家父子五人，連著趙栩，上陣殺敵一條心，相親相愛也是一條心。

九娘跟著趙栩從垂拱殿前殿而來，約莫猜到蘇昉和蘇瞻發生了不快。蘇昉臉頰上隱隱還有不顯眼的指印，九娘心疼得很，又不能在眾人面前開解他，看到他眼中的黯然，便攜了他的手也走到陳青面前，笑道：「阿昉和阿妧也得令，對了，還有阿予，快來接將令。」

趙淺予笑嘻嘻地應了一聲，爽脆得很，怕蘇昉觸景傷情，趕緊看向趙栩輕聲道：「哥哥，你再疼小五，也不能越過我去，知道嗎？」

趙栩長臂舒展，將趙淺予的髮髻揉鬆了：「好——傻。」

蘇昉眼明手快，趕緊接住趙淺予跌落的髮釵，替她插了回去，把自己的那點傷春悲秋暫且拋開，低聲安慰她道：「你是六郎的親妹妹，誰也越不過你。」

趙淺予輕輕點了點頭，笑了。

九娘看著他們兩個，也笑了起來。

宣德門大開，廣場上一個抵抗的禁軍也沒有。

自從進了內城，就有人勸趙棣先將外城占領，再深入內城，最後再攻入皇城，以免中計，可趙棣卻對阮玉郎深信不疑。他說城會破，城就破了，他說孟在會被釋兵權，便也說中了。

趙棣對朝中大臣們擅長什麼不甚瞭解，可卻清楚大趙的文臣歷來退縮，能給錢的給錢，能給物的給物，哪怕是公主郡主，只要能不打仗，總會送出去求和。這樣的兵臨城下，他們必然有人願意歸順，有人想著求和，能死戰到底的只有為數極少的硬骨頭。趁勝追擊，方是上策。只要他登上宣德樓，昭告天下——想一想趙棣手中的韁繩都會輕輕顫抖起來。

他高舉手中劍：「登樓——！」

第三百一十五章

自宣德樓往南看去，寬闊的御街兩側，斜柳有氣無力地輕輕擺動，熱鬧的街市門戶緊閉，往日在商鋪外一溜排開的攤販也都不見蹤影。招牌如舊，布旗招展，汴京是這個汴京，趙棣卻疑心自己攻占了一個假汴京。

沒有禁軍，沒有文武群臣，沒有百姓。只有他和麾下將領們站在宣德樓上，可容納萬人的廣場上，只有日光無動於衷地籠罩著略顯疲憊的軍士們。

白日光晃得趙棣心慌慌，他不禁四處尋找先生的身影，可連那報訊童子的身影也不見了。不管如何，登上宣德樓，他是天子，他是大趙唯一的皇帝了。接下來，揮兵先攻西邊的都堂，還是北面的文德殿、垂拱殿？

自州橋方向疾馳過來近百騎，遠遠地能看見旌旗不整，隊形混亂。

趙棣大喜，定是京中潰敗的禁軍。他心底反而踏實了一些，舉起手中劍笑道：「哪位將軍去擒下敗寇？」

周圍沉默了一息，一位副將朗聲道：「陛下，那是河東路的人馬，看來是遇到勁敵了。末將願去接應！」

趙棣一驚，仔細看去。耳中轟鳴聲漸盛，此時看得清楚，一團黑色烏雲，旋風般追上了那百騎，瞬間吞噬了他們，甚至不見箭矢飛過也不聞呼喝聲。

鐵騎隆隆，旌旗高高飛揚。鐵鉤銀劃的「陳」字依稀可見，如狂潮般席捲過來。

宣德樓上瞬間亂成一片。

「陳家軍在此——！陳青在此——！陳家軍在此——！陳青在此——！」示威聲響徹雲霄。

御街兩側不知何處湧出許多頸繫紅巾的殿前司禁軍，隨之高呼：「燕王在此——燕王在此——！投誠無罪，歸順保命，倒戈有賞——！」

這正是趙棣攻入外城後令人呼喊的話。不少叛軍被陳家軍和燕王的名頭嚇到，手腳都軟了，聽到這話不免心驚膽顫地看看周圍，不知道此刻的同袍，會不會變成下一刻的敵人。

趙棣從宣德樓上看得真切，街巷中還湧出了許多手持鋤頭板凳菜刀的百姓。廣場上的軍士們趕緊舉起了兵器、旁牌。陳家軍重騎已奔雷般闖入了他們的隊末，弓都來不及舉，人人只求自保。

趙棣腦中一片空白，身不由己被親衛們挾裹著往宣德樓下奔。方才那君臨天下的一剎那，如夢如幻，似真又疑似從未發生過。或許他一直在做夢？

「先生？」趙棣高聲喊起來，「先生——？」

宣德門的城門依然打開，擠滿了人，亂成一團。

北面方才還緊緊關閉的大慶門轟然打開，皇帝御駕的五色旌旗從大慶門厚重的朱漆大門內飄了出來，擊地鞭聲四起。

站在臺階半當中的趙棣看得真切。

六駟齊驅，往日的朱蓋不見了。矮小的趙梣站在車駕之中，身穿天子袞冕，通天冠上九旒遮住了他的臉。他身後赫然站著趙栩和陳太初。

「大趙皇帝陛下御駕親征，洛陽叛軍速速棄械就擒——」

車駕前後，是盔甲閃亮，軍容嚴整的十八班直。

宣德門以南，是陳家軍和殿前司禁軍。宣德門以北，是趙梣御駕和趙栩、陳太初及大內禁軍。

他無路可去，原本大獲全勝，轉瞬為何變成一敗塗地？趙棣茫然四顧，身邊的內侍忙著除去他的髮冠：「陛下，請隨小人想法子先回洛陽罷！」

趙棣警醒過來，立刻將身上外衫也除了，倉皇道：「退，退往外城去。」

趙栩眼中厲芒閃過，手中紅色小旗高高揮起。

一馬當先的孟彥弼立刻放聲高呼：「射——！」一陣弦響，數百枝箭矢落入宣德門附近，中箭的，躲避的，相互踩踏推擠的，還未短兵相接，已是修羅場一般。

輿駕上的趙梣渾身汗毛倒豎，他頭一次見到這般慘烈的場面，先前的興奮都變成了恐懼，有種想吐的感覺。這時一隻溫熱柔軟的手握住了他的小手，趙梣轉過頭，見到九娘正凝視著自己。

「一將功成萬骨枯，陛下不如先閉上眼，有九旒擋著，沒人看得到。」九娘憐惜地道。入過地獄的人，才知道珍惜世間所有的平凡物事，才更容易將慈悲心保住。六郎一定是希望趙梣這個皇帝，日後永遠記得今日的內亂、鮮血、殘殺，能敬畏「人」的「性命」，方能真正做一個有仁心的皇帝吧。

趙栩立刻緊緊閉上了眼，死死拽住九娘的手。想起方紹樸說的魏氏生產之艱險，生，是那麼難，可死，原來這麼容易。他在福寧殿被賊人所制的時候，怎麼竟不知道害怕，無知者無畏。

守城難，攻城更難，可甕中捉鱉關門打狗卻很容易。兩個時辰後，已有大內的雜役宮人提著水桶開始清洗遍地血跡的宣德門。開封府的衙役們也因人手不夠，首次得以進入皇城大內搬運屍首、押解近萬俘虜。而數萬汴京百姓，更是恨不得把牆角縫都清掃一遍，免得藏有叛軍。

翰林巷，也早已恢復了寧靜，被水清洗過的街面，在夕陽餘暉下隱約透出七彩反光。觀音院的前面卻擺出了餛飩攤、蜜餞乾果攤等等，只是沒有了往日飄揚的布旗，但叫賣聲卻都中氣十足。藥婆婆佝僂著身子往瓦罐中添了水，轉過身掏出汗巾替兒子擦了擦額頭上的汗，笑道：「添火。」

「汴京三百六十行，餛飩看我凌大郎——」凌娘子的丈夫掄起大勺，在空中晃了一圈，頭一回放聲唱了起來。

凌娘子將頭上的藍布巾重新紮過，嗔笑著白了丈夫一眼：「人家只知道凌大娘的名號，哪個認得你？」

觀音院門前一片笑聲。汴京，還是這樣的汴京。

陳家軍勤王一畢，便按禮迅速退出汴京，在先前被趙棣踏平的陳橋北禁軍大營處重新立帳建營，更有三千騎在陳太初率領下咬著潰退的叛軍緊追不捨。

宣德門之變，常有後人感歎洛陽趙棣不通兵法，卻無人知曉汴京這裡外敵我數十萬軍民，逃過了黃河決堤倒灌汴京的劫難。最為茶社瓦子裡津津樂道的，是七歲幼帝御駕親征，是主少國疑時燕王趙栩力挽狂瀾，是陳家軍攜手京城禁軍擊潰河東河北三路叛軍。大趙內亂，宣德門之變是分水嶺，而抗擊外敵，宣德門之變同樣是扭轉局勢的一戰。

更令民眾樂此不疲議論紛紛的，還有隨後的朝野震盪。

趙棣叛軍敗退的當夜，垂拱殿上燈火通明。向太后撤簾移坐於官家趙梣的右邊，手中拿著謝相的請罪摺子，歎道：「謝卿何須如此？眼下局勢尚難，朝中再動盪不安，只怕群臣不安。」

一旁左下首趙栩卻有些出神，只看了向太后手中的摺子一眼。陳太初應該已經出了南薰門，阿妧送完他，應該會直接回翰林巷去了。

謝相高舉玉笏，毅然道：「陛下，娘娘，臣有愧，臣不安。棄外城軍民性命不顧，退守內城，實乃懦弱無能之舉，內不能解救陛下和娘娘，外不能抵禦洛陽叛黨，臣有何面目居高位？臣請辭相位，求陛下和娘娘成全微臣最後的臉面。臣，決不能厚顏為相！」

鄧宛上前高聲道：「臣鄧宛，有彈劾！」

謝相歎了口氣，轉頭苦笑道：「鄧中丞這是連遮羞布也不給謝某嗎？」

鄧宛朗聲道：「陛下，娘娘，諸位臣工。趙棣叛黨方退，汴京百姓已怒。現有三千國子監監生、近千外城士紳齊聚宣德門前，號哭不止，求陛下嚴懲誤國誤民之大臣。臣以為，放棄外城，罷免孟在兵權，大謬也。罔顧數萬軍民性命，不戰而退，令數月來陛下堅守汴京之策付之東流，士氣大傷。自古立功有賞，有過當罰。臣彈劾蘇瞻、朱綸等人，在其位不謀其政，任其職不盡其責，視人命如草芥，棄國策於不顧，何以為相？」

趙昇靜靜立在原地，聽了鄧宛的話，頭也不抬，也不看蘇瞻，高舉玉笏沉聲道：「臣趙昇願請辭歸田，臣愧對陛下、娘娘和燕王殿下所託。」

朱相冷笑了兩聲，上前兩步傲然道：「不說不做，便不會錯。臣朱綸問心無愧。馬後炮事後諸葛亮，誰不會？若陛下和娘娘覺得臣等錯了，那這垂拱殿裡，今夜該有一百多臣子獲罪。」他看向吏部尚書：「倒也無妨，掛在你吏部候補的不下千人，是不是？」

朝中群臣遂小聲議論起來，論罪，這殿中的人，只怕沒幾個能逃脫的。鄧宛這般咄咄逼人，借著民憤要掀翻二府眾相公，實在有點落井下石。

蘇瞻出列，舉起玉笏，神色如常：「陛下，娘娘，燕王殿下，敢問是外城重要，還是內城和皇城更重要？血戰街巷便是惜民嗎？便不會有人死傷？外城兩門被破，火藥庫被炸，四處亂黨作祟。那麼內城的城門會否被炸開？甚至皇城的城門會否突然失守？連陛下和娘娘都遭身邊尚宮、供奉官所制，若有貪生怕死之心，我等臣工，只需開城迎接趙棣便可，何須緊閉內城城門？」

堂上百官紛紛點頭贊成蘇瞻之言，斥責鄧宛居心不良。

蘇瞻待議論稍平息後，摘下自己頭上的烏紗帽呈上：「為相不為相，做官不做官，臣蘇瞻並無留戀，但諸臣工所慮，從無萬全之策，不過兩害相權取其輕而已。若需因此獲罪，為使朝廷各部各司能如常運轉，臣請陛下和娘娘將決策之罪歸於臣蘇瞻一人身上。臣乃平章軍國重事，眾宰執之首，臣當領罪。」

百官們有的立刻大哭起來，有的也摘下官帽，歸於階前，願與諸相公共進退。

向太后娥眉微蹙，見趙栘露出了不安的神色，不由得看向趙栩。

第三百一十六章

趙栩走了下來，接過蘇瞻手中的烏紗帽，拿在手中端詳起來。他唇角帶笑，面容柔和，一雙桃花眼卻淬了毒一般，自烏紗帽上轉向兩側的官員們。

殿上官員們立時安靜了下來，不少人垂首縮肩，成了趙梣口中的鵪鶉。畢竟這位風華絕代的燕王殿下翻臉快過翻書，殺死親兄長魯王趙檀時眼睛也不眨一下。死在他手上，也就只能白死。

「和重真是世間少有的君子。」趙栩長歎了一聲，面露可惜之意，舉了舉手中的烏紗帽：「這款官帽，透氣清爽，比雙腳襆頭好看許多，聽聞還是由和重所創，風靡官場。」

蘇瞻不禁一怔，趙栩這弦歌的雅意，他聽不出。

趙栩笑了笑，親手將烏紗帽替蘇瞻戴好：「和重三次拜相，心胸寬廣，世人多有不及。這棄城棄民之罪，你願一力承擔，為百官替罪，本王實在欽佩，也十分不捨。」

蘇瞻胸口一酸，他因趙栩才再次拜相，諸多利國利民之策，只待戰事平息後方能一展宏圖，他微微躬身道：「和重有負殿下所託，實在無顏以見殿下。」

趙栩將他扶了起來，朗聲道：「大趙百官，若人人都能似蘇相這般敢說敢做敢承擔，何愁官場不清明？何愁大趙不興？今日和重雖因棄外城之決策替百官頂罪而罷相，卻令天下人見識到朝廷絕不退讓的決心。」

殿上眾人都一呆，燕王不是在挽留蘇相嗎？罷相？他方才是說了罷相兩個字嗎？不少人面面相覷，再看向上首的蘇瞻。

「唯有君子心，顯豁知幽抱。」趙栩歎道：「還請和重仍在資政殿擔任大資，每日入宮來給官家授課。諸多大事，陛下和娘娘依然有賴和重出謀劃策。今日和重你替百官頂罪，百官亦願與你共進退，身為人臣，這等榮耀亦極其難得。」

蘇瞻看著趙栩深不見底的眸子，心中苦澀難當，結黨營私以百官要脅兩宮，他怎會是這種奸佞之人？棄外城之策並沒有錯，但情勢轉變後，沒有錯也有錯，他來擔當便是。趙栩話裡給他留足了餘地，不遠離朝政，便有再次拜相的契機。

蘇瞻轉身拱手道：「諸位臣工，叛黨方退，百廢待興，還請諸位全心全意效力朝廷，堅守其職。若因和重而棄朝廷與萬民不顧，豈不陷和重於滔天大罪之中？萬萬不可！」

趙栩的眸子落在蘇瞻的背上。確實可惜了。

百官一陣嗡嗡聲後，紛紛躬身向蘇瞻行禮，允諾會為朝廷和百姓鞠躬盡瘁，死而後已。

蘇瞻緩緩轉過身來，向御座上的趙梣和向太后跪拜下去：「臣奉先帝遺命，蒙娘娘陛下信賴，承燕王殿下之器重，身為宰執之首，三個月來兢兢業業，不敢有須臾疏忽，今日罷相前，臣還有最後一奏。」

向太后感慨萬千，柔聲道：「蘇卿奏來。」

蘇瞻高舉玉笏，朗聲道：「二府與兩宮先前有約，有朝一日燕王殿下腿傷痊癒，需承先帝遺願，還政於燕王。今臣喜見殿下痊癒，臣蘇瞻奏請陛下禪位於燕王，由燕王趙栩繼承大統。」

殿上驟然寂靜了片刻，謝相出列高聲道：「臣附議。」

百官裡也有人醒悟過來，蘇瞻就是蘇瞻，此奏一出，離他再次拜相的日子還遠嗎？有想將功贖罪的，有想討好趙栩的，也有真心想遵守舊約的。滿殿文武官員，附議者十有八九。

張子厚卻一聲不吭，他親眼見到向太后與趙梣三個月來變得十分親厚，若是兩宮不情願遜位，便又生出了嫌隙，倒不如在天下太平後再議此事，順水行舟勢不可擋。而趙栩帶著趙梣參加宣德門之戰，他竟吃不准殿下心中所想，是要趙梣知難而退，還是殿下在壺口一躍後已無意帝位。

向太后抿唇不語，看著左下首雲淡風輕面不改色的趙栩，心裡有一些躊躇和悵然。

趙梣突然猛地站了起來。

殿上又靜了下去，不少人微微抬起眼皮，在趙梣和趙栩身上來回打轉，心驚膽戰。

趙梣大聲道：「蘇卿言之有理，六哥腿傷好了，就該由六哥做皇帝。」他轉頭看著向太后，有一點如釋重負地吁出口氣，笑了起來。

向太后眼眶一紅，低聲喚道：「十五郎？」

趙梣卻挪動小短腿，走下御座，來到趙栩的面前，仰首道：「今便祇順天命，出遜別宮，禪位於燕王栩，一依唐虞、漢魏故事。」

這幾句卻是從他即位開始便熟記於心的，先是盼著早點說出這句便能回到生母姜氏身邊，後來是盼著說出這句就能不再那麼早起床那麼晚睡覺，甚至練弓馬和寫字時也會默默念叨幾回。再後來向太后不提起，他差點忘記了。宣德門的殺戮和鮮血浮現在他腦中，趙棬的後背汗毛又倒豎了起來，他殷切地看向趙栩。

趙栩卻巍然不動，注視著上首的向太后。

向太后站起身來，指了指趙棬讓出來的御座，歎道：「六郎勿辭，此乃先帝遺命，你當不負祖宗所託，勵精圖治，振興大趙。」

趙栩注目於太后身側空蕩蕩的御座上，那裡曾經坐過他的父親、他的弟弟，還有他的兩位兄長也對這個位子覬覦多年。他躬身對著向太后行了一禮，卻依舊沉默不答。在見到阿妧的剎那，見到她瘦了那麼多，他的確猶豫了。若他即位，她少不得要日夜操心，那不是他想見到的，不是他想要給她的。

趙栩不禁閉了閉眼，魚和熊掌，他想兼得。

蘇瞻上前一步，跪拜於趙栩身後：「請燕王即位——！」

百官隨之高聲附和：「請燕王即位——！」

再沒有人質疑，沒有人反對，垂拱殿上下，兩宮、二府、文武百官，共請燕王趙栩即位。

三請已畢，在眾人期盼的眼神下，趙栩躬身一禮：「多謝十五弟。」

他緩緩轉過身來，深深看了蘇瞻一眼，望向垂拱殿外的燈火。不知送陳太初歸營的她，此時回城了沒有？

「吾皇萬歲——萬歲——萬萬歲——！」

南薰門外三十里驛站處，近百騎放緩了速度。

時局混亂，驛站的小吏和軍士人手極少，見到他們很是緊張，得知無需洗馬餵馬才鬆了口氣，趕緊入內準備膳食去了。

眾人下馬，等了小半個時辰，用完飯，便要就此道別。

陳太初牽過九娘坐騎的轡繩，微笑道：「多謝阿妧送我。」

九娘笑道：「還未多謝你扮成張家部曲暗中保護我呢，你偏先來謝我，如此見外嗎？」

八月上旬的月亮，鼓鼓囊囊要圓不圓的，月色在九娘因騎馬而泛紅的小臉上添了一層柔和光暈，陳太初心裡也極柔軟，看著她搖了搖頭笑道：「那我們就別謝來謝去的。可惜今年中秋怕是不能一起過了，你便代我多陪陪我娘和小五吧。」

九娘點頭笑道：「表叔若還要出征，表嬸和妹妹不如搬來翰林巷，也好熱鬧熱鬧。我娘說她十幾年沒生過孩子，早忘記怎麼生了，緊張得很，要有表嬸陪著，還能安心不少。」

陳太初見九娘說得一本正經，不禁哈哈大笑起來。

九娘也笑得不行，眉州阿程的話，不止能氣死人，也能笑死人。

「自從婆婆回來，家裡又養了兩隻產奶的羊，妹妹也能喝上新鮮的羊奶。」九娘想了想：「趙棣潰敗，我也不用再回宮了，正好做些滋補的給表嬸調理身子。願太初表哥早日凱旋，平平安安。」

陳太初輕歎道：「六郎既歸，不日就該登基為帝，你能在翰林巷的日子也不多了。以後入了宮，你自己也該好好滋補才是。」他停了停，輕聲問道：「阿妧，若六郎即位，你願意入宮嗎？」

九娘不自覺地挪開視線，看向天上月。

人攀明月不可得，月行卻與人相隨。

陳太初柔聲道：「六郎待你，你盡可放心。他絕不會廣納後宮的。雖有祖宗舊例，但六郎從來不是循規蹈矩之人。」

九娘看向陳太初，陳太初還是那個陳太初，言念君子，溫其如玉。

「他做什麼，我便跟著他做什麼。」九娘輕笑道：「他若要做賢王，我陪著他；他若要做皇帝，我也陪著他。他要歸隱山林，我便種樹養蠶，他要馳騁北疆，我孟妧亦能並駕齊驅。」

陳太初的笑意漸濃，這般意氣風發的九娘，才是真正的九娘了。

九娘抬起下巴，挑了挑眉頭：「可他若要多納一人，我卻是不能忍的。天下這般大，江南山水，北疆草原，還有秦州，我都要走上一走，元初大哥的烤羊，我還沒嘗過呢。」

「我也沒嘗過，你怎地不帶上我？」

身後一人甚是不滿的聲音傳來。

陳太初笑了起來：「六郎。」

九娘臉轉過身來，卻一怔。

趙栩雖依然身穿絳羅紅袍，可身後跟著的卻是殿前司精銳，月色下黃色團龍紋帝旗招展，緊隨其後的還有皇帝專用的朱蓋和五色旌旗。

陳太初已跪拜下去：「臣陳太初，參加吾皇萬歲，萬歲，萬萬歲——」

趙栩一躍而下，拉起陳太初：「你喊得不累，我聽著都累。」他轉向九娘，粲然笑問：「你想要丟下我跑去哪裡？我可是不能忍的。」

第三百一十七章

周遭一眾人等，雖還不懂大趙除了幼帝和偽帝，怎又出了一個皇帝，但殿前司禁軍和帶御器械、朱蓋御駕皇帝旌旗都在眼前，陳太初一拜，眾人皆隨之跪拜下去，高呼吾皇萬歲。

九娘注目在趙栩身上的絳羅紅袍上，離得近了，月色下看得真切，他身上的不再是親王公服，而是黃色團龍紋，通犀金玉帶，朝天襆頭的皇帝便服。是了，只有趙栩即位，禮部無需另行趕製各色冠服，先帝早就替他準備妥當了。

一剎那，九娘眼眶一紅，有些出神，竟沒有下拜行禮。

六郎終究還是做了皇帝，她雖然千真萬確地肯定自己會守著他，可此時此地，依然有種遙不可及的感覺。從此，他不僅僅是她孟妧遠房的表哥，也不只是她的六郎了，他還是天下臣民的君王，是趙氏社稷的主宰。

不等她躬身行禮，趙栩已鬆開陳太初，牽住了她的手，吁出一口氣：「見著你我才放心。」他壓低了聲音補了一句：「阿妧你切莫讓我人財兩空。」

這句還是九娘被阮玉郎擄走時兩人在屋裡屋外的一唱一和。

九娘聽他還是一副賴定了自己的口氣，不禁噗嗤笑了出來，方才那一點點的疏離感消失無蹤，她低語道：「阿妧有疾，好色好利，定要財色雙收。」

趙栩這才放下心來：「千萬收好了。」

他們雖是幾句近乎耳語的對話，陳太初卻聽得真切，只看著他們兩個微笑不語，心有靈犀不點也通，兩情相悅原來應該就是這樣。

「蘇州捷報一個時辰前剛送入樞密院，江南路的禁軍昨日已趕往淮南路。」趙栩將懷裡的軍報遞給陳太初：「朝中還要亂上一陣子，京畿路抽不出人手增援你。」

陳太初接過軍報直接放入懷中：「無妨，趙棣敗退，叛軍必定人心渙散，高麗人和叛軍沿路州縣分贓不均，本已不和，我已有對策。有了江南路的助力，必以收復淮南兩路賀陛下登基。」

趙栩笑道：「好！三日後我祭旗西征，我們兄弟幾個若能在重陽節回到京城，定要去金明池喝個痛快。」

兩人相視而笑，擊掌立約。

趙栩和九娘並轡而立，看著陳太初一行人漸漸遠去，消失在月色下。

遠處傳來一聲清嘯，如疾風穿林，又如飛流直下，激昂慷慨。

趙栩胸懷激盪，不禁也長嘯一聲遙相呼應。

洛陽宮城之中，還未接到趙棣潰敗的消息，倒是早間攻入汴京的喜訊在黃昏時分送入了朝中，再送入宮中。太皇太后十分高興，將六娘和張蕊珠都召來延春殿一同用膳。

六娘自從大婚以後便足不出殿，每日只按例去延春殿請安，突然被召，心裡忐忑不安。入了延春殿殿門，見前方十多人走得慢悠悠的，正是張蕊珠一行人。

張蕊珠早聽小黃門通報皇后駕到，卻不依禮退避候駕，猶自扶著晚詞的手臂慢慢前行。

貞娘皺起眉頭，不管六娘情不情願做這個「皇后」，禮不可廢。身為妃嬪竟如此囂張，若不加訓斥成何體統。

六娘卻輕聲道：「算了。」她無心也無意和張蕊珠唱對臺戲。

入了延春殿，六娘見太皇太后面色潮紅，雙眼放光，不由得緊張起來。

「五郎已攻入汴京了。」太皇太后滿意地笑了起來：「阿嬋真是我大趙的福星。」當年這孩子一生下來，恰逢開寶寺方丈批了真鳳之命出於京城。她命錢氏卜卦，卦象亦同。果不其然，歷盡波折，終於還是天意註定。

六娘打了個寒顫，強忍著心慌垂首道：「娘娘謬讚了，六娘愧不敢當。」

汴京這麼快就失守？那家中婆婆如何了？阿妧如何了？大伯、二哥，那許多家人又如何了？

貞娘見她眼眶發紅，趕緊上前替她斟茶，借機擋住了太皇太后的視線。

張蕊珠笑歎道：「娘娘所言，真是極大的喜事，多虧娘娘睿智，祖宗保佑。可妾身怎麼覺得皇后一點也不高興呢？莫非皇后也如那關羽、徐庶一般，身在曹營心在漢？」

「阿嬋。」太皇太后的聲音冰冷：「過來老身這裡。」

六娘趕緊站起身來，穩了穩心神，慢慢走到太皇太后身邊行了一禮：「還請娘娘恕罪。大趙的軍士和百姓，無論身在汴京還是在洛陽，都是娘娘和官家的子民。內亂之中，兵刀之禍，阿嬋心志不堅，想到攻城者軍士死傷，守城者百姓遭殃，悲戚難當，實在喜不起來。只願早日平息戰亂，驅逐韃虜，天下太平，六娘願為死去的將士百姓祈福七七四十九日，超度亡魂。」

延春殿中寂靜了片刻。太皇太后沉默良久，才輕歎了一聲：「好孩子，攘外必先安內，你就是太過良善了，大趙萬民有你這樣的皇后，也是他們的福氣。」

待陪著太皇太后用完膳，出延春殿時，月色如水。

「娘娘——」張蕊珠快走了兩步，柔聲喚道。

六娘不願理會她，直往殿外的肩輿而去。

「陛下能攻破汴京，多虧了孟大學士孟大宣呢。娘娘裝得如此良善，蕊珠真是佩服之至。」張蕊珠笑道。

六娘腳下一停，霍然轉過身來：「你說什麼!?」

張蕊珠放慢了步伐，舉起手中紈扇擋在小腹前：「若不是你爹爹從你大伯那裡拿來了京城布防圖，先生還不知道御前火藥作竟研製出了那等厲害的火藥來。若不是你爹爹臨摹了蘇相和你大伯的字跡，還刻印了那許多要緊的手令、印章、腰牌，這厲害之極的火藥又怎麼能被調到城門口炸開了城門呢？皇后娘娘，你為何還喜不起來？莫非你早就知道你爹爹和你，乃是不忠不孝，不仁不義，棄家族於不顧，貪圖榮華富貴之人？可憐你的好妹妹孟妧，到死也不知道是死於你父女手下，可歎可憐吶。」

六娘氣血上湧，腦中一片空白，呆呆立在原地動彈不了。

「你說什麼，你——胡說。」良久六娘手足麻痹之感略有好轉，才喃喃低語道。

張蕊珠一行卻早已遠去。

貞娘扶著她輕聲道：「娘娘，莫中了陰人離間之計，傷了父女情分。」

六娘轉過頭，怔怔地看著貞娘：「貞娘，別叫我娘娘——」

貞娘憐惜地用力半攙半扶地擁著她往外走：「若心有疑慮，請大宣入宮來問一問也好。這般憋在心底豈不傷了身子？若叫老夫人和九娘子知曉，要怪老奴照顧不周了。」

六娘這才感覺到面上沁涼鹹濕，三魂七魄悠悠蕩蕩地歸了位。是爹爹嗎？他怎麼會又怎麼能做出那些事……可不知為何，六娘竟對張蕊珠的話深信不疑。汴京的城牆那麼厚，怎麼可能幾夜便被攻破了，還有御前火藥作，她聽都未聽說過，張蕊珠從何杜撰而來。城防圖、印章、手書……爹爹閃爍的眼神。

肩輿悠悠蕩蕩，穿過保寧門，內園月色如煙，在九江池上罩了一層淡淡銀紗，不遠處的娑羅亭，湘妃簾半捲，素紗在夜風中飛舞，亭角的宮燈不知何時滅了兩盞。

「去娑羅亭歇一歇，我有些暈。」六娘死死揪住自己的衣襟，真紅薄紗褙子跟冬日大披風一樣厚重，壓得她喘不過氣來。肩輿慢了下來，貞娘看著六娘半探出身子欲嘔的模樣，趕緊讓宮人們去娑羅亭布置。

捲起了竹簾，束起了軟紗，添了宮燈。肩輿停在九江池邊，一眾內侍宮女們肅立亭下。

九江池乃一池活水，自洛河引入內園，此時水面上的荷花已謝了，一池的碧葉在這早秋還未枯黃，但也不如盛夏裡那麼層層疊疊占去大半幅水面，有些銀光在稀疏了的荷葉從中亮晶晶地一閃一閃。六娘頭一回留意到，蛙聲原來這麼響。她靠在亭邊，水腥氣和荷葉香混雜在一起撲面而來。

在翰林巷給翁翁守孝的三年裡，夏夜裡，她和阿妧常常夜遊明鏡湖，惜蘭和金盞她們幾個划著木槳，小几上放著應時的瓜果，自然少不了阿妧親手做的各色冰碗，她們倆喜歡說些什麼來著？其實只過去了一年，怎麼想起來卻模糊得很了。婆婆抓著過她們兩回，後來便睜一隻眼閉一隻眼，知道她們採了蓮子，便罰她們去做蓮子湯孝敬長輩們。

貞娘輕輕給她披上披帛：「入了秋，夜裡涼，早些回去歇息吧。」

六娘看著那水面，搖了搖頭。

一顆小石子輕輕落在六娘腳邊。她一呆，貞娘四處張望著。

亭子下的荷葉微微動了動。

六娘心中一動，緊張地看向亭外，禁軍在不遠處來回踱步，宮人隨從們也都垂首不語，蛙聲依舊。

貞娘不動聲色，出了亭子，有條不紊地吩咐眾人，添燈的，取茶具的，搬香爐的，取琴的，將人打發得七七八八，才給金盞、銀甌使了眼色，回到亭中。

章叔夜從水中露出頭來，見六娘瞪圓了眼，全無平日溫雅端莊的樣子，露出一口白牙輕聲道：「叔夜奉命來接娘子。」

六娘看著他身邊的水紋一圈一圈蕩開來，眼淚止也止不住，壓低了聲音哭道：「汴京城破了——我婆婆和阿妧她們——」他為何還要來救她？城破了，家毀了，她和爹爹是千古罪人……

「燕王和陳將軍、二郎今早就都到了汴京，趙棣在宣德門大敗，逃回洛陽來了，這邊還沒得到信。」章叔夜一接到飛奴傳書，便立刻潛入宮中。

六娘又驚又喜，卻忘記了自己的安危。

章叔夜見她神情，輕聲道：「趙棣怕要以你為質——」無論她答應不答應，今夜他是一定要帶走她的。

六娘轉身看了看亭外不遠處的禁軍，為難地望向貞娘。眾目睽睽之下，她如何能走得了？還有爹爹和娘親，她還未問過爹爹究竟有沒有做過那些事。

貞娘神色自若地吩咐金盞：「娘娘的裙裾沾了水，讓人送衣裳來換。」

四周的湘妃竹簾重新放下，素紗垂地。內侍們趕緊搬來素屏和步障，設在了禁軍和娑羅亭之間。亭內燈火依次滅了，只留了亭角宮燈在湘妃簾上投出柔和光暈。

過了一刻鐘，延春殿方向忽地冒出了火光和濃煙。

「刺客——有刺客——！」鑼聲高鳴。園內的禁軍趕緊留下二十多人，餘者奔向延春殿去了。

一位副都知帶著內侍和二十多個禁軍趕緊往娑羅亭前的屏風走來：「娘娘，宮中有刺客，小人護送娘娘回金鑾殿。」

話音剛落，娑羅亭亭角的宮燈砰地墜落下來，一蓬火焰騰空而起。

「娘娘——！」貞娘捂著頭倉皇奔出：「有人劫走了娘娘——！刺客，來人，抓刺客——！」

六娘在水中依稀聽見娑羅亭方向一片混亂，擔心貞娘和金盞、銀甌她們會不會有事，又急又怕，咕嚕嚕便喝了好幾口腥氣的池水，她不禁手腳亂蹬，想浮出水面。

章叔夜只覺得背上一沉，難以前行，趕緊反手摟住六娘，奮力游到幾片荷葉之中，探出頭，鬆開綁著兩個人的勾繩，轉身托著六娘，讓她在荷葉底下喘口氣。

六娘強忍著不敢咳嗽，一臉的水和淚，看著章叔夜猛地點頭，她只怕要連累他了。

章叔夜看著池邊燈火晃蕩，再不快一些，前面池水毫無遮掩，只怕容易被發現。他一咬牙，一掌劈在了六娘頸後，見她茫然地看著自己栽倒入懷，歉然道：「娘子得罪了。」隨即舒展胳膊穿過她腋下抱緊了她，將她口鼻置於水上，一手大力划水，往前方水門游去。

九江池盡頭的水門下頭的柵欄早被居中劈開，黑黝黝的一個大洞。水門寬約三丈，要屏息游過這個大洞，章叔夜自己並無多大難度，但暈厥過去的六娘，若不屏息，卻無計可施。他輕輕晃了晃六娘，懷中人毫無聲息。眼看岸邊的燈火漸漸往水門這裡靠近，章叔夜不再猶豫，深吸了一口氣，覆在了六娘的唇上，極力下潛，往那黑漆漆的洞口游去。

第三百一十八章

汴京的天空又亮了起來。涼爽的早秋之晨，與往日渾然不同，沒有了等在北城外準備入城待宰的上千隻肥豬，肉市和魚市已經好幾天沒有清早迎客，各大酒樓正店茶樓門前還沒有灑掃的夥計，虹橋碼頭也已經許久不見漕運的巨船。

外城、內城百姓聚居之處卻不寧靜，除了仍在巡邏的禁軍和開封府衙役們，還有幫著清掃街巷的老老少少，還有守在各大皇榜張貼處的士庶及各大世家豪門的管事。消息靈通的都在議論昨夜發生的朝廷大事，臉上也喜氣洋洋。

「燕王即位，大趙中興有望了，聽說皇帝要御駕親征，掃平洛陽呢。」

「聽說幼帝被降封為榮王，這是能榮華富貴一輩子的意思？」

「上意不可亂測。」一個老夫子搖頭輕聲道：「今上兄友弟恭，乃是我們小民的福氣，若沒有今上，昨日還不知要死多少人。」

有人眉飛色舞描述起宣德門一役來，說得有鼻子有眼像親眼所見一樣，不免有人質疑：「今上英明神武不消多說，可這一箭穿透六個人，你這漢子也編得太過了。還有那趙棣，怎能連滾八圈？你滾來我等見識見識。」

圍聚一旁的百姓們輕聲哄笑了起來，卻也無人斥責那胡編之人。燕王深得人心，大勝西夏，又有先帝遺命以及二府和太后的支持，若非先前受了腿傷，怎麼也輪不到幼帝即位。也有人感歎汴京蘇郎官場多厄，三次拜相，三次罷相，真是官運不佳。

五更的梆子如常響起，各處城門大開，急腳遞的駿馬從御街飛馳而出，金鈴一路脆響。

「來了來了，皇榜來了。」

唱榜人滿臉通紅，唱得聲嘶力竭，到了天色大光時，翰林巷裡也接到了邸報，還有管事從東華門抄回來的皇榜。

梁老夫人四更便帶著府中人往家廟中祭祖，求祖宗保佑孟存一家能安然得返，至於這歸附叛黨的罪名，九娘已說過了今上的意思，只要回來，無論如何總能保住性命。

陳家部曲和張家部曲昨夜已陸續離去，蘇昉從宮中回來，也帶著蘇家人回了百家巷。少了幾百人，各處廚房也鬆了一口氣，精心準備了早膳，送往翠微堂的宴息廳。

除了孟在和孟彥弼仍在宮中留值未回，杜氏、三房諸人都齊聚翠微堂，人人面帶笑意，看著侍女們提著食籃魚貫而入，按次擺放。

梁老夫人看著程氏根本掩不住也不想掩蓋的笑意，搖了搖頭：「大喜大悲，對胎兒都不好，阿程你需悠著些。」

程氏笑盈盈地道：「娘，媳婦就是個上不了檯面的，裝大嫂、二嫂那樣也裝不來。實話說自從媳婦做了夫人，就沒有一夜睡好過。」

孟建歎了口氣：「是，深更半夜無端端就笑醒來，扯著我說個沒完沒了。你不睡，這孩子難道也不要睡？」還有他難道也不要睡？

杜氏笑道：「三弟這就不懂了，這做娘的不睡，肚子裡的小的照睡不誤。」

程氏拍掌道：「虧得大嫂懂，不然我耳朵都起繭了，恨不得把肚子裡的孩子挪到耳朵裡，三郎就不再念叨了。」

九娘奇道：「那豈不是耳朵有孕？」

眾人大笑起來。孟建搖頭不已，眼睛盯著梁老夫人手中的邸報。他昨夜就得了中書省的信，讓他今日在家休沐。這趙棣敗了，自己不免會因為六娘和二哥受到牽連，但因是燕王登基，有阿妧在，他倒不慌，除了被程氏一夜笑醒三回，他也算睡了幾個囫圇覺。

待用完早膳，上了熱茶，梁老夫人才展開邸報，讓九娘讀給眾人聽。

趙梣禪位，被降封為榮王，封地西京，食邑一萬，食實封千戶，冠禮前留京，仍隨向太后居慈寧殿。老夫人歎道：「今上心胸寬廣，世間罕見，和榮王也是兄弟和睦，有情有義。」

九娘雖知道趙栩會善待趙梣，卻沒料到竟會是食邑一萬，食實封千戶，開國以來從未有過。想到趙梣那雙烏溜溜大眼和對自己的依賴，她心頭也暖暖的，更為趙栩驕傲不已。

她讀到蘇瞻罷相和朝中官員調動時，停了一停，看向程氏道：「娘雖然沒了做宰相的表哥，卻又有了位做尚書的表哥，還是爹爹的上峰。可惜昨夜沒來得及恭喜表舅母。」

九娘將邸報呈給孟建，孟建十分高興：「蘇矚做了戶部尚書，妙極妙極。」

梁老夫人淡然道：「蘇二當年和哥哥同為進士，這許多年為了避嫌也一直埋沒在戶部，如今也該出頭了。」

程氏原本有些惆悵失落，聞言笑了起來：「娘說得有理，便是媳婦這樣的也明白今上這是給蘇家吃了定心丸呢。就算二表哥不做尚書，我也是要常和史嫂子走動的，我們孟家可不出勢利人。」

杜氏不禁輕咳了一聲，強忍住笑意。堂上眾人都表情古怪地看著程氏。

程氏抬手抹了抹髮髻，晃了晃頭，瞄了瞄梁老夫人和孟建，乾笑道：「我只是巴結表哥，可不敢勢利忘本。」

九娘笑著接回邸報：「那我可也要學著巴結表哥了，阿昉表哥入了翰林學士院。」

程氏卻沒有一孕傻三年，立即揚眉道：「阿妧你要巴結的，只有今上這位表哥！」

眾人都大笑起來，這位汴京炮仗，倒是一炸一個準。九娘紅著臉，接回邸報繼續讀下去。

「恭喜大伯娘，賀喜大伯娘，大伯升任樞密副使了。」

孟建和程氏都站了起來，賀喜杜氏。

梁老夫人卻問了一句：「樞密使可是張子厚？」

九娘搖頭笑道：「不是。」

梁老夫人想了想：「那就還是陳青了？」

「婆婆英明。陳家表叔出任樞密院使，加封殿帥太尉，秦國公。」九娘朗聲道。

廳內靜了一靜，程氏頭一個笑了起來：「又要恭喜大嫂了，了不得，你又是宰相夫人，還是使相的表弟媳婦，汴京的外命婦，這第一把交椅是大嫂你坐定了。」

杜氏嗔道：「阿程你把自己忘記了不成？」她指了指九娘，又指了指天上，搖了搖頭。

梁老夫人看著她們幾個，想起身在洛陽的六娘，心裡難過得厲害，歎道：「陳家受了那許多委屈，總算雲開日出了。」

九娘趕緊接著讀了下去，張子厚一躍成為宰執之首都在眾人意料之中，並不奇怪，鄧宛也從御史臺入了中書省，做了宰相。如此一來，二府的格局大變，文有張子厚、鄧宛、趙昪，武有陳青、孟在，都和趙栩十分契合，無疑將君臣相得。

邸報還未完全讀完，外頭鬧哄哄了起來，卻是張子厚帶著聖旨已經到了廣知堂。

梁老夫人心中一動，看向九娘，見她神色自若，亦覺得內憂外患未平，趙栩不會這般心急，卻聽老管事在簾外躬身稟報：「張相請老夫人攜闔家一同前往接旨。」

程氏猛地站了起來，一顆心怦怦亂跳，渾身燥熱得出了一身急汗，昨夜還夢到此事，難道竟心想事成？孟建忐忑不安，卻想著會不會是因二哥一事要牽連到家裡，少不得厚著臉皮請張子厚陳情今上，說清楚二哥的出身，不知能不能減輕些罪罰。

九娘也擔心是孟存之事，有些緊張起來，昨夜送完陳太初，趙栩親自將她送回翰林巷，並未提起今日會有旨意。

但張子厚貴為宰執之首，親自前來頒旨，定非小事。眾人各自趕著回去按品級換上大禮服，急急再去往廣知堂。

一入廣知堂，眾人都一驚。

廣知堂內兩側滿滿地都站著人，張子厚立於窗口，神色恭謹，正在低聲說話。一個修長的身影，正負手看著窗外的翠竹假山。聽到動靜，他緩緩轉過身來，似看著進門的每個人，又似只看著九娘一個。

龍章鳳姿，天質自然，郎豔獨絕，世無其二。

「微臣參見陛下，吾皇萬歲，萬歲萬萬歲。」孟建大喜，趕緊上前行禮。

昨日戰時即位，千頭萬緒，他怎會在此時來了翰林巷？九娘跟著行禮，心裡卻詫異。

趙栩走了兩步，伸手扶起梁老夫人：「老夫人請起，六郎冒昧登門，是來求娶阿妧的。還請勿按國禮，只按家禮行事便可。」

廣知堂外傳來「嗷」的一聲，女使們壓低了聲音，片刻後又恢復了安靜。程氏卻知道是伺候她的林氏暈了過去，已經暈了一個，她無論如何不能也高興得暈過去。可這汴京城的外命婦第一把交椅？不好意思了大嫂、魏氏，她實在躲不過去啊。

人命好的時候，擋也擋不住。

張子厚身後竄出一個小小身影。趙梣喜氣洋洋地看著九娘，朗聲道：「孟九，本王來看你了，你怎麼沒看見我？」

禮部尚書趕緊上前輕聲道：「殿下，殿下，你是來宣旨的——」他心裡暗暗叫苦，這位官家，什麼規矩也約束不了他，哪有這樣親自登門求娶皇后的，讓他們翰林學士、御史臺、兩省與太常禮官都無活可幹了，再攤上這位榮王殿下，他這禮部衙門真是要好好上書一番了。

趙楞挺起小胸脯：「本王奉太后之命，前來宣讀懿旨。」他一扭頭，想不起來那幾句文縐縐的話，徑直問禮部尚書：「懿旨呢？」

第三百一十九章

「皇太后詔：皇帝納后，令翰林學士、御史中丞、兩省與太常禮官檢詳古今六禮沿革，參考《通禮》典故，具為成式。」

廣知堂裡孟府一家子躬身謝恩，卻都納悶異常，因這旨意並不是給孟家的，而是給旁邊站著的幾位官員的，怎地來翰林巷宣讀了。

趙楞讀完，笑眯眯地對著九娘道：「宮裡都說，六哥娶皇后，是前無古人地隆重呢。」

一旁接替鄧宛的新任御史中丞鄭雍帶著幾位官員出列向趙栩躬身道：「太常禮官請用陰陽說，臣以為不可。請官家示下。」

趙栩卻走了兩步，到了九娘身前，柔聲含笑問道：「不用陰陽說，可否？」

廣知堂上頓時靜得落針可聞。

梁老夫人垂眸靜立，神情毫無波瀾，左眼皮卻跳個不停，心中震驚異常。這豈止是榮王所言的前所未有地隆重？皇帝這是要九娘來決定一切，不只前無古人，也必然後無來者。

程氏死死咬住嘴唇，免得自己也不爭氣地暈過去。

九娘怔了片刻，眼淚竟有些要往外迸，可她得拚命忍住，因為怎麼也不捨得眼中的他變模糊。

「不用陰陽說，很好。」九娘輕輕點了點頭，聲音嗡嗡的。

趙栩笑著點了點頭，轉身對鄭雍道：「納之，不用陰陽說。」

趙栩立刻大聲宣布：「不用陰陽說，皇帝納之，太后納之。」娘娘說了，今日六哥說什麼，他就代替娘娘表態同意，最是簡單不過。

一旁的禮官和史官早已攤開家什，忙著記錄。

鄭雍謝過皇帝，又道：「三省、樞密院議定：六禮，命使納采、問名、納吉、納成、告期，差樞密使攝太尉陳青充使，兆王充副使。請官家示下。」

趙栩看著九娘笑問：「舅舅做奉迎使可好？」

好，當然好。九娘點著頭，卻不禁有些哽咽。她在趙栩心裡的份量，比她知道的還要重上許多，超出她能想像的範圍。

「臣張子厚請為奉迎使，懇請陛下允准，請娘子允准。」張子厚沉聲道。

九娘淚眼迷離地看向趙栩身後。

趙栩轉身笑道：「季甫不怕我舅舅找你算帳嗎？」

張子厚清雋瘦削的臉上露出一絲苦笑：「不怕，太尉若要來幾下老拳，臣還是吃得消的。臣張季甫自請為奉迎使。」

趙栩笑著看向九娘。

九娘輕輕點了點頭，對著張子厚深深一福：「有勞季甫。九娘感激不盡。」

趙栩笑道：「准了。由舅舅做副使，讓兆王歇著吧。」

趙梣稚嫩的聲音跟著響了起來。

「擬以舊尚書省為皇后行第。」鄭雍直接看向大趙未來的一國之母，恭敬地請示道：「請陛下示下，請娘子示下。」

趙栩滿意地看了鄭雍一眼，笑而不語。

「請六哥允九娘自家中出閣。」九娘想了想，輕聲問趙栩：「家裡地方可容得下那許多人？」

趙栩笑道：「你家有四個舊尚書省大，有何不可？鄭雍，定翰林巷孟府為皇后行第。」

程氏這下真的忍不住低低「嗷」了一聲，搖搖欲墜地靠在了孟建身上。

「臣等奏請：納采、問名同日，次日納吉、納成、告期。」鄭雍有些猶豫，這條是皇帝提出來的，委實有些心急。

「好。」九娘微微笑了起來，大大方方地答道。哪怕是一天完成這四禮，也不要緊。

鄭雍轉頭看向身邊的太常禮官。太常禮官上前兩步慢騰騰地道：「臣奏請，納成用穀圭❶為贄，不用雁。『請期』依《開寶禮》改為『告期』。」

趙栩臉一紅，想到孟彥弼成親時神氣活現的大雁，趙栩有些心虛地看向九娘。至於請期還是告期，他知道阿妧不會在意。

九娘柔聲道：「好，很好。」她想抱抱他，告訴他，自己心滿意足得不得了，比他能想到的快活還要快活千萬倍。可偏偏有這滿滿一屋子的人看著他們。

禮官等趙椤喊了太后納之，看著禮部的書吏記錄在案，方慢悠悠地繼續道：「臣等請奏：六禮中『親迎』改為『命使奉迎』。」

鄭雍垂下眼眸，這個早朝上就已經被皇帝駁回了。但自古以來，從無皇帝親迎皇后的，都是奉迎使代皇帝奉迎，看來太常和禮部都不死心呢。只是這位未來的皇后，看著也不像循規蹈矩之人，否則又怎能深得帝心？

「好。」九娘笑道。皇帝立后，自然不可能如尋常官宦人家或百姓家那般新郎上門親迎。

「不好。」趙栩笑著搖頭：「他糊塗了，這條早朝時我已經駁回了。我是定要來親迎的。」

九娘身後「咕咚」一聲，卻是程氏依然不爭氣地暈了過去。孟建又氣又急又喜又驚，才說過不能大喜大悲得悠著點，可他也快要不行了。

九娘看著梅姑帶著女使們把程氏攙扶了出去，再看看兩側的官員們均面色古怪，只有張子厚臉上帶著笑。

趙栩笑容越發燦爛，又說了一句：「六禮中，『親迎』不改，無需具為成式。」他就是要天下人知道，他的阿妧，是有史以來最為尊貴的皇后，是最受皇帝愛重的皇后。

九娘深深地看著他，輕輕點了點頭。

廣知堂內的眾人都屏住了呼吸，天底下頭一位以娘家府邸為皇后行第的皇后，天底下頭一位親

---

❶ 穀圭：雕飾有粟子文采的玉器，古代諸侯用以講和或聘女的玉製禮器。

迎皇后的皇帝。大趙皇室歷來多出情種，但他們眼下聞所未聞的，又豈是情種二字可比的？

趙楷代太后宣告的聲音響了起來，一旁磨墨的聲音也恢復如舊。

禮官無奈地繼續道：「納采前，擇日告天地、宗廟。皇帝臨軒發冊，同日，先遣冊禮使、副，次遣奉迎使，皇帝親迎，令文武百官詣行第班迎。」

趙栩轉頭看向趙楷：「十五弟，有勞你了。」

趙楷喜笑顏開地接過懿旨：「皇太后有旨：中宮之位，歷選諸臣之家，以故安定侯、贈太尉孟山定孫女為皇后。」

堂上眾人復又行禮接旨，孟家上下再次謝恩。孟建人暈乎乎的如在夢裡，可做夢也做不出這麼好的事，又想到阿程偏偏不爭氣，沒聽見這個，只怕以後不會笑醒會氣醒了。

張子厚看向鄭雍：「六禮之詔，既由季甫做了奉迎使，便由我來宣讀吧。」

鄭雍笑著遞上二府擬定的名冊，以官家的性子，只怕明日制誥便出來了。

張子厚展開名冊，朗聲道：「六禮，平章軍國事張子厚攝太尉，充奉迎使；樞密使陳青攝殿帥太尉副之；尚書左僕射兼門下侍郎鄧宛攝太尉，充發冊使；樞密副使孟在攝太尉副之；戶部尚書蘇矚攝司徒充告期使，皇叔祖、同知大宗正事宗景攝大宗正卿副之；皇伯祖、高密郡王宗晟攝太尉，充納成使，翰林學士范百祿攝宗正卿副之；吏部尚書王存攝太尉，充納吉使，吏部尚書劉奉世攝宗正卿副之；翰林學士梁燾攝太尉，充納采、問名使，御史中丞鄭雍攝宗正卿副之。」

十二位文武重臣宗室皆在其中，其中半數都在廣知堂，正含笑看著皇帝和未來的孟皇后。

梁老夫人不由得抬起眼皮看向趙栩腰間的通犀金玉帶，孟家這一代出了兩個皇后。阿妧萬千榮寵於一身，外朝內廷，日後都以她為尊，可阿嬋卻落得那般結局。老夫人不禁落下淚來，外人看著都在心底感歎，換成誰家，受皇帝這般恩寵都會感激的涕淚交加。想著阿妧入宮前必然還有一場及笄禮需大肆操辦，梁老夫人收起心思默默在心中籌劃起來。

大事既定，以張子厚為首的眾官員紛紛上前恭喜梁老夫人和孟建，順便一併見過九娘。在守衛汴京的這些日子裡，他們大多都和九娘相熟，也十分欽佩她的睿智決斷。有這樣一位皇后，也是朝廷和民眾之福。

喧囂退去，日頭從廣知堂敞開的槅扇外漏進來，地面上的槅扇花紋影子工工整整。惜蘭帶著侍女們撤去所有的茶具，重新給趙栩和九娘上了茶點，躬身退了出去。

廊外的院子裡，張子厚雙手攏在寬袖中默默望向不遠處的明鏡湖。那日大雨，要解陳家危難，他就是在這裡回過頭大聲喊了一句：「阿玞——」

這兩個字，今生再不能言。他能做奉迎使，能親手將她送上皇后之位，此生也無憾了。

也只有這樣的皇帝趙栩，才配得上他的九娘。

日光太過刺眼，張子厚微微眯起了酸澀難當的眼，走向一旁還在對鄭雍發牢騷的禮官，陰惻惻地笑了起來。

周禮官恐怕要倒楣了。一旁有官員敏銳地察覺到。誰說張子厚是燕王黨，明明他就是孟皇后黨吶。

九娘和趙栩卻並未坐下喝茶，兩人並肩站在北窗口，看著窗外的修竹假山，假山下頭終年背陽，厚厚一層青苔，綠油油地發著亮，看著就陰涼得很。

「你家園子裡的青苔，以前花匠時時要清理，是阿妧以前說這苔綠喜人沁人心脾自成一景，不妨留著。如今看來，確實綠得可喜，日後宮裡的也這般留著可好？」趙栩心想事成，不知為何卻說起了不相干的話，只覺得耳朵發燙，不用照鏡子，也知道他耳根一定是紅透了。

九娘側目看著趙栩紅透了的耳根，探出身子伸手將木櫺窗輕輕掩上了七分，靠在了窗沿上，若無其事地道：「六哥國事繁重，日理萬機。阿妧將窗子掩了，你還不快快做些壞事，我等著呢。你若再不動，我可要抱你了。」

她莞爾一笑，眼波瀲灩，眸子裡倒映出比桃花還灼灼的郎君。

第三百二十章

趙栩心旌搖曳，上前一步，雙臂繞過九娘。

九娘言語雖大膽豪放，見他不發一言就有所動作，仍不禁臉上一紅，長睫眨了眨，流轉春水的眼波落在了趙栩胸口，不敢看他那雙奪人心魄的桃花眼。

趙栩忍著笑，卻只將她背後掩了七分的窗闔成了十分，雙手虛搭在窗沿上，拇指輕輕點在九娘背上劃了劃。他垂眸看著被自己圈在窗邊的少女，低聲道：「阿妧想要我做什麼壞事？可我只會做好事怎麼辦？」

九娘只覺得他的氣息撲在自己眼睫上，低沉暗啞的聲音如蛛網蠶絲將自己在這逼仄空間中緊緊纏繞，說不出的旖旎纏綿，從後背至後頸立刻起了一層細密的雞皮疙瘩，方才那胸口偌大的一個「勇」字早不翼而飛，抬眸看了趙栩一眼，又垂下眼眸低聲呢喃道：「這會又變成君子了……」臉上早燒得發燙。

背後那有意無意劃著的拇指忽地停在了她腰間，趙栩雙手輕攏住她纖腰，將她壓向自己，在緊和鬆之間猶豫了一剎，只鬆鬆將她擁入懷裡，湊在她耳邊戲謔道：「原來阿妧喜歡小人。不過你還小，還是要過兩年再生孩子才好。」

九娘伸手環住他，原本要還他幾句的，卻一句也不想說，只埋在他胸口悶悶地應了一聲：「好。」

她真心實意心甘情願地什麼都願意，什麼都好。

趙栩卻不滿地咬了咬她的耳垂，嘟囔道：「不要抱腰。」

九娘一怔，雙臂已被趙栩放到他肩頭，整個人被緊緊壓在了他身上，險些一頭撞在趙栩下頷上，來不及回過神，又被一股大力撞在了身後窗沿上，只來得及閉上眼。

趙栩的親吻熱烈又粗魯，恨不得把她吞下去一般。九娘想起他見到陳青夫妻那幕後看著自己的眼神，心化成了水，婉轉相就間不覺得疼，也不覺得壓在自己身上的他壓得那麼重。似乎世間一切都化作了虛無，只有他是真實存在的，而唇上時而傳來的刺痛，加深了他的真實，加深了那種快活和滿足。

是的，什麼都好。

許久，趙栩才退開半分，輾轉在她唇間流連不捨，輕啄輕含，似乎感覺到她腫起的唇瓣十分可憐，時不時舌尖溫柔輕掃撫慰。紅暈滿臉的人兒羽睫輕顫，杏眼微微開了一線，少了那份痛楚，似乎連他都變得有些不真實了。她想看一看他。

九娘忍不住輕輕咬了咬那在自己唇上來回溫存的舌尖，不知道他會不會也有那種又痛又麻又酥的奇妙感覺。趙栩整個人一僵。九娘見他忽地停了下來還睜開了眼，實在難為情，趕緊閉上眼微微向後仰了仰頭想退開來。

心花怒放的趙栩立刻壓緊了她纏了上去，唇齒間溢出一聲暗啞的歎息。

「還要。」

日頭緩緩晃過西牆，北窗外假山陰暗處的青苔有一些沐浴在光亮下，綠得透明，似乎也有些難為情。一旁的修竹隨風輕輕搖擺起來，翠綠竹葉輕輕掃過北窗的窗櫺，窸窸窣窣的。窗櫺輕輕震了幾下，好像怪它們不識趣討嫌。

真正不識趣的鄭璭走到廊下，高聲稟報道：「陛下，樞密院有大名府急報，請陛下起駕。」

窗下那細微的聲響靜了下來，有人長長地吁出一口氣應了聲：「回宮。」

高似悄聲無息地從廊柱後繞了出來，指揮帶御器械和御前親衛們布防。看到喜不自勝的孟建，輕輕點了點頭算打了招呼，又隱身在廊下的暗處。孟建猶豫了片刻，見一眾官員們都各自整理衣冠準備回城，便大步走上前，深深對著高似一揖：「高兄萬安。」

高似抱了抱拳，心想這位不著調的孟御史若要問他方才廣知堂內小倆口的呢喃之語，他雖不如方紹樸毒舌，但也是萬萬不會吐露一個字的。

孟建抬起頭來，一臉誠懇：「皇帝這次御駕親征，還請高兄千萬護衛好陛下。自從陛下壺口失蹤以來，我家阿妧瘦了整整一大圈，她人前什麼都不露，肯定背著人哭。」這是阿林和慈姑背後念叨的，肯定不會錯。

高似一怔，沉聲道：「好。」

廣知堂北面的木櫺窗又被緩緩推了開來，秋日暖風立刻趁隙鑽了進去，在少女火燙的臉頰上輕輕盤繞。

「明日一早制誥，午後即行納采、問名禮。後日我出征前行納吉、納成、告期禮。」趙栩輕輕啄了啄九娘的唇角：「我這次出征，少則三四個月，多則半年。將婚期定在來年三月可好？成親之前我必趕回來給你辦笄禮。」

女子笄禮，或及笄之年辦，或出嫁之前辦，乃一生中的大事。他當然要親自籌劃。

九娘緊緊抱住了趙栩，只低低應了一聲嗯。算起來她和他在一起的日子，最安穩的反而是離京北上的那一路，雖然有刺客有阮玉郎有心懷不軌的官員，可朝夕相處，同餐同宿，心裡踏實得很。自從他失蹤於壺口後，九娘心底總有一絲不安，明明知道他就要出征，可從他口裡說出來，她還是一萬個捨不得。

趙栩手臂收了收，輕輕蹭了蹭她的鬢邊，笑道：「八年前的春日，我遇著了你，那時候我就知道要將你這個小粽子綁得牢牢的。我真是佩服我自己。還好如今終於要將你綁住一輩子了。」

懷中的人埋首在他心房上頭，低低應了一聲：「好。」

到了黃昏時分，新酸棗門和封丘門損毀的城門口，四五千禁軍和義勇正在搬運破碎的城磚，一旁空地上，工部、營造運來的新城磚碼得整整齊齊，太平車、牛車和馬車還在源源不斷地往這兩個城門口運送工料。全城的工匠都被調集過來重修城門。外城、內城的士紳和世家豪族們，均派管事送來許多吃食茶點，也有許多身強力壯的漢子前往一旁的工部營帳，應徵做工。

城門外兩邊挖出來許多深坑，正在鍛燒石灰。熱氣蒸騰的石灰坑邊，除了堆積如山的木柴，還另外架了不少一人高的粥鍋，裡頭汩汩冒泡，粥香飄散。還有許多人正在鐵鍋中不斷搗爛新採摘的楝樹葉。

趙栩一身便服，從封丘門的城樓上快步走了下來，一旁的工部郎中滿心疑惑，按官家的吩咐，用糯米粥和楝樹葉混合了石灰糊牆磚，真能讓城牆牢不可破嗎？疑惑歸疑惑，卻不敢開口質疑。畢竟這位陛下，似乎除了生孩子什麼都懂，什麼都精通。

張子厚匆匆尋了過來，見到趙栩躬身一禮，輕聲道：「章叔夜已救出了孟六娘，正從小路趕回汴京。今夜應該能到鄭州附近。」

趙栩顛了顛手中一塊舊的碎城磚，用竹勺撈起那混合了糯米粥和楝樹葉汁的液體滴入碎磚上的裂縫之中，朝上擱在了一旁：「阿妧信得過的人，總不會負她所託。你派人去翰林巷知會一聲，好讓她和老夫人放心，再從大理寺調一些人手去鄭州接應。」

「叔夜說離開洛陽後，恐怕就無法用飛奴傳信了，鄭州還是趙棣所占——」張子厚擔心找不到章叔夜。

趙栩負手走到那滾滾煙氣的石灰池邊：「叔夜精通兵法，又對各地局勢瞭若指掌，想必會棄馬改舟，避開趙棣亂兵，你派人暗地裡沿河尋訪。章叔夜一回京，便派他帶上京畿路一萬人馬，速去大名府增援。」

張子厚沉默了片刻道：「女真和契丹掘黃河堤壩不成，鐵騎兩面圍攻大名府，已切斷了鶴壁糧倉之路，可否請太尉先行馳援大名府？」

趙栩笑了笑，撿起一塊碎磚投入石灰池中：「不。當務之急，先徹底擊破最弱的一處。」

張子厚看著他修長的背影，輕輕點了點頭。

趙栩所料不錯，章叔夜救了六娘，一干手下在洛陽糧倉和府衙周圍連連縱火，洛陽城中亂作一團，宮中太皇太后大發雷霆，內廷之中，眾目睽睽之下，皇后竟然能被劫走，若是衝著她來的，豈不是時時刻刻都有性命之危。宮中宿衛連夜增加人手，將那休沐的禁軍悉數調回輪值，又派出兩千人馬往各城門處戒嚴盤查。

章叔夜送走了飛奴，便帶著還暈著的六娘及一眾手下藏身於運糧的糧草船中，翌日一早便順利出城，雖也經過數道盤查，卻沒人想到皇后會被藏於軍馬糧草之中。

黃河水滾滾東下，糧船巨大，雖不會像小船那般顛簸搖盪，卻也上下隨波緩緩搖晃。六娘悠悠醒轉過來，只覺得昏昏暗暗的，還未張口，被一隻大手捂住了嘴。一張近在咫尺的臉，沾著不少草屑，濃眉大眼，壓低聲音道：「噓──」

六娘才發現自己藏身於許多麥秸之中，一旁有兩人高的竹席圍成的糧倉，濃濃的麥麩味熏得她胸悶欲嘔。

章叔夜不敢鬆開手，又靠近了她一些：「我們在叛軍糧船上，晚一些還要下船游上岸。」

六娘不敢動彈，看著眼前的一口白牙，只轉了轉眼珠，示意自己明白了。

兩根碎草屑從她額頭滑落下來，沾在她睫毛上，六娘癢得厲害，生怕自己一伸手發出響聲驚動船上的人，只能拚命眨眼。

章叔夜昏暗中看得依然十分清楚，見她難受得厲害，偏偏那草屑在她額頭上許是吸了汗，有些潮濕，怎麼也掉不下來，乾脆朝她眼睛輕輕吹了一口氣。

六娘嚇了一跳，霎了霎眼睛，草屑被章叔夜吹得落下一半，扎入她濃密的睫毛中，戳得她眼淚直流，六娘又疼又急，再眨了兩下，越發疼了，只好瞪大眼看著章叔夜。她長在祖母膝下，循規蹈矩十數年，從未和男子如此接近過。就算是嫁給趙棣的大婚之夜，趙棣也沒有任何逾矩，可從昨夜趴在這人背上開始，似乎一切規矩都被碾碎了。

這是非常時刻，非常事，六娘瞪著眼前的男子，沒有羞惱，只有緊張，盼著他再吹口氣或是將捂著自己嘴的大手移上去摘開那草屑。

章叔夜沒想到一口氣吹過去，那草屑只晃了晃，還不肯掉落，見她眼淚直流，他頓時面紅耳赤起來，生怕被她誤解了自己是登徒子調戲於她，連著手掌心都發燙了。

想到昨夜自己不得已渡氣給她游過水門，事後又怕她喝了水，好一頓擠壓，她醒過來似乎就被自己的行為嚇暈了過去，章叔夜猶豫了一下，沒鬆開手，低聲道：「娘子莫怕，叔夜並無不軌之圖，昨夜實乃情勢所逼才有所冒犯，還望娘子見諒。」說完他又對著那草屑吹了一口氣。

這次草屑無能為力地墜落下來。六娘眨了眨眼，才想起來昨夜自己似乎醒過來一次，見到這人一雙手就壓在自己胸上，她便又暈了過去，想來他定是誤會了。

六娘努了努嘴，要章叔夜鬆開自己，好讓她也說上兩句話。

章叔夜只覺得掌心被兩片柔軟頂了頂，癢癢的，一陣頭皮發麻。他轉開眼不敢再看六娘，鬆開了手。若她是平常人家的女子，經過昨夜，無論如何他都會上門求娶她，只可惜她偏偏是趙棣的妻子，回到汴京也依然會是孟家的貴女，和他有雲泥之別。

「章大哥，生死關頭，六娘並非死板之人，你莫放在心上。」六娘悄悄地道，她已是身敗名裂之人，萬萬不可累得他這樣的好人心存芥蒂，早些說清楚才好。

昏暗的麥秸堆裡，六娘的聲音有些嘶啞，卻依然溫柔可親。章叔夜看向她，見她眼中誠懇，的確並無氣惱，便點了點頭。兩人默默都轉開了眼。六娘覺得那麥麩的味道已經不那麼難聞了，輕輕動了動手指，所幸也沒發出什麼聲音，可那發麻的雙腿她還是不敢動。這時才覺得肚子隱隱作痛起來。

章叔夜聽了六娘所言，安心了不少，也有一絲失落和自嘲。他稱她娘子，她卻稱他為章大哥，可見她才是心底磊落毫無他念之人。也許是大娘和弟弟催他娶親的次數多了些，也許是他還記得以前遇見她時她那溫和的笑容，還有魏娘子路祭時她的眼淚和那句「相見有期」。他從未近過女色，一時發昏，才有了那麼點見不得人的骯髒心思。章叔夜斂目靜心吐納了幾下，想要把那柔弱如花瓣似的雙唇從自己腦海中排除出去，可聽到六娘強壓著的一聲痛呼後，又睜開了雙眼。

「你哪裡疼痛？」他一直擔心她昨夜或許哪裡受了傷，又不便也不曾仔細查看過。

六娘越憋越疼，這內急她卻說不出口，只強忍著搖了搖頭：「我沒事。」

章叔夜皺了皺眉，輕聲問道：「手腳麻得厲害？」

六娘勉強笑著點了點頭。刺痛得越來越厲害，她不禁屈了屈腰背。

「是腹痛嗎？」章叔夜一驚，心就揪了起來。頭一個念頭就是萬一她已經懷了趙棣的孩子，昨夜在水裡那麼久，又被自己打暈了過去，還被好一陣擠壓，會不會出事了。全然沒想過六娘這才大婚了幾天。

六娘見他問及，又點了點頭，額頭上已經滲出汗來。

章叔夜全無章法，也急得滿頭大汗，半晌才極低聲地問了一句：「六娘，你會不會有了？」

（未完待續）

story 060

汴京春深 卷七 翻天計

作者　小麥｜**策劃暨編輯**　有方文化｜**總編輯**　余宜芳｜**主編**　李宜芬｜**特約編輯**　沈維君｜**編輯協力**　謝翠鈺｜**企劃**　鄭家謙｜**封面設計&繪圖**　劉慧芬｜**內頁排版**　薛美惠｜**董事長**　趙政岷｜**出版者**　時報文化出版企業股份有限公司　**地址** 108019 台北市和平西路三段二四〇號七樓　發行專線—（02）23066842　讀者服務專線—0800231705（02）23047103　讀者服務傳真—（02）23046858　郵撥—一九三四四七二四時報文化出版公司　信箱—一〇八九九台北華江橋郵局第九九信箱　時報悅讀網 http://www.readingtimes.com.tw　法律顧問—理律法律事務所　陳長文律師、李念祖律師｜**印刷**　勁達印刷有限公司——初版一刷 2023 年 7 月 28 日｜**定價**　新台幣 360 元｜缺頁或破損的書，請寄回更換

時報文化出版公司成立於一九七五年，一九九九年股票上櫃公開發行，
二〇〇八年脫離中時集團非屬旺中，
以「尊重智慧與創意的文化事業」為信念。

汴京春深．卷七，翻天計 / 小麥作．-- 初版．-- 臺北市：時報文化出版企業股份有限公司，2023.07

面；　公分．-- (story ; 60)

ISBN 978-626-374-045-7（平裝）

857.7　　　112010467

ISBN：978-626-374-045-7
Printed in Taiwan